서른아홉 아빠애인 열다섯 아빠딸

이근미 장편소설

㈜자음과모음

Contents

1부 나는 신세계로 간다 7
2부 골드미스 vs 한심한 노처녀 23
3부 고양이는 사랑을 부른다 32
4부 사춘기 태풍이 분다 49
5부 뉴욕에 사로잡힌 아빠 65
6부 엄마가 없다는 건 어떤 느낌이니? 88
7부 지혜로 가는 미로 112
8부 불평이 비를 그치게 하진 않아 138
9부 반란, 그 두근거림의 끝 162
10부 엄마를 만드는 손쉬운 방법 186
11부 언젠가 꼭 만나게 될 거야 217
12부 멋진 고양이가 될게 247

해설: 사람과 사람 사이에 징검돌을 놓다 265
작가의 말 277

1부 나는 신세계로 간다

 서울 가는 일은 어렵지 않다. 세상 모든 것이 그렇다. 마음먹는 게 중요할 뿐. 중학생도 돈만 있으면 못할 게 없는 세상이다. 여차하면 돈을 만들어가며 돌아다닐 수도 있다. 동안이 되려고 애쓰는 어른들과 어른처럼 보이길 소원하는 열다섯 살을 구별하는 것도 어려워졌다.
 떠나기 전 진희와 모니카에게 상의할까 고민해봤지만 별로 도움이 될 것 같지 않았다. 일차원적인 고민 속에서 뱅뱅 도는 애들이니까. 내 사정을 훤히 아는 찬미에게 구체적인 건 빼고 서울 간다는 정도만 밝혔다. 다만 지구 밖으로 날아가 버리고 싶은 심정이라는 말은 했다. 허황된 기대를 하지 않는 우리는 웬만하면 서로에게 질문하지 않는다. 정우에게는 연락하지 않았다. 근거 없는 자신감을 내보이며 내 보호자라도 되는 양 구는 게 거슬린다. 더 이상 떠올릴 친구가 없다. 이대로 사라져도 애달파할 사람이 없을 테니 잘 살아서 나를 증명해야겠다는 생각이 들기도 한다. 복잡한 마음에 비해 참 단출한 인생이다.

인터넷에서 검색한 대로 강남고속버스터미널 건너편에서 여의도로 가는 버스를 잘 찾았다. 여의도 MBS 방송사에 도착한 시각은 오후 5시 30분경이었다. 〈지서영의 신나는 오후〉 방송이 6시에 끝나니 그 전에 경비 아저씨와 대화를 시작해야 한다. 정문 옆 한쪽 구석에 내 또래의 여자아이들이 가득 모여 있었다. 경비 아저씨가 나를 그들 중의 한 명으로 생각하여 밀어내면 큰일이다. 그럴 때를 대비하여 교복에 이름표까지 달고 왔다. 하나도 고치지 않아 펑퍼짐하면서 촌스러운 교복을. 무조건 솔직하자, 그렇게 다짐하며 경비 아저씨에게 다가갔다.

"저, 지금 방송하시는 지서영 디제이 님을 만나러 왔어요."

경비 아저씨는 아이돌이 아닌 나이 든 여자 디제이를 만나러 왔다는 말에 호기심이 이는지 나를 쓱 훑어봤다.

"중학교 2학년이고 울산에서 왔어요."

혹시 못 만나게 할까 봐 울산을 특히 강조했다.

"먼 데서 왔네. 〈지서영의 신나는 오후〉라, 지금 방송 중인데……."

경비실 라디오에서 방송이 나오고 있었다. 4부의 초대 손님은 경제연구소 박사님이다. 요즘 경제가 어렵다는 말에 지서영 디제이가 한숨을 쉬었고, 박사님은 모두 열심히 뛰면 이길 수 있을 거라고 했다. 아빠도 4부 초대 손님이었는데…… 맑고 투명한 목소리의 그녀, 아빠와 방송할 때랑 다르지 않다.

아저씨는 끝날 때가 되어 간다며 지서영 씨랑 어떤 관계냐고 물었다.

"예전에 뵀었던 분이에요."

내가 생각해도 허술한 답변이었지만 아저씨는 바로 수화기를 들었다. 마침 지서영 디제이가 클로징 멘트를 막 끝냈다. 아저씨는 나에게 손가락으로 동그라미를 그려 보였다.

"아, 지서영 씨? 여기 정문인데, 어떤 학생이 찾아왔어요. 이름? 아차, 안 물어봤네. 바꿔줄게, 직접 물어봐요."

이름표 단 가슴을 내밀었지만 아저씨가 전화를 바꿔주었다. 심장이 터질 듯 뛰었다.

"여보세요? 누구?"

그녀의 목소리에 숨이 멎는 것 같았다.

"저 울산에서 온 문영이에요."

"아……."

그녀는 잠깐 침묵하더니 곧 내려가겠다고 했다. 그녀가 나를 빨리 떠올려 다행이다. 라디오 사연이 채택되어 그녀와 미리 통화를 했더라면 좋았을 텐데. 다섯 번이나 코너 게시판에 글을 올렸지만 그런 행운은 오지 않았다.

마침 유리창을 검게 코팅한 차가 들어왔고, 한쪽에 서 있던 학생들이 마구 몰려왔다. 어느새 그 아이들 사이에 섞여 버렸다. 울상이 된 나에게 경비 아저씨가 안으로 들어오라고 했다. 마침 스타크래프트에서 지드래곤이 내렸다. 염색한 머리카락이 바람에 날리는 게 보일 정도로 가까운 거리였다. 진희였다면 지금쯤 기절했을 거다. 작패신, 진희가 지은 지드래곤의 별명이다. 작곡도 잘하고 패션 감각도 뛰어나다는 뜻. 진희에게 전해주기 위해 지드래곤을 똑똑히 보고 있을 때 유리문을 밀며 어떤 여자가 나왔다.

지서영 디제이, 초등학교 3학년 때 만났던 모습과 크게 다르지 않다. 앞이 푹 파인 후드 민소매 티셔츠에 몸의 굴곡이 그대로 드러나는 스키니진, 큰 숄더백에다 킬힐, 머리에 알이 굵은 선글라스를 얹었다. 웨이브 머리가 어깨 뒤에서 찰랑거리는 그녀, 서른아홉의 연륜은 어디에도 없다.

그녀는 아저씨에게 감사하다고 인사한 뒤 내 데님 빅백을 들고 앞장섰다. 처음 만난 아이가 아니라는 듯한 태도를 보인 건 경비 아저씨를 의식한 몸짓 같았다. 그 순간 내가 그녀에게 짐이 되었다는 걸 깨달았다. 내 도발이 낳은 첫 번째 결과가 '남을 불편하게 하기'라는 게 마음에 걸렸다.

그녀는 나를 조수석에 태우고 안전벨트를 매주었다. 의자 아래로 축 처진 교복 치마를 여미는데 창피함이 밀려왔다. 경비가 못 만나게 할까 봐 평퍼짐한 교복을 입고 온 것 때문에. 그래 봐야 변변한 옷도 없지만. 강변도로를 달려 차가 다리로 진입하자 그녀는 비로소 입을 열었다.

"저녁 먹어야지. 뭐 먹을래?"

왜 왔느냐, 가 아닌 뭐 먹을래, 라니 그녀를 만나기로 한 나의 무모한 결정이 왠지 잘 풀려 나갈 것 같다.

"저는 뭐든지 좋아요. 지제이 님 좋아하시는 걸로……."

그녀는 풋 하고 웃었다. 지제이, 그건 아빠가 그녀를 부르는 닉네임이었다. '지서영 디제이'의 줄임말인데 잊고 있던 호칭이 나도 모르게 튀어나왔다.

"죄송해요, 불쑥 찾아와서."

"음…… 놀란 건 사실이지만 신선해. 드문 일이니까."

맞다. 아빠의 옛 애인을 만나는 일, 영화에서나 있을 법한 사건이다. 영화라는 게 그래 봤자 늘 현실의 언저리를 맴도는 거지만.

"걱정 많이 했어요. 저를 모르시면 어쩌나 해서…… 고마워요."

지제이가 이번에는 프, 짧게 웃었다.

"영이가 찾아올 줄 몰랐는데…… 영이가 울산으로 갔다는 건 기억하고 있었어."

그녀는 아빠를 잊지 않고 있다. 후, 안도의 한숨이 나왔다. 조금 자신감이 들어 아예 털어놓기로 했다.

"제가 온 건 갑자기 선생님이 떠올랐기 때문이에요. 아빠가 늘 쓰던 편지지가 아닌 MBS 로고가 박힌 종이에 편지를 써서 보내셨거든요. 다시듣기로 선생님의 오프닝을 검색하다가 뉴욕에 가신 걸 알았어요. 그래서 결심한 거예요."

두 달에 한 번 정도 나에게 편지를 보내는 아빠의 습성을 미루어볼 때 지제이가 미국을 다녀갔다면 4개월은 넘지 않았을 거라는 계산에서 〈지서영의 신나는 오후〉 다시듣기를 했던 것이다. 그날 그녀의 오프닝은 이런 내용이었다.

"그리워하면 언젠가 만나게 되리, 국민 할매 김태원이 쓴 〈네버엔딩 스토리〉 가사 중의 한 대목이죠. 퍼내도 퍼내도 마르지 않는 샘이 있답니다. 『러브 캔버스』의 석용욱 작가가 그 샘을 그리움의 샘이라고 했군요. 다시 만나고 싶다, 꼭 한 번 보고 싶다, 누구나 마음속에 그런 사람이 있을 겁니다. 그를 만나고 싶다면 머릿속에 그려보세요. 그리고 매일 그를 그리워하세요. 그러면 반드시 만날 수 있습니다. 얼마 전 버지니아 사촌 오빠 댁에 갔다가 돌아오는 길에 뉴욕에 들렀습니다. 거기서 제가 누굴 만나긴 한 걸까요? 상상에 맡깁니다. 여러분, 보고 싶은 사람이 있습니까? 매일 그 사람을 마음속으로 그리며 만나는 상상을 하세요. 그러면 꿈처럼 그 사람이 나타납니다. 그리워하면 언젠가 만나게 됩니다. 어느 영화와 같은 일들이 일어난답니다."

지제이는 내가 다시듣기를 했다고 할 때 푸푸 웃었을 뿐 '그 사람'이 '아빠'라고 확인해주진 않았다. 말하지 않아도 알 수 있는 게 있고 입에 올리면 빛 바래는 것들이 있다. 확신이 다 정답과 연결되는 게 아닌 데다 자주 흔들린다는 게 문제이지만.

대학에서 강의하면서 신문에 칼럼도 쓰고 라디오에도 출연하는 문화평론가 아빠는 〈지서영의 신나는 오후〉에 고정 패널이 된 날 몹시 기뻐했다. 급기야 초등학교 3학년 여름방학 때 나까지 끼워 셋이서 데이트를 했다. 딱 두 번뿐이지만. 2학기가 끝날 무렵 아빠는 뉴욕으로 갔고, 아직 거기 머물고 있다. 오래전부터 아빠가 돌아오지 않는 건 그녀 때문일 거라고 짐작했다. 짐작은 어느덧 확신으로 굳어졌고, 확신은 어쨌든 나를 움직이게 했다.

"서울에 아는 사람은 있니?"

그 순간 대책 없는 아이로 보이는 게 싫었지만 고개를 좌우로 흔들었다. 지제이는 좀 난감해하는 것 같았다.

"신세 질 생각은 아니에요. 사실 작은아빠한테 일주일간 교회 수련회에 간다고 하고 온 거예요. 일주일 정도 지낼 돈은 있어요."

지제이는 기가 막힌다는 표정을 지었다. 정말인데, 오늘 지제이를 못 만나면 일주일 정도 나 혼자 떠돌아다닐 생각이었는데. 정 안 되면 울산으로 돌아가 찬미네 집에 처박혀 있을 건데. 역시 나는 부담스런 존재가 되어버렸다. 부담은 지루함을 가중시키건만.

"그냥 선생님을 만나고 싶었어요. 그때 선생님 만나고 나서 얼마 안 되어 아빠가 뉴욕으로 갔고, 지금까지 한 번도 안 오셨어요. 어릴 때는 잘 몰라서 아빠 사정을 안 물었는데, 이제 너무 떨어져 있다 보니 마치 남 같아서 질문하기가 힘들어요. 늘 간단한 안부만 전하는 정도거든요. 뭐랄까, 내게 아빠는 편지지 속의 글자 같은 분이에요. 사실 선생님이 아빠보다 더 어려운 분인데 제가 여기까지 온 건 인생이 지루하고……."

지루하다는 단어에서 차가 잠깐 흔들렸다.

"선생님이 뉴욕에서 아빠를 만났다면 아빠 사정을 아실 거 같아 만나고 싶었어요. 그냥 무슨 말이든 묻고 싶어서, 좀 답답해서요."

"지루하고 답답하다……."

지제이는 가볍게 한숨을 쉬었다. 알 만하다는 듯 고개를 가볍게 끄덕였다. 과연 그녀가 내 마음을 알 수 있을까. 혹시 지제이의 아빠도 그녀의 소녀 시절에 우리 아빠처럼 도저히 만날 수 없는 곳으로 날아가 5년 동안 편지만 보냈다면 모를까. 그것만으로는 부족하다. 비좁아 터진 22평 아파트에서 나보다 키가 큰 두 사촌 남동생과 사춘기를 지내느니 다른 별로 날아가고 싶은 심정, 그것까지 체험했어야 내 마음을 알 수 있다.

어떤 사람은 내 말을 듣고 핀잔을 줄지도 모르겠다. 작은아빠면 아빠나 다름없는데 무슨 투정이냐며. '다름없는'게 '다른' 것과 별반 차이가 나지 않는다는 걸 알기란 쉬운 일이 아니다. 세상에는 반드시 경험해봐야 실감 나는 것들이 있다.

식당 일 마치고 밤늦게 돌아오는 작은엄마 대신 동생들 밥해주는 일만으로도 나는 이미 지쳤다. 연년생인 남동생들도 사춘기여서 내 사춘기는 마음 깊숙이 접어 넣은 지 오래다. 내가 쓰는 문간방엔 이사 와서 풀지 못한 박스가 산처럼 쌓여 있다. 슬슬 내 눈길을 피하는 혁이와 욱이는 나 때문에 문을 열면 거실이 됐다가 닫으면 방이 되는 애매한 공간에서 지내는 중이다. 나만 없다면 작은엄마는 장롱이 다 차지해버린 안방 때문에 답답해하지 않아도 됐을 것이다. 동생들에게 내 방을 주고 작은엄마가 거실을 차지할 수 있을 테니.

아빠가 나를 울산에 데려다 줄 때까지만 해도 작은아빠 집은 45평이었다. 아빠는 할머니한테 물려받은 그 집의 일정 지분이 우리한테도 있다고 했다. 작은아빠가 갑자기 회사를 그만두고 돼지갈비집을 냈다가 망하지 않았다면 계속 그 집에 살았을 테고, 45평이었다면 지금보다 나았을까?

일주일 전 그 일이 서울행을 확고하게 만들었다. 술이 거나하게 취한 작은아빠가 내 방 침대에 털썩 몸을 누이다 나를 발견하곤 깜짝 놀라 안방으로 갔다. 어휴 집구석이 코딱지만 해 어디가 어딘지 구분하기 힘드네, 라며 나가는 작은아빠를 보며 떠나야 할 때가 왔다는 걸 깨달았다. 땀이 삐질삐질 나는데도 동생들은 속옷 위에 티셔츠를 기어이 껴입고 내 눈을 피한 지 오래되었다. 나는 생리 때마다 행여 생리혈이라도 샐까 봐 집 안에서 초긴장 상태로 지낸다. 모든 상황이 더 이상 너는 작은집 가족이 아니라고 아우성이었다.

"그래, 서울에 아는 사람도 없다며 어디서 자려구?"

"찜질방에서…… 아니면 PC방."

지제이가 이번에는 좀 크게 푸핫, 하고 웃었다.

"서울역 쪽에 있는 패밀리 레스토랑으로 가자. 거기 주차하기가 편하거든."

서울 지리를 모르는 나에게 지제이는 일일이 양해를 구했다. 황송한 마음에 그저 고개만 주억거렸다.

그녀는 베니건스에서 립을 하나씩 뜯어서 먹기 좋게 내 접시에 놓아주었다. 나를 '맹랑하지만 한심한 아이'로 딱 찍은 표정으로. 토마토소스로 만든 해산물 스파게티를 내 접시에 덜어주면서 말했다.

"소녀 시절에는 뭐든 답답하지. 지켜야 할 게 너무 많고 미래는 불확실하니까. 살뜰히 챙겨주어도 괜히 반항심이 생기고 관심을 못 받으면 허전하고, 모든 게 갖춰져 있으면 있는 대로, 없으면 없어서 불만인 채 미묘하고 미칠 것 같은 마음."

마치 자신이 사춘기로 돌아간 듯 지제이의 얼굴이 산란해졌다.

"일단 일주일은 허락을 받았다니 우리 집으로 가자. 여자는 밖에서 자면 안 된단다. 단순히 네가 갈 곳이 없다는 것 때문만은 아니니 미안하게 생각하지 않아도 돼."

립을 세 쪽밖에 못 먹었다. 생각이 너무 많이 새어 나와 음식을 삼킬 기운이 없었다. 단순히 내가 갈 데가 없어서만은 아니라면 다른 이유는 뭘까. 3학년 때 아빠랑 지제이랑 함께 밥을 먹었던 그날이 떠올라 목이 메었다. 지제이도 많이 먹지 않았다. 그녀도 나처럼 머리가 엉키고 있는 게 분명하다.

식사를 마치고 우리는 바로 차에 올랐다. 지제이는 내내 말이 없었다. 양쪽에 높은 건물이 병풍처럼 진 치고 있는 번화가를 지나는데도 신기하기보다 걱정만 앞섰다. 어색하고 모호했다. 그냥 아무 데서나 내리고 싶었다. 오늘은 혼자 찜질방에서 자고 내일 만나 아빠 얘기를 들은 뒤 헤어지면 좋겠다는 생각을 할 때 차가 속도를 낮춰 이면도로로 들어섰다.

"여기는 광화문이야. 큰 경찰서가 있어 밤늦게 돌아다녀도 안전한 곳이야. 토요일과 일요일도 생방송이라 일주일 내내 방송국에 가야 해. 너 혼자 지내려면 심심할 텐데. 일주일이긴 하지만."

혼자 지내는 건 익숙한 일이니까 상관없지만 냉큼 괜찮다고 답하기가 멋쩍다. 아빠의 체면도 생각해야 하니까.

"여긴 굿모닝 오피스텔. 내 방은 투 베드룸이니까 영이가 방 하나 쓰면 되겠네. 방이 미닫이로 구분되어 있어서 한 개나 마찬가지지만 거실이 넓으니까 답답하진 않을 거야."

지제이는 답답하진 않을 거야, 에 특히 힘을 주었다. 지하에 주차할 때 보니 지제이의 차가 모니카 엄마 것과 똑같은 BMW였다. 아무래도 지제이는 아빠랑 너무 수준 차가 나는 것 같다.

엘리베이터 문이 막 닫히려는데 초록색 캔버스화가 쑥 들어왔다. 신발에 걸린 문이 다시 열렸을 때 이마에 여드름이 몇 개 돋아난 남자아이가 고개를 들이밀었다. 그 아이가 열림 버튼을 누르고 있자 그 아이의 아빠인 듯한 사람이 달려왔다. 그 남자가 우리한테 미안해하면서 아들을 야단쳤다.

"그러지 말라는데도 매번 그러는구나. 누가 계시면 다음 걸 타야지."

"지난번에 5분이나 기다렸잖아요. 이렇게 길쭉하게 지어놓고 양쪽 끝에다가 엘리베이터를 달랑 두 개씩만 배치하다니, 게다가 홀수 짝수로 나눠 운영하다니…… 어휴."

아저씨는 아들이 떠들자 지제이에게 다시 고개 숙여 미안함을 표했다. 아빠를 곤란하게 하다니 쿨하지 못한 녀석이다. 10층에서 내리는 녀석에게 눈을 흘겨주었지만 못 본 거 같았다. 우린 12층에서 내렸다. 엘리베이터와 가까운 맨 끝 집이었다. 복도에 사람 소리가 앵앵 떠다니는 작은아빠네 아파트와 달리 윤이 반짝반짝 나는 긴 복도에 사람 그림자 하나 얼씬하지 않았다.

"잘 봐. 덮개를 위로 올린 다음 비밀번호를 누르고, 다시 내리면 문이 열려."

띠띠띠띠, 번호 네 개에 바로 문이 열렸다. 안으로 들어가자 문이 저절로 철컥하고 잠겼다.

"비밀번호는 9981이야. 구구단 맨 끝이니까 기억하기 쉽지? 비밀번호는 너랑 나만의 시크릿."

작은엄마는 아파트 열쇠를 남에게 보이면 안 된다고 했는데, 이번에는 번호를 가르쳐주면 안 된다.

지제이는 어색해서인지 집 안에 있는 전자제품 사용법을 다 알려주었다. 벽에 걸린 42인치짜리 텔레비전을 제외한 대부분의 제품은 건물 지을 때 붙박이로 붙인 빌트인이었다. 냉장고와 공기청정기는 벽에, 에어컨은 천장에, 드럼세탁기는 세탁실에 붙어 있었다. 정수기도 부착되어 있지만 정기적으로 필터를 갈아주는 게 성가셔서 비데와 같이 관리해주는 회사 걸 따로 구입했고 식기세척기도 자신이 구입했다고 설명했다. 귀찮은 건 질색인 모양이다. 며칠 같이 지낼 지제이에게서 맨 먼저 발견한 특성이다.

가구도 모두 붙박이여서 집 안이 깔끔해 보였다. 45평이라는데 예전에 살던 작은아빠네 집보다 훨씬 좁았다. 하지만 반쪽이 방이고 나머지 반쪽은 훤히 트여 있어 시원했다.

"오피스텔은 공용면적이 많이 빠져나가서 아파트로 치면 한 25평 정도 될 거야. 너는 저 방 사용해. 불편하면 거실의 소파에서 자도 되고. 침대 겸용이야."

조금 서먹하긴 하지만 친절한 지제이, 작은엄마보다 나이가 많은데 주름살이 하나도 없고 피부도 맑아 젊어 보인다. 지제이보다 세 살 많은 아빠도 여전히 젊은지 궁금하다.

지제이가 냉장고에서 꺼낸 주스를 건넸다. 저녁까지 먹고 들어왔는데도 창밖이 훤하다. 어색한 침묵 사이로 지제이의 휴대전화가 울렸다. 발신자를 확인한 지제이는 나를 슬쩍 보더니 전화를 받았다.

"아, 네, 라 박사님. 오늘 회의 안 하고 왔어요. 집에 누가 와서요…… 네? 어린 친구예요…… 조카요? 네, 뭐…… 네네, 다음에 뵙죠 뭐……."

조카, 아마도 나를 지칭하는 거 같은데 이것저것 묻는 걸 보니 남자가 분명하다. 너무 낯선 데다 불편한 환경으로 이동해서인지 평소에도 빠른 나의 촉수가 분주하게 움직인다. 라 박사, 지제이한테 꼬치꼬치 묻는 사이라면 사귀는 사람일 수도 있다. 푸시시 풍선 바람 빠지는 소리가 들리는 듯하다.

또 전화벨이 울렸다. 지제이는 약간 인상을 찌푸리더니 전화를 받았다.

"아, 지금 집 아냐……. 명동? 그래, 거기서 30분 후에 보자."

이번에는 서로의 사정을 터놓고 지내는 절친한 친구가 분명하다. 왜 집이 아니라고 할까. 지제이는 숄더백을 다시 멨다.

"김작이 궁금해서 미치겠나 봐. 왜 부리나케 달려 나갔나 해서. 우리 프로그램 작가고 내 친구야. 집에 있다고 하면 쳐들어와서 밤샐까 봐. 너 피곤하게 하면 안 되잖아. 나갔다 올 테니 피곤하면 샤워하고 먼저 자. 잠 안 오면 TV 보든지. 저기 컴퓨터 있으니 쓰고."

지제이의 배려가 고마웠다. 지제이는 붙박이장 한쪽을 열고 옷을 옆 칸으로 옮기더니 마지막 칸을 비워주었다. 옷장 맨 아래 서랍에서 태그가 그대로 붙어 있는 트레이닝복을 꺼내 주면서 누가 초인종을 눌러도 함부로 열어주지 말라는 등 자잘한 당부를 했다. 지제이는 신발을 신다 말고 돌아섰다.

"흠, 괜히 눈치 보고 그러지 마. 할 말 있으면 하고. 물건들은 그냥 막 다뤄도 돼. 오래 쓴 것들이니까. 세상 모든 일은 다 의미가 있다고 생각해. 우리 둘의 만남도 좋은 의미로 해석하자."

지제이는 손을 흔들며 나갔다. 세상 모든 일은 다 의미가 있다, 지제이의 음성이 귓가를 맴돌았다.

그녀가 나가자 갑자기 피곤이 몰려왔다. 소파에 앉아 있는데 눈이 슬슬 감겼다. 이러다가 잠들 것 같아 벌떡 일어났다. 나에게 쓰라고 준 벽장에 옷을 걸고 아래 서랍에 가방과 분홍색 모자를 넣었다. 두 번째 만남에서 지제이가 선물로 준 모자다. 기억할지 모르지만.

"좀 더 자라면 써. 뉴욕 양키스 모자야."

뒤를 줄여도 헐렁했던 모자를 씌워줄 때 지제이의 목소리가 착 가라앉아 있었다.

"우리 사촌 오빠가 버지니아에 살거든. 휴가 때면 버지니아에 갔다가 워싱턴에서 출발하는 기차 타고 뉴욕에 가서 며칠씩 쉬다 오지. 뉴욕은 아무리 가도 질리지 않아. 아직 세 번밖에 못 가봤지만."

지제이의 눈에 설핏 눈물이 비쳤고, 그 눈물이 내 가슴에 남아 있어 찾아올 결심을 한 것이다.

잠깐 망설이다가 지제이가 옷을 대충 던져둔 옆 칸을 가지런히 정리했다. 옷장 바닥에 마구 뭉쳐져 있는 티셔츠도 개놓았다. 지제이가 준 트레이닝복을 그냥 두고 잠옷 대용으로 가져온 체육복 바지와 헐렁한 티셔츠 차림으로 욕실에 갔다. 수납장을 열어보니 수건이 딱 한 장뿐이었다. 내가 써버리면 수건이 젖고, 그럼 지제이가 쓸 게 없다. 세탁실 빨래통에 수건이 잔뜩 들어 있었다. 드럼세탁기에 세제와 린스를 넣고 타월 버튼을 눌렀다. 가구가 별로 없어 깨끗해 보였는데 자세히 보니 여기저기 머리카락에다 먼지투성이다. 세탁실 한쪽에 있는 밀대로 머리카락과 먼지를 제거했다.

10시가 가까워오는데 지제이는 돌아오지 않는다. 건조시킨 타월을 접어서 수납장에 넣고 욕실 바닥을 청소했다. 비데가 설치된 변기도 그리 깨끗하지 않아 세제를 뿌려 깨끗이 닦았다. 그러고 보니 각종 세제와 다양한 솔, 집게까지 청소용품이 완벽히 갖춰져 있다. 보아하니 쇼핑은 잘하는데 청소는 잘하지 않는 모양이다.
"청소를 잘 안 하는 건 애인이 없다는 증거야."
우리를 센스쟁이로 만들겠다며 수업 시간에 다양한 정보를 주는 가정 쌤이 알려준 팁이다. 다행이라는 생각을 하다가 피실 웃었다. 어느새 나는 지제이의 일상에 계속 아빠를 대입하고 있다.
샤워까지 끝냈는데도 지제이는 돌아오지 않는다. 소파에 앉아서 안간힘을 썼지만 눈이 감겼다.

2부 골드미스 vs 한심한 노처녀

아침 7시, 잠깐 어리둥절했지만 곧 정신이 들었다. 나는 아빠의 옛 애인 집에서 낯선 아침을 맞았다. 얇은 홑이불을 덮고 있는 걸 보니 지제이가 늦게 들어와서 덮어준 모양이다. 대체 어쩌자고 여길 온 걸까. 방을 들여다보니 그녀는 세상모르고 자는 중이다.

물을 마시기 위해 살금살금 냉장고 쪽으로 가는데 식탁에 메모가 있었다.

굿모닝☺ 배고프면 식탁에 있는 도넛 먹어. 아니면 식빵에 치즈랑 토마토 얹어서 먹든지. 우유도 마셔^^ 난 10시쯤 기상한다.

감동이 뭉글뭉글 피어올랐다. 아빠가 미국으로 간 이후 나를 챙겨준 사람이 없었다. 작은아빠와 작은엄마는 나를 사촌동생들과 차별 대우할 만한 시간조차 없으니까.

발꿈치를 들고 조심조심 욕실에 들어가서 세수를 했다. 아마도 밤늦게까지 김 작가랑 대화를 했으면 술을 좀 마셨을 것이다. 술국 끓이기라면 자신 있다. 작은엄마가 툴툴거리며 끓이는 걸 옆에서 많이 봤다.

북어는 있는데 무가 없어 난감했다. 미역을 넣고 북어미역국을 끓여야겠다. 야채는 별로 없지만 냉동실은 꽉 찼고 쌀 대신 햇반이 있었다. 그런데도 밥솥은 TV 광고에 나오는 최고급 압력밥솥이다. 바락바락 주물러 미역을 씻어놓고 냄비를 달구는 동안 참기름을 찾았다. 아주 조금밖에 먹지 않았는데 유통기한이 간신히 보름 남은 상태였다. 마늘을 두 개쯤 찧어 넣어야 개운한데 마늘가루밖에 없었다. 뜻밖에도 굵은 천일염이 있어서 간을 맞출 수 있었다. 신김치를 씻어서 참기름으로 볶고, 말라빠진 호박에 역시 유통기한이 다 된 새우젓을 넣고 자작자작하게 끓였다. 명란젓을 풀어 계란찜까지 한 뒤 샐러드 만들기에 나섰지만 야채가 없었다. 비싼 발사믹 식초는 뚜껑도 따지 않은 상태였다.

상을 차리고 있을 때 지제이가 눈을 부비며 나왔다.

"어, 너 누구야? 아 참, 너 영이지. 정신이 없네. 이거 무슨 고소한 냄새야?"

"아침 드세요. 제가 그냥 여기저기 뒤져서 만들어봤어요."

그녀는 약간 인상을 찌푸리더니 식탁 의자에 앉았다.

"뭐야, 이거 영이가 다 만든 거야? 별걸 다 했네."

지제이는 미역국을 한 모금 마시더니 눈을 동그랗게 떴다.

"와, 국물 시원한데. 간이 딱 맞네. 난 이 맛이 안 나던데. 햐! 너 완전 선수구나. 돌아가신 엄마 생각나게 하네."

다행이다. 작은엄마가 애초에 나를 훈련시킬 목적이 있었던 건 아니다. 내가 호기심에 이것저것 물어봤고, 옆에서 돕다 보니 저절로 익히게 된 것이다. 작은엄마가 식당에 나가게 되면서 어깨너머 배운 요리 솜씨로 동생들을 건사할 수 있었다. 열두 살에 주방을 책임지게 된 게 슬펐지만 그런 거 오래 생각할 겨를 없이 식사 시간은 빨리 돌아왔다.

지제이는 미역국만 열심히 퍼먹더니 몇 개 안 되는 그릇을 우당탕탕 식기세척기에 넣었다. 무릎이 툭 튀어나온 트레이닝 바지에 늘어진 티셔츠, 헤어밴드 밖으로 삐져나온 뭉친 머리가 어제보다 훨씬 정겨워 보인다.

"덕분에 잘 먹었다만 앞으로는 하지 마. 나는 집에서 오후 1시쯤 나가고 방송 끝나면 회의에다 회식에다 모임에다, 늦을 때가 많아. 영이가 있는 동안은 가능하면 일찍 오도록 할게. 그나저나 뭐 하고 지낼래? 우선 우리 집에 얼마나 있을 건지, 그걸 알아야 내가 프로그램을 짜줄 텐데."

어제 일주일이라고 했는데 아침이라 정신이 없는 걸까? 지제이가 얼마나 있을지 알아야 한다는 말에 마음이 붕 떴다. 며칠 있다가 울산으로 돌아가면 나는 진짜 폭발할지도 모른다. 잠깐 숨을 고른 뒤 속마음을 얘기해버리고 말았다.

"8월 25일에 개학하는데, 방학 끝날 때까지 있어도 돼요?"

지제이는 조금 당황하는 듯하더니 곧 고개를 끄덕였다.

"그렇게 해. 주말에도 생방송을 해야 하니 거의 너 혼자 지내야 할 텐데 괜찮겠어? 그리고 작은아빠한테 뭐라고 말할 거니?"

"그건…… 일주일 동안 생각해 볼게요. 저는 혼자 지내는 일에 익숙해요."

"영이 나이에 혼자 지내는 게 익숙하면 안 되는데. 저녁은 가능한 한 함께 먹기로 하고, 낮에 먹고 싶은 거 있으면 시켜 먹든지, 아니면 나가서 사 먹어. 싱크대 맨 왼쪽 서랍에 음식점 전화번호 있고 돈도 넣어뒀어. 냉동실에 레토르트 식품이 좀 있을 거야. 김치냉장고 안에도 뭐가 많으니까 먹고. 영이가 요리를 할 줄 알아서 다행이네."

순식간에 정리가 끝났다. 한 달이라는 유예기간을 갖게 되어 다행스럽다. 그녀에게 미안한 일이지만.

욕실로 들어간 지제이가 갑자기 고함을 질렀다.

"세탁기 돌렸니? 욕실 바닥도 청소했네. 어제 늦게 와서 제대로 못 봤는데, 참 나. 영이가 무슨 우렁각시라고…… 나는 좀 흐트러지고 저저분한 게 오히려 익숙하거든. 로마에 왔으면 로마법을 따라야지, 내추럴한 우리 집 환경에 익숙해지도록!"

지제이는 이를 닦으면서 울상을 지어 보였다. 근데 어쩌나, 나는 저저분한 거, 정리 안 된 거 못 보는데. 그게 작은집에서의 생존법이었는데. 내 정리 본능 발동에 대해 지제이와 합의를 봐야 할 것 같다. 이번에는 방 안에서 꺄악 소리가 났다.

"뭐야, 너 옷장까지 정리했니?"

이제 약간 화난 표정이다.

"이상해. 내 조카들은 일하는 거 싫어하던데…… 나도 어릴 때 공부한답시고 손가락 하나 까딱하지 않았는데. 어머머, 아예 티셔츠까지 다 개놨네. 안 되겠다. 영이 너 이리 좀 와봐."

지제이는 내 눈을 똑바로 보고 말했다.

"이번 방학은 애같이 살아. 마음껏 어질러. 난 그런 거 아무 상관 없으니까. 부담 느끼지 말고 눈치 보지 말고 막 지내. 알았지?"

"저 그런 거 힘 안 들어요. 늘 하던 건데요, 뭐."

"애가 이런 일을 늘 하는 게 이상한 거지. 앞으로 절대 손대지 마. 영이가 정 이러면 도우미를 부를 수밖에 없어. 누가 내 집에 드나드는 거 싫어 안 부르는 건데."

지제이는 옷 갈아입어야 하니까 나가 있으라고 했다. 다소 냉정하게 들렸지만 쌀쌀맞진 않았다.

근사하게 차려입고 나온 지제이, 오늘의 패션 코드는 초록색이다. 초록색 머리띠에 초록색 민소매 티셔츠, 흰색 반바지.

"오늘 '보이는 라디오' 하는 날이니까 컴퓨터로 봐. 오늘은 되도록 밖에 나가지 마. 길 잃어버리면 안 되니까. 내가 시간 봐서 이 동네 지리를 익히게 해줄게."

아빠가 유난히 멋을 부리고 향수까지 뿌린 뒤 방송국에 가던 일이 떠올랐다. 아빠도 태평양 건너에서 컴퓨터로 지제이를 볼까? 아빠가 오늘 지제이 방송을 본다면 나랑 똑같은 일을 하는 거다. 뭐든 될 것 같은 기분이 든다. 지제이는 나가려다 말고 다시 방으로 들어갔다.

"심심하면 이거 읽고 있을래?『잠언』."

나는 놀라서 눈을 동그랗게 떴다. 회색 비닐 표지의 얇은 책, 내가 갖고 있는 것과 똑같다.

"일주일 있을 거라 생각해서 책 안 가져왔지? 나중에 교보문고에 가서 책 좀 사자. 간다."

『잠언』에 충격 받아 출근하는 지제이에게 인사도 제대로 못했다. 아빠가 미국에 가기 전날 나에게 준 것이다.

"31장까지 있으니까 하루 한 장씩 보면 한 달 만에 뗄 수 있어. 매일『잠언』을 읽으면 머리가 좋아진대. 고대 이스라엘인 사이에서 전해오던 교훈과 격언을 편집한 책인데 지혜에 관한 내용이 담겨 있어."

아빠는 책을 휘리릭 넘기더니 한 줄을 읽어주었다.

"마음의 즐거움은 좋은 약이 되어도 마음의 근심은 뼈를 마르게 한다, 이 말처럼 영이가 늘 즐거운 일만 생각하고 걱정은 안 했으면 좋겠어."

아빠는 그 한 줄을 기억하면 모든 근심에서 빠져나올 수 있기라도 한 듯 확신에 찬 목소리로 말했다. 아빠는 내가『잠언』때문에 좌절했던 걸 알기나 할까. 아빠가 떠난 바로 다음 날 『잠언』을 펼쳤다가 한숨을 푹 내쉬었다.

"네 아버지의 교훈을 귀담아듣고 네 어머니의 가르침을 저버리지 말아라."

어머니의 가르침이 사라진 데 이어 아버지의 교훈도 들을 수 없게 된 사실을 그 순간 깨달았기 때문이다. 아빠가 나를 직접 가르칠 수 없어 이 책을 던지고 갔다는 생각을 하며 읽다가 책을 탁 덮어버렸다. "아이들은 미련한 짓을 하기가 일쑤지만 징계의 채찍으로 이런 것을 바로잡을 수 있다"라는 구절을 봤던 것이다. 그 말은 '너는 징계해줄 아빠가 없으니 바른 길을 알 수 없는 미련한 애야'라는 뜻이니까.

며칠 만에 다시 들쳐보다 『잠언』을 완전히 구석에 처박아버렸다.

"자기 아버지의 가르침을 무시하는 사람은 미련한 자요, 자기 아버지가 타이를 때 듣는 사람은 슬기로운 자이다."

직접 들려주는 별 뜻 없는 말이 『잠언』보다 더 귀에 쏙쏙 들어온다는 걸 아빠가 과연 몰랐을까. 설마 아빠의 역할을 이런 얇은 책 한 권이 해낼 거라고 믿은 건 아니겠지. 지제이의 『잠언』 맨 앞에 이런 글귀가 있었다.

지혜로 세파를 헤쳐 나가길 — 준.

아빠 글씨였다. 아빠는 어쨌든 사랑하는 두 여자에게 『잠언』을 남기고 떠났다. 그리고 똑같은 책을 가진 우리는 만났다. 나는 지루하고 답답했는데 그녀는 어땠을까. 지제이는 『잠언』을 도무지 읽지 않았는지 줄을 그은 데가 없었다.

책을 덮으려는데 "아이에게 올바른 길을 가르쳐라. 그러면 늙어서도 그 길을 떠나지 않을 것이다"라는 글귀가 눈에 들어왔다. 맥이 탁 풀렸다. 올바른 길을 가르쳐줄 아빠가 옆에 없는 나는 그 길을 알 수가 없다는 뜻이니까. 오랜만에 봐도 역시 『잠언』은 나를 힘 빠지게 한다.

'올여름이 끝나고 내가 어떤 선택을 하든 아빠는 관여할 수 없다. 나에게 길을 안내하지 않았으니까.'

나는 선언하듯 마음속으로 또박또박 되새겼다. 후련하면서도 서운했다. 너무 빨리 내 인생에 대한 결정권을 갖게 된 것이. 눈물이 삐져나왔지만 입술을 앙다물었다.

마침 전화가 울렸다. 망설이다 수화기를 드니 지제이였다.

"내가 옷장 앞에 있는 소파에다 옷을 좀 내놨는데 괜찮으면 입어. 동네에서 입으려고 산 건데 동네 돌아다닐 일도 없고 말야. 안 그래도 누구 줄까 했는데 한번 봐."

아무래도 나의 후줄근한 교복이 마음에 걸린 모양이다. 옷장에 걸린 사복도 티셔츠 두 개와 반바지 하나뿐이니.

베푸는 자의 자세. 가정 쌤은 좀 심드렁한 표정이 제격이라고 했다. 무표정이나 안쓰러운 표정도 안 되지만 거만한 표정은 돕지 않느니만 못하다. 심드렁한 건, 별일 아니라는 기분을 들게 한다. 내가 좀 더 있어서 주는 게 뭐 대순가, 당신도 나중에 여유 있을 때 누구 도와주면 되지, 그런 느낌.

오늘 지제이가 딱 그랬다. 면전에서 말하지 않고 밖에 나가서 전화로 얘기할 때 그런 효과가 났다.

옷은 만족스러웠다. 예쁜 동물 그림이 박혀 있는 데다 몸에 딱 붙는 스타일이다. 게다가 바지는 엉덩이가 보일 듯 말 듯 짧았다. 학교 갈 때는 교복, 집에 와서는 헐렁한 바지와 헐렁한 티셔츠가 내 패션의 전부다. 작은엄마가 가끔 시장에서 사 온 옷들은 남동생들 옷과 구별할 수 없을 정도로 펑퍼짐하다. 사복까지 신경 쓸 여유가 없으니 교복이나마 친구들처럼 줄여볼까 했지만 그마저도 용기가 나지 않는다. 딱히 보여줄 대상도 없는데 규칙까지 어기는 일에.

분홍색 반바지에다 고양이가 그려진 흰색 티셔츠가 기분 좋게 맞았다. 머리를 풀고 지제이가 준 분홍색 뉴욕 양키즈 모자를 썼더니 분위기가 상큼하다. 고마운 지제이. 아직 그녀 앞에서 모자를 쓸 자신은 없다.

3부 고양이는 사랑을 부른다

무얼 할까. 할 일 없는 날이라니 적응이 되지 않는다. 일단 냉장고를 열었다. 냉장고 안에 있는 소스들은 대개 유통기한이 조금밖에 남지 않았다. 참기름처럼 얼마 먹지 않았다는 것도 문제다. 소스와 양념을 한곳에 모아놓았다. 냉동실에서 갖가지 레토르트 식품을 꺼내보니 유통기한이 2년이나 지난 것도 있었다. 비닐봉지로 둘둘 말아놓은 고기가 많았는데, 먹다 남은 양념통닭도 바짝 얼어 있었다. 그런 건 유통기한을 알 수 없으니 무조건 버려야 한다.

세탁실의 대형 플라스틱 박스에 각종 쓰레기가 뒤섞여 있었다. 재활용품과 일반 쓰레기를 분리하다 보니 콜라를 비롯한 탄산음료 캔이 많았다. 지제이는 이래저래 한심한 노처녀임이 틀림없다. 경비실과 통화해 지하 4층 주차장 구석에 쓰레기장이 있다는 걸 알아냈다.

쓰레기장 한편에서 퀴퀴한 음식물 냄새가 났다. 비닐에 담긴 음식물을 통 위에 던져놓고 간 한심한 부류도 있었다. 분리수거함도 몇 개 되지 않았다. 그래서인지 이것저것 잔뜩 담은 큰 비닐봉지가 여기저기 나뒹굴고 있었다. 끌끌 혀를 차고 있을 때 남자아이가 쑥 들어왔다. 어제 엘리베이터에서 봤던 녀석이다. 나를 흘끔 보더니 큰 봉지를 툭 던졌다.

"그냥 던지면 어떡해. 분리수거함에다 분리해서 넣어야지."

"관리비 많이 내니까 걱정 마."

녀석이 가버려 하는 수 없이 내가 분리수거를 했는데 순 과자 봉지였다. 키는 크지만 초등학생인 것 같다. 목소리가 변한 걸 보면 중학교 1학년인지도 모르겠다. 뭐가 단단히 꼬인 듯, 녀석도 사춘기가 분명하다.

어제 녀석이 말한 대로 엄청나게 기다린 뒤에야 엘리베이터가 내려왔다. 그런 데다 이사 가는 집 때문에 전층 운행한다고 써 붙여 놓은 엘리베이터가 층층마다 섰다. 그사이에 이사 가는 집이 생겼나 했더니 방향감각을 잃어 반대쪽 엘리베이터를 탄 모양이다. 12층까지 오는 데 진짜 한참이 걸렸다. 까칠한 녀석이 캔버스 화로 엘리베이터를 세운 이유를 알 듯했다. 그렇더라도 호의적으로 봐줄 수 없다. 그런 생각을 하며 9981을 눌렀는데 갑자기 문에서 삐리삐리삐리삐리 기분 나쁜 소리가 났다. 문을 닫아도 나고 다시 열어도 나고 도무지 소리가 멈추지 않았다. 갑자기 옆집 문이 벌컥 열렸다.

"뭐냐고요. 지금 겨우 잠들었는데. 미치겠네."

까치집처럼 엉킨 머리에 눈을 반쯤 감은 남자가 인상을 썼다.

"죄송해요. 왜 이러는지 저도 모르겠어요."

"뭐야, 중학생이니? 어휴."

남자는 한심하다는 표정을 지으며 도어록 안쪽을 만지작거리더니 건전지를 뺐다. 그제야 소리가 멈췄다.

"건전지 새 거 없어? 갖고 와. 끼워야 도어록이 작동할 거 아니냐고."

"어디 있는지 모르는데……."

머리를 벅벅 긁으며 돌아간 남자가 잠시 후 건전지를 가져와 끼워주었다. 그러더니 성큼성큼 집 안으로 들어왔다. 문을 고쳐주었으니 뭐라고 할 수도 없었다. 남자는 소파에 털썩 앉더니 물을 달라고 했다. 컵을 건네다가 악! 하고 소리 질렀다.

"뭘 놀라니? 일본에서는 남자들이 치마 입는 게 유행이라는데. 그리고 이거 치마 아냐. 그냥 천을 두른 것뿐이지. 더워 죽겠어서 그런다. 남의 오피스텔에 잠깐 얹혀 있는 주제에 에어컨을 팡팡 틀 수도 없고 말야."

남자는 천을 두른 우스꽝스런 모습으로 방 안까지 훑어본 뒤 혼잣말처럼 말했다.

"이 비싼 오피스텔에서, 그것도 가장 큰 평수를 주거용으로 쓰다니. 역시 세상은 불공평해."

남의 오피스텔에 잠깐 얹혀 있다는 남자가 고개를 절레절레 흔들며 돌아갔다.

컴퓨터를 켰을 때 막 〈지서영의 신나는 오후〉, 지신오 시그널이 나오고 있었다.

"새집에 이사 가면 처음에는 썰렁하지만 곧 집 안이 가득 차게 됩니다. 살면서 점점 뭔가가 쌓이죠. 세간이 늘어나는 사람, 뱃살이 불어나는 사람, 걱정이 많아지는 사람. 여러분은 어떤 쪽이세요? 나이 들면서 점차 커지는 것 중 하나가 바로 영향력입니다.

영향력이 커지면 어떻게 해야 할까요? 발휘해야죠. 방향과 방법을 잘 선택해서 말이죠. 어디에 어떻게 발휘하느냐에 따라 감동의 색깔과 무게가 달라지니까요. 섬기는 사람이 많아질수록 세상은 점점 더 아름다워지겠죠. 저도 노력할 겁니다. 저한테 생긴 영향력으로 작은 섬김을 결심했습니다. 더 나은 내일, 우리들의 마음가짐에 달려 있습니다. 거창하게 생각하실 필요 없습니다. 작은 것부터 챙기면 됩니다. 선한 영향력을 발휘합시다. 자, 출발합니다. 신나는 오후, 지서영이 책임지겠습니다!"

지제이가 선한 영향력을 발휘해 작은 섬김을 실천하기로 결심한 일, 그게 바로 나를 받아들인 것이리라. 작은 섬김을 실천하기 위해 나를 받아들였다? 그렇다면 아빠랑은 아무 상관 없는 걸까?

나는 빨리 그것이 알고 싶다.

섬김, 낯선 단어다. 내가 동생들의 식사를 마련한 것도 섬김이겠군. 반복된 섬김은 지루하다는 현실이 열다섯 살에게 최대 난제!

지제이는 전화로 전문가들과 현안 문제를 나누고 스튜디오로 초대한 샤이니와 발랄한 대화를 했다. 아이돌이 나왔는 데도 멀거니 바라보기만 했다. 지제이는 5년 전보다 훨씬 튀어 올랐는데 아빠는 훨씬 뒤로 가서 풀 죽어 있을 거라는 생각에 빠져.

"4부 시작합니다. 라종민 박사의 톡톡심리학, 오늘도 라 박사님이 여러분의 마음을 톡톡 두드릴 겁니다."

지제이의 멘트에 갑자기 귀가 쫑긋해졌다. 어제 전화했던 사람이다. 지제이가 "라 박사님이 장미를 안고 오셨네요. 스튜디오에 장미꽃 향기가 가득합니다"라고 할 때 두 사람이 사귀는 게 분명하다는 생각을 했다. 푸시시, 뭔가 무너지는 소리가 들린다.

꽃을 준 남자가 오늘의 주제가 '꽃과 여성의 심리'여서 준비했다고 했지만 예사로 보이지 않았다. 말끔한 정장을 차려입은 라 박사는 날렵한 미남이다. 웃으며 대화하는 두 사람을 보면서 아빠 생각에 가슴이 찡했다. 아무리 큰 목소리로 말해도 힘없이 들려 공연히 마음 아프게 하는 아빠. 라 박사는 활력이 넘친다. 아빠는 지금도 힘이 없을까? 아빠에 대해 모르는 것투성이다. 4부를 끝까지 듣지 않고 컴퓨터를 껐다. 라 박사의 존재를 알면서 여기 계속 머물러도 될까. 어쨌든 지제이에게 아빠 얘기를 들을 때까지 버티기로 하자.

집 안에 있으면 마음만 더 복잡해질 것 같아 분홍색 핫팬티와 고양이 티셔츠를 입고 집을 나섰다. 만약을 위해 지제이가 적어준 전화번호 쪽지를 주머니에 넣었다. 시멘트만 바른 복도와 덜컹거리는 엘리베이터에서 늘 지린내가 났던 작은아빠네 아파트와 완전 딴판이다. 복도 바닥은 대리석이고 복도 유리창에는 유명한 창호 브랜드가 박혀 있다. 엘리베이터까지 가는 동안 문을 열어놓은 집을 들여다보니 대개 사무실이었다. 신생아학회, 해냄여행사, 민기획, 미래출판사 같은 간판이 달려 있다. 여러 사람들이 일하는 공간에서 지제이는 혼자, 주로 잠만 잔다. 옆집 남자 말에 의하면 가장 큰 평수라고 했다. 지제이는 한심한 노처녀가 아니라 골드미스임이 분명하다.

1층까지 가는 동안 엘리베이터를 탄 사람은 모두 어른뿐이다. 회전문을 밀고 밖으로 나오자마자 소음이 밀려들면서 갑자기 정신이 아뜩해졌다. 오피스텔 회전문 옆의 편의점을 똑똑히 봐두었다. 오피스텔 옆을 돌아 올라가니 주택가가 보였다. 담을 허물고 커피숍이나 음식점으로 변신한 주택이 많았다. 조금 위쪽으로 가니 큰 미술관이 나왔다. 앞쪽에 두 동의 건물이 있고 뒤쪽의 공원에 각종 조각상이 서 있었다.

깔끔한 동네를 거닐면서 지제이는 나와 너무 동떨어진 사람이라는 자각이 더욱 확고하게 일었다. 그녀는 모든 게 풍요롭다. 찻집 유리창에 가녀린 몸매를 고스란히 드러낸 볼이 발그스름한 소녀가 비쳤다. 어쩐지 표정이 슬프다. 남의 옷을 입고 남의 테두리를 어슬렁거려도 내가 지제이에게 편입될 리는 없다.

가정 쌤이 해준 말들이 두서없이 떠올랐다. 지레짐작하지 말라, 미래를 긍정적으로 보라, 문제가 아닌 해결책에 관심을 가지라, 그런 유의 얘기들. 누가 뭐라고 한 것도 아닌데 자꾸 위축되면서 왜곡하려는 마음. 작은아빠 집에 있을 때 눌러두었던 사춘기가 삐죽 고개를 내미는 게 분명하다. 게다가 나는 중학교 2학년이다. 가정 쌤이 그랬다. 세상에서 제일 겁 없는 애들이 중2라고. 아예 '중2병 환자'를 자처하는 애들도 많다. 중2만 모이는 카페에서 어떤 애가 '중2는 가정환경과 재능에 따라 미래가 갈리는 시기'라고 했다. 좋은 고등학교 갈 애들이 이미 드러났고, 미리 좌절한 애들은 엇나갈 수밖에 없는 때가 중2라는 것이다. 나는 미리 좌절해야 하는 쪽이지만 엇나갈 겨를 없이 바쁘다. 서울로 튀어 올랐으니 엇나가기 시작한 건지도 모른다. 열다섯은 무서운 나이임에 틀림없다. 기분이 이랬다저랬다 묘하다.

미술관에서 나와 집으로 돌아가려는데 비슷비슷한 골목만 이어졌다. 멀리 고층 건물이 보이긴 하는데 굿모닝 오피스텔보다 훨씬 높아 보인다. 갑자기 식은땀이 흘렀다. 골목을 헤집고 다녔지만 미로 찾기 게임을 하는 것 같다. 대체 어디로 가야 한담.

"야, 잔소리쟁이! 여기서 뭐하니?"

깜짝 놀라 돌아보니 쓰레기장에서 만난 남자아이가 서 있었다. 왈칵 반가움이 일었지만 티를 내지 않고 오피스텔로 가는지 물었다.

"오피스텔로 가려구? 잠깐 저 위에 갔다가 가자. 버려진 고양이들한테 이거 좀 갖다 주려고. 아, 그러고 보니 고양이 티셔츠를 입었네. 너는 쓰레기장에 갈 때랑 동네 돌아다닐 때랑 패션이 다르네. 아까는 아줌마같이 펑퍼짐하더니……."

히죽 웃으며 생선이 담긴 봉지를 보여주었다. 그리 나쁜 아이 같진 않다. 어쨌거나 선택의 여지가 없다. 10분이면 된다며 녀석이 앞장섰다.

키는 크지만 아무래도 어려 보인다. 내가 누나라는 걸 알리기 위해 중2라고 했더니 녀석도 나랑 같은 학년이란다. 어쩐지 반가운 기분이 들었다. 데니스, 외국인학교에 다닌다고 했다.

"그나저나 분리수거는 다 했니?"

"맞아, 너 아까 내가 부르는데도 그냥 가고. 분리수거를 똑바로 해야지, 그런 식으로 하면 어떡하니?"

"한국은 너무 까다로워. 뭐가 그렇게 복잡한지. 너만 하면 됐지, 내 일에 참견 마."

"참견하는 게 아니라 사회적인 약속은 지켜야지. 분리수거를 해야 환경이……."

데니스가 갑자기 오른쪽 검지 손가락을 세우더니 내 입술을 눌렀다. 너무 놀라 나도 모르게 흡, 소리를 냈다.

언덕을 올라가는데 흰 고양이 한 마리가 데니스를 빤히 쳐다봤다.

"짜식, 날 마중 나왔네. 가자, 화이트!"

데니스가 화이트에게 손짓을 하자, 슬슬 뒤따라왔다. 언덕을 조금 올라가자 담벼락마다 '공가'라는 글자가 적혀 있었다. 빨간 스프레이로 휙휙 뿌려 써서 그런지 글자들이 화난 것 같았다.

"공가가 뭐야?"

"나도 처음에 이 동네 사람들이 다 공씨라는 줄 알았는데 빈집이라는 뜻이래. 조금 있으면 여기도 다 부수고 굿모닝 오피스텔처럼 높은 건물을 짓는대. 굿모닝 오피스텔 자리도 예전에는 한옥이었다더라. 근데 넌 억양이 약간 다른 데다 이 동네를 전혀 모르네. 어디서 왔니?"

"울산에서. 방학이어서 온 거야. 한 달쯤 있을 거야."

"그래? 나도 한 달 안으로 한국에 있을 건지 외국으로 갈 건지 결정할 건데."

앞서 가던 고양이가 공가라는 글자 옆의 구멍으로 들어가자 데니스가 찌그러진 대문을 열었다. 마당이 제법 넓은 한옥이었다. 버려두고 간 가구며 흩어진 옷가지 때문에 귀신이라도 나올 듯 을씨년스러웠다.

"옐로우, 형이 생선 가져왔다. 먹어. 화이트, 너도 같이 먹으면서 옐로우랑 좀 놀아. 맨날 싸돌아다니면 옐로우가 얼마나 심심하겠니? 두 녀석은 놀러 나갔나?"

데니스는 마치 고양이들이 알아듣기라도 하듯 훈시를 하더니 멋쩍은 듯 씩 웃었다.

"동네 돌아다니다가 네 마리가 모여 사는 걸 발견하고 먹다 남은 생선 갖다 주는 거야. 주인이 얘들을 버리고 갔나 봐."

그러고 보니 누르팅팅한 고양이는 어딜 다쳤는지 꼼짝도 하지 않는다. 데니스가 옐로우 앞에 생선을 놓아주자 그제야 좀 먹었다. 데니스는 고양이들이 먹다 남긴 생선 부스러기를 한쪽에 쏟아버리고는 새로 갖고 온 걸 담았다. 그리고 물을 떠다 여기저기 놓아두었다. 개들이 살았을 법한 나무상자 안을 깨끗이 치우고는 앞장서 나갔다. 화이트는 데니스가 가는데도 따라 나오지 않았다.

"쟤, 정말 니 말 듣고 옐로우 돌보려나 봐. 따라오지 않네."

"화이트가 좀 냉정하거든. 그래도 매일 날 마중하러 오는 거 보면 대견해. 귀찮을 때도 있지만 화이트 생각하면서 온다니까."

데니스는 바지에 손을 넣고 휘파람을 휘휘 불며 앞서 걸었다. 둘이 나란히 걷다가 누가 오해라도 할까 봐 그러는 것 같았다. 데니스는 미술관을 지나 조금 가다가 왼쪽으로 꺾었다. 그제야 굿모닝 오피스텔이 보였다. 이렇게 쉬운 길을 찾지 못해 헤매다니……. 데니스가 휙 돌아보며 말했다.

"핸드폰 번호 알려줘."

없다고 하자 대꾸도 없이 달려가 버렸다.

지제이는 7시가 조금 넘어서 돌아왔다. 우린 여전히 좀 어색했다. 내가 라종민 박사를 봤다는 게 신경 쓰이는 건 아니겠지. 라 박사의 존재를 알면서 계속 머문다는 게 마음에 좀 걸렸다. 지제이가 식탁 위에 내놓은 각종 소스와 양념, 냉동식품들을 살펴보고 있었다.

"그거 유통기한이 지난 것들이에요."

"벌써 그렇게 됐단 말야? 산 지 얼마 안 된 거 같은데…… 아직 많이 먹지도 못했는데. 하긴 내가 요리를 거의 안 하니."

밀가루 봉지를 살펴보더니 눈이 페레로 로쉐 초콜릿만해졌다.

"유통기한이 2년이나 지났네. 세월이 이렇게 지났다는 거야? 얼마 전에 먹었는데."

지제이는 고개를 절레절레 흔들며 큰 봉지에 냉동식품을 쓸어 담았다.

"안 돼요. 음식물이 녹으면 포장지와 분리해야 해요. 이따가 제가 알아서 할게요."

지제이는 질린다는 표정을 지었다.

"근데 냉동식품은 유통기한이 없는 거 아니니? 꽁꽁 얼려놓은 건데 뭐 어때."

지제이가 항의하듯 말했다. 뭐가 좀 바뀐 거 같아 찜찜했지만 내친김에 그냥 밀고 나갔다.

"분명히 여기 유통기한이 찍혀 있고, 예전에 뉴스 보니까 유통기한 넘긴 냉동식품 이용하는 음식점들 단속하던걸요."

"어휴, 그래, 다 골라내라. 근데 참 세월 빨리 가네. 산 지 얼마

안 된 거 같은데…….″

양념통닭까지 쏟아져 나오자 그녀는 민망한 표정을 지었다.

"냉동실을 아주 창고로 썼네. 덕분에 오프닝 하나 건졌군. 묵혀 두지 맙시다, 이런 주제로. 그나저나 냉장고 뒤지고 청소하고 그런 거 하지 말라니까."

"저한테 별로 어려운 일 아니에요. 요리사가 되고 싶은 마음도 있어요. 잘하는 걸 못하게 하는 건 가혹해요."

"가혹이라는 단어가 이상하게 쓰이네. 애한테 집 안일 시키는 게 가혹한 거지, 어떻게 일하지 말라는 게 가혹하니?"

"애는 집 안일을 하지 말라, 이건 고정관념이에요. 그리고 저는 애가 아니라 중2예요."

알 건 다 아는, 이라고 부연할 뻔했다. 지제이는 나를 철모르는 중2로만 보겠지. 사실 그게 미안하다. 너무 빨리 많은 걸 알아버렸지만 나를 또래 중2처럼 포장하는 일에도 열중해야 한다. 지제이는 기가 막힌다는 표정을 지었다.

"정말 너는 고정관념을 깨는 중2로구나. 중2가 요리할 재료 사러 빨리 마트에 가야겠네."

지제이는 문득 내 차림을 보고는 탄성을 질렀다.

"오, 몸매 환상, 비율 굿. 펑퍼짐한 거 입었을 땐 몰랐는데, 완전 요즘 선호하는 가녀린 몸매네. 얼굴도 조그맣고. 혹시 길거리 캐스팅되는 거 아니니?"

지제이의 후한 평가에 눈물이 나올 뻔했다. 누군가로부터 찬사를 받아본 건 처음인 듯하다. 지제이는 곧바로 간편한 복장으로 바꿔 입었다. 풍성한 주름이 잡힌 하얀 셔츠에 청바지 차림. 우아하면서도 깜찍했다.

지하 4층 주차장으로 가서 외제 차를 탔다. 작은아빠가 사업에 망하면서 자가용도 처분해버려 지제이의 차를 타는 기분이 새로웠다. 안정감, 지제이가 주는 느낌이다. 아빠와 작은아빠에게 필요한 게 안정이라는 사실을 새삼 깨달았다.

"엎어지면 코 닿을 데지만 안전벨트 매."

"근데 왜 차를 타고 가요?"

"들고 오려면 무겁잖아. 밤에는 배달을 안 해주니까."

마트는 정말 가까이에 있었다. 지제이가 빠르지, 라며 피식 웃었다.

"사고 싶은 거 있으면 카트에 넣어. 중2한테 마트에서 물건 못 사게 하는 건 고정관념이고 가혹하다는 게 니 생각이지?"

지제이의 말에 킥 웃었다. 우리는 꽤 친해진 것 같다. 내가 느타리버섯과 호박, 통마늘, 생강, 풋고추, 양파, 당근, 감자, 무 등을 카트에 넣자 지제이의 눈이 휘둥그레졌다.

"이런 걸 다 뭐하려고?"

"이건 기본적으로 갖춰놓아야 해요. 된장 끓일 때나 볶음 요리를 할 때 필요하잖아요."

지제이는 혼잣말로 진짜 고정관념을 깨는 중2네, 라고 했다. 마른 새우와 북어채, 잔 멸치와 국물용 멸치, 마른 다시마도 샀다. 국물 내기를 위해 최소한으로 필요한 것들이다. 내가 현미와 현미찹

쌀, 검은콩까지 카트에 집어넣자 급기야 한마디 했다.
"점점 이해가 안 되네. 식당 차릴 것도 아니고 말야."
지제이는 구시렁대면서도 제지하지 않았다. 양상추와 새싹, 미니 야채도 샀다. 이런저런 소스를 사려는 지제이에게 올리브유만 사자고 했다. 발사믹 식초가 있으니까. 지제이는 콜라와 초콜릿, 스낵 과자, 스팸, 어묵, 당면, 우유, 요구르트, 게맛살과 갖가지 과일을 샀다. 한심한 노처녀와 나는 확실히 좀 바뀐 것 같다. 지제이는 물오징어와 냉동 고등어구이를 사고는 나를 돌아봤다.
"뭐 더 살 거 없어? 냉동실에 고기는 많으니까."
사실 그것도 다 버려야 하는데…….

워낙 많이 사서 둘이 나누어 들어도 무거웠다. 그러니 코앞이어도 차를 몰고 올 수밖에. 자주 다니면 이런 일이 없을 텐데. 이미 8시가 넘어 배가 조금 고팠다.
"나는 오징어 데쳐서 초고추장 찍어 먹고 어묵이나 삶아 먹어야겠다. 너는 햇반 데워서 고등어구이랑 줄게. 그거 먹으면 저녁 되겠지?"
그러니까 지금 지제이가 해주겠다는 건 요리가 아니라 사 온 걸 그저 전자레인지에 데워 주겠다는 거다. 지제이는 냄비 두 군데에 물을 끓여서 한쪽에 어묵을 넣고 소고기다시다로 간을 했다. 한쪽 냄비에서는 오징어를 데쳐냈다. 전자레인지에다 햇반을 하나 데우고, 이어서 고등어구이도 데웠다. 마트에서 사 온 김치를 접시에 담는 것으로 식사 준비가 끝났다. 내 표정이 떨떠름했는지 지제이가 눈치를 봤다.

"왜, 안 땡겨? 이 고등어구이 수산회사에서 위생 처리한 거야. 생선 씻고 굽고 그걸 언제 하니? 그리고 여기서 생선 구우면 팬 틀어도 냄새가 장난 아냐. 음식은 가능한 한 간단하게 해치운다, 이게 내 생활철학이야. 식사 준비 같은 데 시간 안 들이겠다 이거지. 식사는 주로 밖에서 해결하니까 따로 집에서 해 먹을 일도 없지만."

지제이는 젓가락으로 어묵을 건져서 간장에 찍어 먹었다. 제대로 낸 국물에다 야채와 해물, 뜨거운 물에 데친 어묵을 넣고 끓여야 하는데. 오징어도 그냥 초고추장에 쿡 찍을 게 아니라 야채와 버무려야 맛있는데.

"어때, 이렇게 먹는 것도 맛있지? 김작은 우리 집에 오면 캠핑 온 거 같대. 다들 과다 섭취하고 있어. 먹는 거 신경 안 써도 충분히 살 수 있단 얘기지. 내가 이래봬도 서울 시내 특급호텔, 고급 레스토랑, 패밀리 레스토랑, 샐러드바, 맛집 이런 데 완전 섭렵한 사람이다."

고급 음식점에 많이 다녀봤다는 지제이는 기름이 둥둥 뜬 어묵 국물을 홀짝홀짝 끝까지 마실 태세다.

"역시 이 맛이야. 중학교 때 학교 앞에서 사 먹던 오뎅 맛."

지제이는 콜라 캔을 따면서 나에게도 권했다.

"콜라 안 먹어요. 애들은 콜라 먹으면 안 좋대요. 어른도 마찬가지고요."

지제이는 콜라를 마시다가 목에 걸렸는지 켁켁거렸다.

"애 아니고 중2라며. 아주 시어머니가 나타났어."

그러면서도 콜라를 끝까지 다 마셨다. 식기세척기에 그릇 넣는 것도 귀찮은지 콜라를 다 마신 지제이가 소파에 푹 퍼져버렸다. 내가 개수대에서 그릇을 씻자 지제이가 외쳤다.

"그냥 놔둬. 식기세척기에 넣을 거니까."

내가 대꾸하지 않자 아무 말도 없었다. 포기하고 내가 일하는 걸 용인하는 줄 알았더니 소파에서 잠들어버렸다. 이를 닦고 자야 하는데. 특히 콜라를 마신 날에는.

설거지 끝내고 큰 냄비를 꺼내서 국물을 만들었다. 말린 다시마와 양파, 무, 말린 새우를 넣고 푹 끓여서 식혔다가 냉동실에 얼려두면 급하게 준비해야 할 때 편리하다. 내가 이곳에 머무는 동안 식탁을 책임져야겠다. 그게 내가 가장 잘하는 일이고, 지제이에게 보답하는 일이니까. 지제이는 어울리지 않게 정크푸드 스타일이다.

작은아빠에게 뭐라고 하지? 내가 지제이의 집에 있다는 걸 알면 기절할지도 모르는데. 작은아빠는 음식점이 망한 뒤 아빠한테 사정을 알리지 말라고 부탁했다. 하지만 내가 여기 있다는 걸 알면 작은아빠가 나서서 뉴욕으로 전화할 게 분명하다. 이번 일을 계기로 변화가 생긴다면 나쁠 거 없다. 이번 여름에 어떤 결론이든 났으면 좋겠다.

나에게 사춘기는 사치라고 생각했지만 머리와 가슴이 제각각 움직인다. 감기약을 먹은 듯 약간 붕 떠 있는 느낌이다가 확 나동그라질 것 같은 아슬아슬함이 교차한다. 지난 5년 동안 나는 잔뜩 움츠려 있었다. 오므렸던 스프링을 놓으면 튕겨져 나가는데.

4부 사춘기 태풍이 분다

지제이의 기상 시간이 늦다는 건 다행한 일이다. 아침 식사 준비할 시간이 충분하니까. 어젯밤부터 불려놓은 현미와 현미찹쌀, 검은콩을 밥솥에 넣고 취사 버튼을 누른 뒤 야채를 다듬었다. 지제이가 10시쯤 일어나니 9시부터 요리를 시작하면 될 것 같다.

내가 요리에 능한 건 아니다. 집에서 먹는 반찬을 몇 가지 할 줄 알고, 찌개와 국 끓이는 법을 배웠을 뿐이다. 작은엄마는 기본만 확실히 알면 나머지는 응용 능력에 달렸다고 했다. 손이 가는 반찬 몇 가지를 맛깔스럽게 만드는 게 중요하다. 작은엄마는 내가 간을 신통하게 잘 맞춘다고 칭찬했다. 그건 요리에 따라 소금과 국간장, 진간장 달리 넣는 법을 작은엄마한테 배운 덕분이다. 지제이 집에 있는 동안 그간 만들어본 음식에다 응용을 잘하여 질리지 않게 해야겠다.

　묵은지를 자작자작하게 끓이고, 무생채에 오징어를 데쳐 썰어 넣고, 버섯볶음을 만들었다. 요리하는 동안은 딴생각을 할 겨를이 없어서 좋다. 잠시만 한눈팔면 끓어넘치고 소금을 조금 더 치면 짜서 못 먹게 되니 신경을 집중하게 된다. 내가 매우 중요한 일을 한다는 자부심도 든다.

　"졌다!"

　지제이는 까치집 머리를 매만지며 고개를 절레절레 흔들었다. 어제처럼 격렬하게 반대하지 않아 다행이다. 지제이는 묵은지찌개가 맛있다며 밥 한 공기를 다 비우고는 요리법을 물었다. 어제 국물을 만들어놓았다고 하자 또 고개를 저었다. 대체 누구한테 배웠느냐고 할 때 결국 작은집의 형편을 얘기하지 않을 수 없었다. 안 그랬다가는 작은엄마가 영락없이 팥쥐 엄마가 될 판이니. 아빠의 동생 얘기니 아빠 자존심에 흠집이 갈 수도 있지만 피할 방법이 없다. 작은아빠가 대형 식당을 운영하다 망하자 작은 엄마가 남의 식당에서 일하게 되었고, 그때부터 내가 주부 아닌 주부가 되어버린 사단을 사실대로 말했다.

　지제이는 고개를 끄덕이더니 맛있어서 기죽잖아, 라고 했다. 그녀는 묘하게 분위기를 반전시키는 힘을 가졌다. 밝은 목소리로 신나는 오후를 만드는 디제이답게. 지제이는 또 콜라를 꺼냈다.

　"왜 콜라를 드시는 거예요?"

　"버릇이 됐어. 밥 먹으면 괜히 더부룩한 거 같아서. 콜라를 먹으면 속이 시원해져. 이거 다이어트 콜라여서 괜찮아."

"열량이 낮다는 것뿐이지 괜찮을 거 같진 않은데…… 전에 〈스펀지〉 보니까 콜라는 순 화학제품을 섞어서 만들던데, 숭늉 드세요."

지제이는 콜라를 다시 냉장고에 넣더니 울 엄마야 딱 울 엄마, 라고 중얼거렸다.

12시밖에 안 되었는데 지제이가 핸드백을 메고 거실로 나왔다. 오늘은 박스형 재킷에 레깅스다.

"저녁에 회식이다 회의다 해서 늦게 들어올 때가 많지만 가능한 한 일찍 와서 같이 저녁 먹도록 노력할게. 이 동네 맛있는 데도 많고 재미있는 데도 많아. 지금 잠깐 나가자."

지제이는 어리둥절한 표정의 나를 끌고 오피스텔 1층 상가에 있는 휴대전화 대리점으로 갔다.

"중학교 2학년이 쓰기 좋은 스마트폰 하나 추천해주세요."

거절할 틈도 없이 지제이는 판매원과 머리를 맞대고 진열대 안에 있는 휴대전화를 들여다보았다. 곧 휴대전화가 개통되었다. 지제이는 바로 자신의 번호를 입력하고는 경비실과 관리실 전화번호도 입력했다. 무슨 일 생기면 전화하라면서.

지제이가 지하 주차장으로 내려가는 엘리베이터를 타며 손을 흔들었다. 나는 휴대전화 박스를 들고 멍하니 서 있었다. 따뜻함과 부담감이 동시에 밀려왔는데 따뜻함 쪽이 훨씬 컸다. 나에겐 좀 낯선 감정.

짝수 층 엘리베이터에서 데니스가 한 무더기의 어른들과 함께 내렸다. 데니스는 내게 따라오라는 눈짓을 했다. 이면도로를 건너 주택가로 들어서자 그제야 말을 걸었다.

"뭐야, 어제 휴대전화 없다더니. 휴대폰 박스네."

"지금 샀어."

"익숙하지 않겠네. 내가 가르쳐줄까?"

고개를 끄덕였다. 나 혼자 깨치려면 하루는 걸릴 테니. 데니스는 가르쳐준다더니 계속 휴대전화를 만지작거렸다.

"지금 고양이한테 가는 거야?"

"어, 저녁에 아빠랑 뮤지컬 보기로 했거든."

공가에 가보니 오늘도 옐로우와 화이트밖에 없었다. 데니스는 재빨리 물을 갈아놓고, 고양이들이 먹다 남긴 생선을 치운 그릇에 오늘 가져온 걸 담았다. 손을 씻고는 빈집의 마루에 걸터앉았다.

"공가라고 하면서 물도 나오고 아직 전기도 안 끊겼어. 나 손 씻었다. 휴대전화 사용법은 간단해."

데니스는 기본적인 걸 가르쳐주고는 문자 보내는 법을 알려주었다.

"나한테 문자 보내봐."

"뭐라고?"

"그걸 내가 가르쳐주면 안 되지. 니가 쓰고 싶은 걸 써야지. 이모티콘도 넣고."

금방 잘되지는 않았지만 배운 대로 데니스에게 문자를 보냈다.

고마워~☺

곧바로 데니스가 나에게 답장을 보냈다.

Your Welcome♥

데니스가 킬킬 웃었다.
"별 뜻 없는 하트. 배고파. 라면 먹으려고 나온 거야. 넌 점심 먹었니?"
라면을 먹겠다는 말에 나도 모르게 인상을 찌푸렸다.
"왜 라면을 먹어, 밥을 먹어야지."
"밥이 없는데 뭐. 너도 라면 먹을래?"
"아니, 난 밥 먹었어."
"넌 엄마가 해주시는구나. 우리 엄마의 인생에 아들은 포함되지 않나 봐. 한국에 안 오시겠다니."
데니스는 그런 말을 스스럼없이 내뱉었다. 뭔가 사연이 있는 듯했으나 묻지 않았다. 그러면 내 얘기도 해야 하니까. 데니스는 아빠와 함께 있기로 결정한 건가?
내가 한쪽을 결정하기 전에 아빠와 엄마는 헤어졌다. 엄마가 먼저 이혼을 요구했고 합의를 하기도 전에 집을 나가버렸다고 했다. 작은엄마는 내 앞에서 가리지 않고 말했고, 나는 나와 관련된 얘기라면 무엇이든 기억하고 있다. 어린애들도 자신과 연관된 사안에 본능적으로 반응한다는 걸 어린 시절을 지나온 어른들은 까맣게 잊어버렸다. 그렇지만 그 정보는 나에게 도움이 되었다. 내가 엄마를 쓸데없이 그리워할 싹을 잘라버렸으니까. 버리고 간 사람을 기억할 땐 그리움이 아닌 분노가 자란다.

"그럼 넌 반만 먹어. 나 한 개 반은 먹을 수 있거든. 혼자 먹는 거 정말 싫어. 내가 핸드폰 작동하는 법 가르쳐줬잖아."

혼자 먹기 싫다는 말에 왜 지제이가 대충 먹는지 알 것 같았다. 혼자여서 요리하고 싶은 마음이 안 드는 게 분명하다. 아빠는 뉴욕에서 누구랑 밥을 먹을까. 매일 마른 빵만 뜯어 먹는 거 아닐까. 갑자기 가슴이 싸아해졌다. 그러고 보니 나는 혼자 밥 먹은 기억이 별로 없다. 그런 걸 생각하면 작은아빠 가족이 고맙다.

자주 가는 분식집인지 할머니가 데니스를 반갑게 맞았다.

"애인 생겼냐? 오늘은 싱글벙글이구나. 늘 인상 구기고 다니더니."

데니스는 '애인'이라는 말이 걸리는지 인상을 찌푸리더니 라면 두 개를 주문했다. 데니스는 라면을 기다리는 동안 계속 내 전화를 갖고 놀았다. 갑자기 벨이 울리자 데니스가 통화 버튼을 누른 뒤 건네주었다. 지제이였다. 휴대전화 잘 터지나 해서 전화했다며. 데니스는 내가 전화를 끊자 이것저것 띵띵 눌렀다.

"너네 엄마 목소리가 다 들려서 통화음을 낮춰놨고, 번호 두 개 입력해놨어. 이제 벨이 울리면 '엄마'라고 뜰 거야. 나는 '고양이'라고 해놨어."

지제이는 엄마가 아닌데, 바꿔달라고 말하고 싶었지만 그럼 누구냐고 물을 것 같아 잠자코 있었다.
 데니스는 라면을 국물까지 다 마셨다. 라면을 먹더라도 국물은 마시지 말라고 잔소리해서 동생들은 꼭 국물을 남기는데. 남자들은 잔소리를 싫어한다고 했던 가정 쌤 말이 떠올라서 꾹 참았다.
 라면집을 나와 주택가 끝에 있는 작은 공원에 갔다.
 "왜 친구가 없어?"
 "외국인학교에서 만난 애들은 몇 있지만 한국 친구는 없어. 친해지는 것도 귀찮아, 금방 헤어질 거니까. 너 있잖아."
 데니스는 올여름에 미국으로 갈까 고민 중이라고 했다. 엄마가 있는 케이프타운도, 아빠가 있는 서울도 아닌 곳으로 떠날 예정이라는 뜻이다. 해외 법인을 돌며 근무한 아버지와 향수병 때문에 더 이상 외국 생활을 못하겠다던 엄마는 지금 정반대로 사는 중이라고 했다. 아빠가 드디어 본사 근무를 하게 되었을 때 정작 엄마는 아빠의 마지막 근무지였던 남아프리카공화국의 케이프타운에 눌러살겠다고 선언했단다.
 "사실 내 국적은 미국이야. 내 의지와 상관없이. 아빠가 캘리포니아 주에 있는 샌프란시스코에 근무하실 때 태어났거든. 뉴욕에서도 살았고. 이제 내가 선택하고 개척해 나갈 거야. 성인이 될 때까지 부모의 보호를 받아야 한다지만 좀 일찍 내 길을 찾기로 했어."
 데니스의 말에 내 머리도 명확해지는 기분이다. 충동적으로 울산을 떠나와서 어정쩡하게 머물고 있는 나야말로 빨리 내 길을 찾아야 한다. 데니스가 뉴욕에서도 살았다는 말이 귀에 남았다.

"뉴욕에 대해 잘 알겠네."

"어릴 때였기 때문에 기억나는 건 많지 않아. 센트럴파크 근처에 살았는데, 주변에 박물관이 많아서 엄마가 매일 나를 박물관에 데려가셨어. 박물관에서 이것저것 본 기억이랑 센트럴파크에서 뛰어놀았던 일, 공원 주변에서 말수레를 탄 일, 말똥 냄새, 그런 것만 가끔 떠올라."

조금 아쉬웠다. 데니스가 뉴욕을 잘 알면 더 많은 걸 물어볼 수 있었을 텐데. 그래도 지제이 얘기는 해야 할 것 같다. 데니스가 자신을 스스럼없이 드러냈는데 남루하긴 하지만 내 처지를 감출 수는 없다.

"아까 전화하신 분, 우리 엄마 아냐. 나 방학 동안 아는 분 댁에 잠깐 와 있는 거야. 우리 부모님은 이혼하셨어. 엄마랑은 연락이 안 되고 아빠는 뉴욕에 계셔. 나는 울산 작은아빠 댁에서 살고 있어."

"그게 뭐 어때서. 너는 너야. 난 캘리포니아에 있는 기숙학교에 들어갈 거야. 오히려 떨어져 사는 게 편할 수도 있어. 이번 여름방학 중에 어떤 결정이든 내릴 거야. 어차피 내 인생이니까."

너는 너, 어차피 내 인생, 데니스의 말을 마음에 새겨 넣었다. 데니스가 MP3를 꺼내서 이어폰 한쪽을 내 귀에 꽂아주었다. 경쾌한 음악이 흘러나왔다.

"〈캘리포니아 드리밍〉, 마마스앤파파스가 부른 팝송이야. 〈중경삼림〉이라는 영화에도 나와. 우리 엄마가 좋아하는 노래지. 엄마는 캘리포니아에서 내가 태어났을 때가 가장 행복했대."

우리나라 아이돌 노래만 들었는데 오래된 팝송이라니 특별한 느낌이다. 스마트폰으로 〈중경삼림〉을 검색해보니 남자 주인공이 자주 가는 패스트푸드점의 점원이 캘리포니아로 떠날 꿈을 꾸며 〈캘리포니아 드리밍〉을 듣는다는 내용이 있었다. 데니스는 나와 좀 다른 것에 관심이 있다. 친해지려면 분발해야겠다는 생각을 하는데, 이어폰을 뺀 데니스가 한발 앞서 걸었다. 여전히 나란히 걷는 건 어색한 모양이다.

그냥 방에 앉아 핸드폰만 만지작거리고 있다. 서울에 있는 며칠 동안이라도 울산 친구들을 생각하고 싶지 않았지만 더 새록새록 떠오른다. 걱정을 사서 하고 있는 진희, 너무 풍요로워서 오히려 갈증을 느끼는 모니카, 나를 보는 듯해서 화가 나는 찬미, 어쩔 수 없이 떠올라 걸리적거리는 정우, 겨우 네 명만으로도 머리가 무겁다.

진희의 블로그에 며칠째 아무런 게시물이 없다. 직접 쓴 글은 물론 본문 스크랩조차. 연재소설을 쓸 거라고 공지까지 해놓고 아직 한 편도 올리지 않았다. 지난번에 연재를 시작했다가 재미없어서 중단한 후유증인가? 댓글란에 답글도 달지 않은 건 확실히 이상하다.

나, 영이야. 여기 서울이고, 이거 내 핸드폰이야. 무슨 일 있어? 전화할까?

문자를 보내자 곧바로 답장이 왔다.

나 지금 전화할 기분 아냐.

내가 핸드폰이 없는 걸 불만스러워했던 진희가 서울에서 보낸 내 문자를 무시하다니, 대체 무슨 일이 생긴 걸까. 모니카에게 전화를 하려다 그제야 내가 그 애 번호를 모른다는 걸 깨달았다. 진희에게는 가끔 집전화로 통화를 했지만 모니카와는 그저 학교에서만 얘기를 나누었다. 새삼 내가 친구들에 대해 아는 게 많지 않다는 걸 알았다. 찬미에게 전화할까? 사실 아까부터 망설이는 중이다. 찬미는 터놓고 지내는 친구이지만 찬미네 집을 떠나는 순간 그 애를 잊고 싶을 때가 많다. 찬미도 내가 핸드폰이 없어서 불편하다고 했다. 괜히 작은아빠 집에 전화해서 어른들이 자신의 존재를 아는 게 싫다며. 찬미도 나도 친구이면서 서로에게 부담을 안고 있다. 부담을 가지면 친구가 아닌데. 그런 생각을 하고 있을 때 벨이 울렸다.

"영아, 지금 서울 있다고? 나 서울 갈 테니까 만나자. 어디로 가면 되니? 여기 있다간 미쳐버릴 거 같아."

진희를 겨우 진정시켜서 자초지종을 듣다가 기절할 뻔했다. 남자 고등학교 수학 선생인 진희 엄마가 우리 학교 수학 담당 장병식 선생과 연애를 하는 것 같다고 했다. 남자 교사 중에서 유일한 미혼이어서 우리가 장총각이라고 부르는 수학 선생과 진희 엄마,

어울리지 않는 조합이다. 진희가 이상하다고 느꼈다면 뭔가 시작된 게 분명하다. 엄마 일이라면 모르는 게 없는 진희니까. 게다가 블로그에서 아줌마들과 대화를 많이 나눠 웬만한 유형의 연애담은 꿰고 있다. 진희는 자기가 좀 흥분 상태라며 들어줘서 고맙다는 문자를 보냈다. 말로 하면 쑥스러웠을 표현이 문자로는 괜찮다는 게 신기했다.

심호흡을 하고 지제이에게 문자를 보냈다.

고맙습니다♥

마음을 담아 하트를 달았다. 별 뜻 있는 하트. 곧바로 지제이로부터 문자가 날아왔다.

오호, 기능을 잘 익히고 있군.

별일 아니라는 듯한 사무적인 문자. 아무리 생각해도 지제이는 멋지다.

장총각이 진희 엄마 애인이라니, 솔직히 놀랐다. 진희 엄마는 지제이와 동갑인 서른아홉 살이다. 대학교 때 사귄 진희 아빠랑 졸업하자마자 결혼했고, 진희를 낳자마자 이혼했다. 진희는 아빠랑 연락을 끊고 지내지만 엄마가 잘해줘서 결핍 같은 건 못 느낀다고 했다. 지제이가 잡지에 나오는 모델 같다면 진희 엄마는 단정하지만 좀 답답한 쪽이다. 하긴 선생님이니까. 장총각보다 네 살이나 많고 열다섯 살짜리 딸까지 있는데 순조롭게 진행될지 의문이다.

한때 장총각이 가정 쌤과 사귄다는 소문이 돌았을 때 가정 쌤의 백마 탄 남자가 장총각이라는 게 조금 실망스러웠다. 가정 쌤이 여자들은 백마 탄 남자를 끝까지 기다리고 싶어해, 라며 아련한 눈빛을 보인 적이 있기 때문이다. 장총각도 못생긴 건 아니지만 백마 탄 왕자는 훨씬 더 멋있어야 할 것 같은데…… 장총각이 동갑내기 가정 쌤은 어쩌고 네 살 많은 이혼녀를 만나는 걸까. 장총각이 아무리 노력해도 진희는 경멸의 웃음만 날릴 거 같다. 그리고 사이버 세계로 더욱 빠져들겠지. 아무래도 친구를 위로할 방법을 찾아봐야겠다.

우리가 만난 건 어이없는 사건 때문이다. 우린 같은 반이지만 친한 사이가 아니었다. 키가 작은 모니카는 맨 첫줄, 나는 중간, 키가 큰 진희는 뒷줄에 앉는다. 올 3월 비슷한 시각에 화장실에서 나오다가 우리 셋 다 선생님한테 끌려갔다. 화장실에서 담배를 피우고 있던 연우와 성희와 함께 우리도 담배를 피웠다고 오해를 받았던 것이다. 연우와 성희는 선생님들이 야단을 쳐도 태연자약하게 담배를 피운다. 연우 엄마랑 성희 엄마는 말리다 때리다 온갖 방법을 써도 안 되어서 병원에 입원까지 했단다. 그나마 둘이 다른 친구들을 괴롭히지는 않아 우리들 사이에서 평이 그리 나쁘지는 않다.

선생님은 어리둥절해하는 우리들의 손가락에 코를 대고 킁킁 거리더니, 담배 냄새가 나지 않자 이번에는 그 애들 망을 봐주었 다고 의심했다. 각각 따로 화장실에 갔다가 우연히 함께 나온 것 뿐이라고 했지만 선생님은 믿지 않았다. 결국 그 애들 때문에 우 리는 경위서까지 냈다. 내가 화장실 문을 열고 나올 때 성희와 연 우, 진희와 모니카가 어떻게 하고 있었는지 진술해야 했다. 아무 생각 없이 화장실에 갔던지라 도무지 생각이 나지 않아 결국 대충 썼다. 경위서를 쓸 때 상담 쌤은 지금부터 담배 피우면 뼈가 녹으 니 절대 따라 하지 말라고 했다. 저 애들은 마흔 되기 전에 반드시 암에 걸린다며 내기를 하자고도 했다. 상담 쌤이 아무리 협박해도 열다섯 살에게 마흔 살은 너무 까마득하다. 어이없는 사건이었지 만 그 일로 두 가지 수확이 생겼다. 무슨 일을 하든 면밀히 살펴보 는 버릇과 우리가 친해진 일이다.

찬미와는 하굣길에 우연히 눈이 마주쳤는데 서로 굉장히 비슷 하다는 걸 순간적으로 깨달았다. 우린 둘 다 교복에 전혀 손대지 않은 상태였다. 그날 바로 찬미 집에 놀러 갔고 우리는 친구가 되 었다. 지은 지 오래되어 월세가 싼 연립주택 지하에서 살고 있었 다. 중학교 3학년 때 자퇴한 찬옥 언니가 맨날 집을 비워 찬미는 거의 혼자 지내다시피 한다. 퀴퀴한 곰팡이 냄새가 나는 집에서 주로 라면만 먹는 찬미의 누런 얼굴은 늘 땡땡 부어 있다. 내가 밑 반찬을 만들어주면 찬미는 엄마가 온 것 같다며 고마워했다. 하지만 우린 둘 다 엄마를 그리워하지 않는다. 찬미 집에서 돌아오는 길은 늘 허전했다. 함께 놀아도 마음이 채워지지 않아서.

 마음이 많이 산란하던 이번 학기 초, 진희와 모니카를 만난 뒤 버티는 데까지 버티면서 이 애들의 기운에 스며들자는 결심을 했다. 나와 마찬가지로 아빠와 따로 살지만 엄마의 살뜰한 보살핌과 경제적 풍요로 인해 진희는 자신감이 넘친다. 모니카는 철이 없긴 하지만 해맑고 때때로 명석하다.
 모니카의 부모님이 해외여행 가신 틈을 타 우리 셋이 시내로 나갔을 때였다. 웬 대학생 언니들이 우리들의 이름을 불렀다. 롤고데기로 웨이브를 넣은 구불구불한 긴 머리에 딱 붙는 셔츠, 미니스커트 아래 쭉 뻗은 다리를 킬힐로 마무리한 그녀들이 히히히 잇몸을 드러내고 웃을 때에야 연우와 성희라는 걸 알아차렸다. 머리에 잔뜩 힘을 준 남자 둘과 함께였다. 연우가 우리들한테 그랬다.
 "복장이 완전 찌질하네. 나 중딩, 딱 표시가 나서 말야. 안 그러면 끼워줄 수도 있는데…… 다음에 부를 테니까 같이 놀자. 우리 때문에 너희가 고문을 받았는데 빚은 갚아야지."
 입술로 키스 마크를 날리며 돌아설 때 우리는 멍하니 바라보고만 있었다. 남자 중의 하나가 나에게 눈을 찡긋했다.
 "멋지다. 몸매 짱이다."
 모니카는 감탄하느라 정신이 없었다.
 "나도 머리 길러야지. 웨이브 죽이는데."

진희도 사라져가는 애들을 계속 바라보고 있었다. 우리 셋은 약간의 '타락 본능'은 있지만 그걸 실천할 용기는 없는 상태였다. 하지만 그 순간 우린 동시에 이런 생각을 했다.
'알 수 없지, 우리가 어떻게 될지······.'

얼마 후 정우와 마주쳤다. 연우 옆에 서 있을 때는 불량기가 넘쳐 보이더니 면전에서 자세히 보니 좀 어설펐다.
"어, 너 연우 친구잖아."
정우는 내 어깨에 자연스럽게 손을 얹었고, 내가 밀어내자 어깨를 툭 쳤다. 누가 볼까 봐 빨리 동네를 벗어나 좀 한산한 길에 왔을 때 정우가 다시 팔을 내 어깨에 걸쳤다. 내가 그 팔을 끝내 뿌리치지 못한 건 어쩐지 보호받는다는 기분이 들어서였다. 이후 정우와 몇 번 만나긴 했지만 진희나 모니카에게 남친이라고 소개한 적은 없다. 찬미에게는 털어놓았고 셋이 만난 적도 있다. 찬미는 내가 정우와 만나는 걸 부러워하면서도 조심하라고 일렀다.
"나도 남친이 생기면 좋을 거 같긴 한데, 남친 생기면 막나갈까 봐 걱정돼. 우린 그래도 야단칠 사람이 없잖아."
작은아빠나 작은엄마는 내가 함부로 행동해도 눈치챌 시간이 없다. 우리는 알아서 우리의 브레이크를 잘 밟고 있어야 한다. 우리의 브레이크는 찬옥 언니다. 동거를 한다느니 산부인과에 다녀왔다느니 조건 만남을 한다느니, 온갖 나쁜 소문이 찬옥 언니를 따라다닌다. 찬미와 내가 닮고 싶지 않은 찬옥 언니처럼 되는 길

목에 정우가 있다. 우리의 브레이크가 언제 파열될지, 그건 아무도 모른다.

 내 사춘기는 아마도 열다섯 살 초입 진희와 모니카, 그리고 찬미와 정우를 만나면서 도드라진 것 같다. 부디 이 여름방학에 사춘기를 끝낼 수 있기를. 아주 불량해지거나, 아주 성숙해지거나.

5부 뉴욕에 사로잡힌 아빠

"사랑은 오래 참고 친절하며 질투하지 않고 자랑하지 않으며 잘난 체하지 않는 거라고 바울이 말했습니다. 또 사랑은 버릇없이 행동하지 않고 이기적이거나 성내지 않고 악한 것을 생각하지 않는 거랍니다. 사랑은 불의가 아닌 진리와 함께 기뻐하고 모든 것을 믿고 모든 것을 바라고 모든 것을 견디는 것이라고 합니다.

공감이 가시나요? 저는 사랑은 찌릿찌릿 정신을 혼미하게 하면서 다가오든 밋밋하게 시작되든 오랜 기간 서로를 참아내면서 동화되어야 완성된다고 생각합니다. 내가 너 같고 네가 나 같은 경지. 그렇게 되려면 오래 참는 수밖에 없겠죠. 바울이 말한 사랑 가운데 오래 참아야 한다는 말이 가장 와닿습니다. 하지만 기약이 없을 때 오래 참기란 쉽지 않죠.

저는 사랑은 우산 같아야 한다고 생각합니다. 갑자기 쏟아지는 비, 추적 추적 종일 내리는 비, 바람과 함께 심술궂게 흩어지는 비, 이 모든 걸 막아내는 '우산 사랑' 어떤가요. 목소리 듣고 싶을 때 바로 들려주는 사람, 우울하고 허전할 때 달려와 마음을 꽉 채워주는 사람, 그런 사람이 우산을 들고 여러분 곁을 지키길 기대합니다. 〈지서영의 신나는 오후〉, 지신오가 오늘도 여러분과 함께합니다!"

지제이의 오프닝을 들으면서 그녀도 나와 같은 마음이라는 걸 깨달았다. 비가 와도 그대로 맞고 서 있어야 하는 처연함을 그녀도 알고 있는 게 분명하다. 그리고 그녀는 지금 오래 참는 중이다. 누군가를 기다리며. 나처럼.

지제이가 드디어 아빠 얘기를 꺼냈다. 첫마디는 너무 놀라운 것이었다.

"아빠가 꽁지머리에다 콧수염을 길렀더라."

지제이의 표정도 미묘했다. 아빠는 언제나 단정한 양복 차림으로 서류 가방을 들고 다녔다. 매일 아침 깔끔하게 수염을 깎았고 내 머리를 잘라주는 미장원에서 아빠도 맵시 있게 다듬었다. 그런 아빠가 꽁지머리에 콧수염이라니, 상상이 가지 않는다. 아빠는 처음 뉴욕에 갔을 때 거리에서 찍은 사진을 보낸 이후로 편지만 보내줬다. 배신감이 들었다. 아빠는 결국 자신의 이상을 위해 그곳에 머물고 있는 게 분명하다.

"내가 먼저 발견했잖아. 전혀 다른 모습인데도. 근데 너네 아빠는 그때나 지금이나 거의 비슷한 모습의 나를 알아보지 못했어. 원래 간절한 사람의 감각이 더 예민한 법이거든."

지제이는 '간절'이라는 단어에 자신도 놀랐는지 얼른 덧붙였다.

"여행자는 매사에 민감하거든. 객지니까. 뉴욕은 아빠의 일상 공간이니 무심할 수밖에 없겠지."

100년 된 호텔에 여장을 푼 지제이가 시골 버스처럼 느릿느릿한 데다 한번 머물면 게으른 찬모처럼 해찰을 부리는 엘리베이터를 기다리다가 낯익은 목소리를 들었다고 했다. 언제나 과묵했던 아빠가 로비에서 파안대소를 하며 외국인과 대화를 하고 있었다고 한다. 한참을 쳐다봐도 아빠는 자신을 몰라봤다며 고개를 설레설레 흔들었다.

"코리아타운이어서 한국 사람 보는 게 신기하지 않다 하더라도 내가 그렇게 눈길을 끌 수 없는 사람인가, 그런 생각이 들더라."

지제이는 아빠가 계속 몰라볼 것 같고, 마침 엘리베이터도 왔고 해서 그냥 올라탔다. 지제이가 짐을 부려놓고 바로 내려간 건 시차 적응이 안 되어 수면용 와인 한잔을 하기 위해서였다. 지제이는 뉴욕에서의 행동에 대해 일일이 이유를 밝히고 있다. 그건 결국 아빠와의 만남이 만족스럽지 못하지만 미련이 남는다는 뜻이다. 뭔가 손해 본다는 느낌이 들면 자꾸 변명을 하게 되니까. 바에서 아빠를 다시 발견했고, 아빠가 그 바의 지배인이라는 사실에 또 한 번 놀랐다고 했다. 그 대목에서 나도 놀랐다. 대학교수가 목표였던 아빠가 술을 파는 곳에서 일한다니, 갑자기 머릿속이 헝클

어졌다. 내 표정이 심각했는지 지제이가 황급히 덧붙였다.
"낮에는 차를 파는 데야. 그림 전시회와 음악회도 하고, 한마디로 다목적 공간이더라. 아빠는 거기서 일어나는 모든 일을 관장하는 디렉터야."

작은아빠가 이 사실을 안다면 정말 놀랄 거다. 한국의 대학을 원망하면서 아빠가 유배라도 간 것처럼 말했기 때문이다. 시간강사였던 아빠 등골만 빼먹고 교수 임용은 안하는 바람에 아빠가 떠난 거라며. 그런데 아빠는 서울에서와 전혀 다른 삶을 살면서 매우 만족해하는 것 같다. 머리가 복잡해져 그 바에서 지제이와 아빠가 어떤 대화를 나눴는지 묻지 못했다. 하긴 물어볼 필요도 없는 일이다. 뉴욕에 완전히 동화되어 살고 있는 아빠가 지제이와 어떤 연관을 맺기 힘들 테고, 자연히 나의 한 가닥 희망도 사라지고 말았다. 그렇다면 나는 이 집을 떠나야 한다.

"아빠가 있는 곳은 맨해튼이야. 뉴욕 주에 다섯 개의 구가 있는데 그중 하나인 맨해튼이 서울과 비슷한 분위기여서 우리나라 사람들이 좋아해. 그래서 맨해튼에 다녀온 사람들이 편하게 뉴욕이라고 부르는 거야. 서울은 고궁을 제외하고는 거의 새로 지은 건물이지만 맨해튼에는 오래된 건물이 많아. 그런데도 맨해튼은 브로드웨이 빼고 모든 길이 가로 세로로 정확하게 분할되어 있어 길찾기가 쉬워. 세계 문화의 중심 도시니까 영이도 꼭 가봐. 아빠가 계시니까 당연히 가게 되겠지."

그렇게 말하는 지제이의 표정도, 그 말을 듣는 나의 표정도 허전하기만 했다. 우린 배반당한 느낌을 공유했다.

서울에 온 지 4일밖에 안 됐으나 마치 넉 달은 된 듯하다. 울산이 아주 먼 나라처럼 생각된다. 반면 서울은 익숙해지고 있다. 이웃과 거의 교류가 없는 오피스텔은 나 같은 애한테 아주 편리한 공간이다. 작은아빠네 복도식 아파트와 달리 오피스텔은 누가 드나들든 신경을 쓰지 않는다. 따지고 보면 오피스텔도 복도식이건만. 그런데도 단 며칠 만에 데니스랑 옆집 한심남을 알게 된 게 신기하다.

쓰레기를 버리러 갔을 때 모자를 푹 눌러쓴 남자가 비닐봉지를 툭 던지고 나왔다. 이 오피스텔에 사는 남자들은 정말 한심하다.

"저기요, 그거 분류하셔야지요."

쨍하니 떨리는 내 목소리에 약간 움찔하던 남자가 어 옆집 영이, 라며 반색했다. 치마가 아닌 찢어진 청바지를 입은 한심남이었다. 바지를 입어서인지 멀쩡해 보였다.

"너 혹시 우리 층 층장이니? 관리비 내는데 이런 거까지 해야 돼? 귀찮게시리."

"한두 명도 아니고, 다 이러면 이거 정리할 전담 직원을 더 채용해야 되잖아요. 그러면 관리비가 올라갈걸요."

"그거 딱 층장들이 하는 소리지. 네, 층장님, 다음부터 잘할게요."

한심남은 장난스런 표정으로 주머니에서 전화를 꺼냈다.

"휴대폰 번호 불러라. 지서영 씨한테 빨리 나 초대하라고 해. 안 부르면 쳐들어간다, 뿜빠라뿜빠."

데니스보다 훨씬 철이 없어 보인다. 이런 철딱서니 아저씨는 속히 보상을 해주어야 한다. 안 그랬다가는 지제이가 있을 때 진짜 쳐들어올지도 모른다. 나는 군말 없이 내 번호를 불러주었다.

한심남은 집 앞에서 층장님 라면 드시렵니까? 라고 했다. 일단 집 안 구경을 하고 살림살이가 어느 정도인지 봐야 할 것 같다. 진희 소설 중에 평소 알고 지내던 오빠 집에 놀러갔다가 성폭행당하는 여고생 스토리가 있었다. 그나마 흥미진진했으나 끝을 내지 못한 그 얘기가 떠올랐지만, 지제이를 좋아하니 그럴 일은 없을 거라고 생각했다.

딱 지제이 오피스텔의 반만 한 공간이었고 방이 없었다. 소파 하나에다 책상 하나, 책꽂이 하나가 전부였다. 대신 사과 박스가 한쪽 벽에 겹겹이 쌓여 있었다. 고급 오피스텔인데도 어쩐지 옹색했다.

"럭셔리 너희 집이랑 차이 나지? 이러니까 골드미스들이랑 우리 같은 똑똑한 인재들이 연합전선을 펴야 하는 거거든."

사회탐구 선생님이 말한 적 있는 도시 빈민, 백수, 실업자 같은 단어가 막 떠올랐다. 어쩌면 한심남은 스스로 왕따가 되어 여기 처박혀 있는지도 모른다. 그나저나 변변한 그릇도 없는 걸 보니 양념을 제대로 갖춰놨을 리 만무하다. 내가 양념을 다 들고 와서 음식을 해주든지, 아니면 아예 도시락을 싸서 갖고 와야 할 것 같다. 지제이 모르게 내 선에서 빨리 대접하고 끝내야 한다. 그래야 골드미스를 넘보지 않을 테니.

"자, 먹자."

계란 흰자만 살짝 풀고 파를 넣은 데다 고춧가루를 조금 뿌린 담백한 라면, 라면집 할머니가 끓여준 거랑 똑같다. 나도 모르게 젓가락이 갔다.

"저기 골목에 있는 라면집 할머니가 끓인 거랑 맛이 똑같아요. 라면 가게 열어도 되겠어요."

"그런 소리 마. 귀찮아서 라면 먹는다만, 내가 라면이라면 아주 징글징글하다."

한심남이 성질을 버럭 내서 기분이 나빴지만 라면은 정말 맛있었다. 설거지를 하려 하자 내 등을 떠밀었다. 능력 있는 여자 만나는 게 꿈이어서 설거지 같은 거 하나도 귀찮지 않다며.

"빨리 떠서 여자들한테 주목받아야 하는데 말야. 내 스펙에 좋은 데 취직하기는 글렀고, 인터넷에 '치마 입는 남자들의 모임'이라는 클럽이나 만들까? 치남모, 흥미롭지 않니? 전에 도우미 일 하는 남자가 라디오에 나오더라구. 치남모 회장 되면 지신오에 출연시켜 주겠지? 방송 타서 유명인 되면 여자들이 날 좋아할 거야. 그치?"

아무래도 이 아저씨에게 밥을 대접하고 빨리 관계를 정리해야겠다. 정체를 파악하고 나니 한심남이라는 닉네임이 딱 들어맞는다.

청소기로 방 청소를 하고 있는데 뜻밖에도 출근했던 지제이가 되돌아왔다. 갑작스럽게 대통령이 특별담화를 발표해 지신오 시간에 전문가 대담이 편성되었다고 했다. 다행이다. 지제이가 더 빨리 왔더라면 큰일날 뻔했다. 옆집에 있었으니.

"우렁각시는 아무나 못하는 거구나. 누가 보든 안 보든 부지런해야 우렁각시 자격이 생기겠다. 근데 왜 에어컨을 안 켰어? 이렇게 푹푹 찌는데."

지제이는 에어컨을 틀면서 조금 감동한 눈치였다. 넓은 공간에서 나 혼자 전기를 낭비할 순 없는 일이다. 이 정도 더위쯤이야 아무것도 아니다. 그녀는 소파에 놓여 있는 『잠언』을 휘리릭 넘기더니 냉정한 책이야, 라고 했다.

"아무리 친한 사람이어도 보증을 서주지 말라고 써 있으니까. 나중에 덤터기 쓸 일을 하지 말라는 거지. 사실은 친한 사이가 돈 때문에 멀어질 수 있다고 충고하는 거지만 너무 현실적이야. 하긴 냉정할 때는 좀 냉정해야지."

지제이는 계속 『잠언』을 들추었다. 아빠한테 선물받고 그동안 안 본 건가?

"못돼 먹은 자는 다툼을 일으키고 수다쟁이는 친한 친구를 갈라놓는다, 이런 말도 있네. 『잠언』 작가는 수다쟁이를 싫어하나 봐. 나도 수다쟁이는 딱 질색이야. 『잠언』을 지혜의 책이라고 하는데 내가 보기엔 처세술 책이야. 내가 영악하지 못하다고 이 책을 선물해준 것 같아."

같은 책이지만 보는 사람에 따라 다르게 느낀다. 난 『잠언』을 읽고 아빠에 대한 불만만 커졌는데.

"'마음이 상한 자에게 노래를 부르는 것은 추운 날에 그의 옷을 벗기거나 그의 상처에 소금을 치는 것과 같다.' 맞아, 이런 인간들 꼭 있어. 괴로운 사람 앞에서 자기 자랑 하는 사람들. 오랜만에 읽어보니 가슴을 팍팍 치네, 그냥."

지제이도 예전에 『잠언』을 읽었나 보다. 『잠언』을 읽고 나처럼 상처 받은 것 같진 않아 다행스러웠다.

"'다투기를 좋아하는 여자는 비 오는 날에 계속 떨어지는 빗방울 같다.' 오오, 점점 더 예술이네. 김 작가한테 『잠언』에서 오프닝 뽑으라고 해야겠다. '지혜를 얻으면 분명히 너에게 밝은 미래가 있을 것이며 너의 희망이 끊어지지 않을 것이다.' 이 구절 좋네. 근데 지혜를 어떻게 얻지?"

"아빠가 『잠언』을 읽으면 지혜가 생긴다고 했어요. 매일 한 장씩 읽으면 머리가 좋아진다고……."

내 말에 지제이는 너한테도 『잠언』 책을 선물하셨구나, 라며 고개를 끄덕였다. 그 순간 우린 둘 다 쓸쓸한 표정을 지었다. 지제이는 『잠언』을 탁 덮더니 교보문고에 가자고 했다. 우리 둘 다 아빠를 탁, 잊어버릴지도 모른다.

오피스텔을 나설 때 지제이가 내 손을 잡았는데 어색해서 살짝 뺐다. 그러자 지제이가 내 팔짱을 꼈고 또 빼면 실례가 될 거 같아 잠자코 있었다. 차가 오면 나를 끌어당겨 안전하게 보호해주었다.

마음이 조금 출렁였다. 이건 아빠한테, 아니 그 전에 엄마한테 받아봤을 법한 보호다. 어쩐지 뭉클하다.

횡단보도 앞에 섰을 때 옆에 보이는 웅장한 건물이 세종문화회관이라고 설명해주었다. 광화문광장에서 복원된 광화문과 경복궁을 바라봤다. 사진으로만 보던 풍경이 눈앞에 펼쳐지는 게 신기했다. 사진이 갑자기 3D 화면으로 바뀐 것 같다.

"경복궁 너머로 보이는 파란 지붕이 청와대야. 나중에 경복궁에도 가보고 청와대 앞으로도 가보자. 청와대 길을 걸으면 삼청동이 나오는데, 거기 맛집도 많고 예쁜 가게도 많아."

나는 황송한 표정으로 고개를 끄덕였다.

세종대왕 동상 앞에서 사람들이 사진을 찍고 있었다. 나를 그들 사이에 세워놓고 지제이도 셔터를 눌렀다. 좀 민망했지만 손가락으로 브이를 그렸다. 이순신 장군 동상 양옆으로 솟아오르는 물줄기 속에서 아이들이 자기를 온전히 내던지며 놀고 있었다. 물에 빠진 생쥐 꼴이 되면 새 옷을 입혀줄 엄마가 지켜보는 앞에서.

"물과 이순신 장군, 아이디어가 좋지 않니? 광장을 조성하기 전에는 세종대왕 혼자 우뚝 서 있었거든. 양쪽에 차들이 다녀 사람들이 접근할 수도 없었지. 분수를 설치하고 사람들이 가까이 오니까 이순신 장군 얼굴에 화색이 도는 것 같아."

지제이의 설명에 이순신 장군을 올려다봤다. 좀 험상궂은 표정으로 아래를 지그시 내려다보고 있었다.

빨갛고 파란 옛 옷을 걸친 사람들이 둥둥 북을 치며 다가오고 있었다.

"광화문 수문장 교대식 마치고 덕수궁으로 이동하는 거야. 매일 서울의 고궁 앞에서 수문장 교대식을 하거든. 옛날에 했던 방식대로."

삘릴리 삘릴리 둥둥, 날라리와 북을 치며 행진하는 행렬을 보자 내 가슴도 둥둥 뛰었다. 뭔가 좋은 일이 일어날 것 같은 예감.

교보문고는 너무 넓어 눈이 휙휙 돌아갈 지경이었다. 지제이는 뉴욕의 명소를 소개한 책과 뉴욕을 다녀온 사람이 쓴 여행기를 사 주었다.

"아빠에 대해 상상만 하지 말고 구체적으로 느껴봐. 뉴욕에 가기 전에 미리 알아두라구."

역시 아빠는 종이로만 나를 만나겠다는 건가.

"이건 『호밀밭의 파수꾼』인데 세계적인 명작이야. 예전에는 금서였다는데 요즘 애들이 보면 우습지 뭐. 뉴욕 얘기가 많이 나오니까 소설도 읽고 뉴욕 풍경도 익히라고."

지제이는 영어책 두 가지를 두 권씩 샀다. 왜 두 권씩 사느냐고 했을 때 그냥 웃기만 했다. 교보문고 건너편 카페 이마로 옮겨 오므라이스와 아이스크림와플을 먹었다. 그제야 영어책을 두 권씩 산 이유를 설명해주었다.

"너는 보아하니 아주 주부 병이 들었더라. 계속 나한테 밥해주고 집 안 청소하고 그럴 거잖아. 일은 좀 줄이고 이제 공부해야지. 나도 밥값을 해야 할 거 아니니. 너 영어 가르쳐 주려구. 한 달 동안 고등학교 때도 써먹을 수 있는 구문들을 완전 암기하게 해줄게. 100개만 머리에 넣어봐. 그러면 고등학교 가서 영어가 좀 쉬울 거야."

눈물이 핑 돌았다. 공부할 시간도 없지만 아무도 점검하지 않는 성적을 올리기 위해 일부러 노력한 적은 단 한 번도 없다. 내가 공부를 잘해서 더 나은 미래를 개척한들 아빠와 함께하지 못한 시간을 보상받는 건 아닐 테니까. 미래만 중요한 게 아니라 현재도 소중하다는 것, 어른들은 왜 그걸 모를까. 그런데 지제이는 한 달 동안 나와 함께 할 일을 계획하고 있다. 가슴이 먹먹해졌다.

"김작한테 수학도 배울래? 김작은 일류대학 나와서 졸업하자마자 결혼했는데 이래저래 스트레스 받아 우울증이 생겼지 뭐니. 지금 남편과 별거 중이야. 혼자 두면 안 될 거 같아 내가 방송 일 하라고 끌어들였어. 글은 잘 쓰는데 감정 기복이 심한 게 좀 문제야. 근데 내가 너한테 이런 얘기를 너무 술술 한다. 요리를 잘하니 다 큰 애 같아서 그런가? 하하."

사실 우린 잘 통한다. 가정 쌤 말이 딱 맞다. 결혼 안 한 사람은 책임질 게 없어 소녀적 감성을 유지하고 있고 그래서 내가 너희들과 잘 맞는 거야, 그렇게 말했었다. 우리가 우! 하고 야유했지만 실제로 가정 쌤은 친구처럼 우리가 알고 싶은 걸 콕 집어서 얘기해줄 때가 많다.

식사를 마친 후 나한테 딸기주스를 시켜준 지제이는 아메리카노를 마셨다.

"아빠는 완전 뉴요커가 됐더라. 맨해튼 한복판에서 그렇게 잘 지내는 건 로빈슨 크루소가 무인도에서 살아남은 것보다 어려운데 말야. 내가 아는 사람들은 1년에 몇 만 불씩 쓰고도 헉헉대다가 결국 귀국했는데, 너희 아빠는 돈을 얼마 안 쓰고도 씩씩하게 살고 계셔. 그렇게 생활력이 강한지 예전에 미처 몰랐다니까."

아빠가 낮에 맨해튼 도심 투어를 해주었다는데, 식사 때마다 싸면서 푸짐한 데다 맛까지 괜찮은 식당으로 지제이를 안내했다고 한다.

"5달러면 중국 음식을 네 가지나 먹을 수 있는 식당도 가봤어. 한인 타운에 있는 식당에 가면 꼭 서비스 요리가 나와. 왜 그런가 했더니 너희 아빠가 영어를 잘해서 교민들 일을 많이 대행해줬대. 뉴욕에 오래 살아도 영어 못하는 사람들이 많다나 봐."

그런데 한국에서는 왜 못 견뎠을까?

지제이가 아빠 방 얘기를 해주었을 때 '작은 공간 최대 활용하기' 달인으로 아빠를 TV에 추천하고 싶을 지경이었다.

"아빠 방은 두 개 면이 유리창으로 되어 있는 모서리에 있어. 비좁지만 17층이어서 뷰가 환상이더라. 한쪽으로는 엠파이어스테이트 빌딩이 보이고 한쪽으로는 허드슨 강이 보여. 대여섯 평 정도 될까? 짐을 건물 공용 창고에 맡겨놓고 딱 필요한 것만 갖다 놔서 그런지 좁긴 하지만 그렇게 답답하진 않더라."

방 한쪽에 침대 겸용 소파가 있고 맞은편에 철제 이층 침대가 있는데, 아래칸은 뜯어버리고 그 공간에 냉장고와 스테레오 같은 걸 놓아두었다고 한다. 폭이 30센티미터 정도밖에 안 되는 핸드메이드 탁자를 벽에 붙여놓고 거기서 밥도 먹고 책도 본단다. 천장까지 닿는 책꽂이에는 책과 장식품, 생활용품이 촘촘하다고 했다. 거기에 내 사진이 들어 있는 액자도 있다고 친절하게 일러주었지만 별로 감동스럽지 않았다. 화장실에는 작은 욕조와 변기가 있고, 욕조 가장자리와 키가 딱 맞는 작은 탁자 위에 전기밥솥과 전기 쿠커가 놓여 있다고 했다. 아빠는 화장실에서 끓인 참치김치찌개를 지제이에게 대접했다고 한다.

"오래된 호텔인데 몇 개 층은 월세를 줬대. 뉴욕은 함부로 월세를 못 올리게 법으로 규제하고 있어. 세입자들을 보호하기 위해서지. 도심 한복판의 그 정도 방이면 월세를 2000달러 넘게 내야 하는데, 아빠 방은 600달러밖에 안 낸대. 처음 뉴욕에 갔을 때 그 방을 운 좋게 빌렸는데, 아빠가 나가면 다음 사람은 2000달러 이상 내야 한대."

지제이는 아빠가 한국에 못 오는 이유 중에는 그 방도 들어 있다고 했다.

"한국에 돌아왔다가 다시 뉴욕으로 가고 싶을 수도 있잖아. 다시 뉴욕으로 가면 다시 그런 방을 얻긴 불가능하니까."

말도 안 돼, 그럼 다녀가기라도 하면 될걸.

"그동안 아빠가 한국에 몇 번 다녀가신 줄 알았는데, 이번에 영이 만나서 그간 한 번도 안 오셨다는 거 알았어. 뉴욕살이가 빠듯하신 거겠지. 남의 나라, 그것도 물가 비싼 뉴욕에서 버티기가 쉽지 않을 거야. 어쨌든 뉴욕 한복판에서 잘 살고 계신 거 보니까 능력자가 된 거 같더라."

하지만 지제이의 표정에는 감탄이 아닌 허전함이 묻어 있었다.

"아빠가 처음 뉴욕에 갔을 때는 별별 일을 다 했다더라. 그러다가 그 바를 알게 되었는데 너무 평범해서 찾는 사람이 별로 없었대. 그래서 아빠가 사장한테 한번 변신시켜보겠다고 했고, 재즈 바로 바꾸어 명소가 되었대. 한국 유명인들이 많이 들러 소문이 났대. 〈뉴욕 한인 신문〉에서 아빠를 인터뷰했더라. 아빠는 월급 받을 때마다 세금을 꼬박꼬박 낸대. 그러면 영주권을 받기가 쉽대. 영주권 받으면 영이를 초청하겠지. 곧 되겠지 뭐."

별로 감동스럽지 않았다. 아빠가 어떤 계획을 세웠든 지금 내 곁에 없으니까. 지제이 말을 종합해보면 아빠는 뉴욕에서 씩씩하게 살고 있다. 심약한 표정으로 휘적휘적 걸었던 아빠가 달인이 되어 풀풀 날고 있다지만 그다지 기쁘지 않았다.

그나마 아빠가 한국에서 하던 일과 비슷한 걸로는 이중 언어 교육 자격증을 취득하고 한국 학교 교사 연수 과정을 마친 정도였다. 그런데 교사로 일하지 않는 걸 보니 그런 일자리는 얻기 힘든가 보다. 그나저나 아빠 방에 갔다가 메모할 게 있었던 지제이가 MBS 로고가 박힌 용지를 사용했고, 그 용지를 거기 놔두고 온 듯하다. 어쨌든 그 용지 때문에 여기까지 왔으니 역시 아빠와 나 사이에는 종이가 있다.

카페 이마에서 들은 얘기는 꿀꿀했지만 지제이가 오래된 건물에 대해 설명해줄 때 기분이 나아졌다. 보호받고 있다는 특별한 느낌 덕분에. 한 가지라도 더 주입시키려고 애쓰는 엄마를 귀찮은 표정으로 따라다니는 유치원생의 심정, 나는 일부러 그런 기분으로 지제이의 말을 들었다.

"이 건물은 동아일보사 구사옥인데 지금은 미술관으로 사용하고 있어. 1920년대에 지어서 역사적 보존 건물로 지정되어 있고, 이 건물에서 영화 촬영도 했어. 광화문에는 유명신문사들이 옹기종기 모여 있어."

지제이는 나를 건물 앞에 세워놓고 또 사진을 찍었다. 그때 지은 따분한 표정은 진심이다. 지나가는 사람들이 나를 쳐다봤다. 아무 데나 세워놓고 사진 찍는 일만 안 하면 참 좋겠지만 추억을 기록하려는 지제이의 정성을 알기 때문에 꼬박꼬박 따랐다. 지제이는 광화문에 박물관과 대사관이 많으니까 나중에 다 가보자며 눈을 찡긋했다. 나중에! 가슴이 좀 떨렸지만 나도 눈을 찡긋하며 화답했다. 동아일보사 신사옥 앞에 청계천이 있었다. 서울은 TV에서 본 영상이 눈앞에 실제로 나타난다는 점에서 신기하다. 청계천의 아이들도 얕은 물속에다 자신을 던져버렸다. 노는 일에만 열중해도 되는 것, 아이들의 특권인데 내겐 그런 기억이 없다. 어릴 때 놀면서 터득해야 할 것을 이제야 다른 아이들을 보며 짐작한다. 씁쓸함과 허전함이 묻어나는 깨달음의 끝.

지제이는 집에 오자마자 내게 영어책을 내밀었다. 하나는 독해책이고 또 하나는 영작문 책이었다. 두 권만 산 줄 알았는데 그다지 두껍지 않은 중학생용 사전도 있었다.

"단어는 기본이니까 한 달 동안 이 사전을 다 외워버려. 내일까지 A 파트 암기할 수 있겠지? 2학년이니까 이미 반은 알 테고, 중학교 3학년 걸 예습하는 거지. 중학교 단어만 다 외워도 고등학교, 대학교 때 쉬워져. 독해 먼저 하고 다음 주 정도에 영작문 들어가자."

나도 드디어 모니카처럼 개인 과외를 받는 건가. 모니카가 개인 과외 받는 게 불만이라고 투덜댈 때마다 솔직히 딱 한 과목이라도 혼자 배우는 호사를 누려보고 싶었다. 나만의 선생님을 만난다면 나도 소중한 아이라는 자긍심이 생길 것 같아서. 그런데 그 일이 정말 나에게 일어나려고 한다.

책을 들추고 있을 때 김 작가가 들이닥쳤다. 지제이가 웬일이냐고 하는데도 김 작가는 나를 보느라 대답도 하지 않았다. 나는 얼떨결에 고개 숙여 문영이에요, 라고 인사했다.

"문영이? 라문영? 라 박사한테 이런 애가 있었어? 어머, 애는 없는 줄 알았는데, 엉큼한 사람이네. 넌 언제 알았니?"

지제이가 입술에 검지를 갖다 대면서 인상을 썼다. 그러더니 김 작가를 방 안으로 끌고 들어갔다. 라 박사와 관련 있는 게 분명하다, 지제이가 저렇게 당황하는 걸 보니. 지제이가 뉴욕에서 만난 아빠 얘기를 할 때 왜 설레는 표정이 아니었는지 알 것 같다.

절대로 집착하면 안 된다던 희미한 옛사랑의 그림자 얘기가 떠올랐다. 가정 쌤은 사랑은 한번 지나가면 끝이니 그림자 따윈 깨끗이 지워버려야 한다고 못박았다. 친구들은 가정 쌤이 그 그림자를 따라다니느라 결혼을 못하는 거라고 짐작했다.

그러니까 나는 아빠의 희미한 옛사랑의 그림자에 기대려고 했다. 이제 어떻게 해야 하지? 뉴욕 스타일이 된 아빠는 손에 잡힌 MBS 종이에 편지를 대충 써서 보냈고, 지제이는 첫날 나를 재워줬다가 박절하게 내보낼 수 없어 데리고 있는 거다. 이제 나는 어떤 식으로든 결심을 해야 한다. 라 박사의 존재를 알고도 한 달 내내 머무는 건 너무 뻔뻔한 일이다. 일주일 되는 날 작은아빠가 빨리 오라고 했다며 가방을 싸야겠다. 그게 아빠의 옛사랑에 대해 예의를 지키는 일이다. 아빠도 모르게 아빠의 사랑이 모독당하면 안 되니까. 아빠가 아무리 얄밉게 혼자 잘 살고 있다 해도 아빠에게 피해를 주고 싶지는 않다.

김 작가가 방에서 나오면서 빙글빙글 웃었다.

"민감하기는. 라문영이라고 했다고 쟤가 뭘 알겠어? 요즘 애들 눈치 없어. 보호받고 자라서 자기 생각만 하지 남의 말 신경 쓰는 줄 아니? 나는 라 박사 딸인 줄 알았지. 그나저나 내가 자고 간다면 안 된다고 난리면서 쟤랑은 동거하니? 까다로운 척은 혼자 다 하더니 너도 슬슬 아줌마가 되어 가는구나. 하긴 서른아홉이니 까칠하기도 피곤하지. 내년이면 우리가 마흔이다, 마흔. 어흑, 우리가 마흔이라니……."

수다쟁이를 싫어한다는 지제이는 김 작가가 계속 떠들자 난감한 표정을 지었다. 감정선이 고르지 않다더니 지금은 뭐든 뱉어내는 기간인가 보다.

"그럼 쟤는 누구야? 문영, 문영, 설마 문준 씨 딸?"

내가 고개를 끄덕이자 김 작가가 입을 쩍 벌렸다.

"세상에, 문준 씨 딸이 어떻게 여기 와 있어. 어머머, 너 아직도 문준 씨랑 연락하니? 자기가 미적대놓고 니가 헤어지자 했다고 확 떠나구선 다시 나타났다는 거니? 저 애까지 달고? 그래서 라 박사한테 확답을 못 주는 거구나."

김 작가는 어머어머어머를 계속 외치며 나를 아래위로 훑어봤다. 어머어머어머 닮았어, 어머어머어머 세상에나, 어머어머어머 웬일이니, 마치 눌러놓은 소프트아이스크림처럼 계속 어머어머어머가 흘러나왔다. 지제이는 정말 훌륭한 사람임에 틀림없다, 이렇게 감정 통제가 안 되는 친구를 구제하기 위해 함께 일하다니.

나는 지제이와 김 작가를 보면서 진희가 호들갑에다 오두방정을 보태더라도 다 받아주기로 결심했다. 진희가 김 작가보다 50배 더 방방 뛰어도 이해해야 한다. 장총각이랑 진희 엄마가 애인이라는 사실이 학교에 알려지면 진희는 지구 밖으로 튕겨 나가고 싶을 테니까. 쿨한 척 고고한 척 다하더니 너네 엄마 그런 사람이었어, 라며 비아냥거리는 애들 꼭 있을 텐데 어쩌지.

아빠처럼 아예 멀리 있어서 안 보이는 게 더 나은지도 모른다. 어른들은 우리가 걱정된다지만 어른들은 걱정을 만들어서 우리한테 떠안긴다. 부모를 창피해하는 친구들이 얼마든지 있다. 모니카처럼 과보호를 받아 부모라면 부르르 떠는 애들도 많고.

"진짜 신기하네. 전설의 문준 씨 딸이 여기 있다니. 잘나가는 골드미스 발목 잡고 있는 잘난 남자 말야."

"그만해라. 지난번에 뉴욕 갔을 때 우연히 문준 씨랑 마주쳤고, 정말 영이가 우연히 나를 찾아왔어. 둘 다 우연이고 이건 진실이다."

김 작가는 벌써 입을 삐죽이기 시작했다. 아무래도 내가 나서야 할 것 같다.

"선생님은 우연이지만 제 입장에서는 우연이 아니에요. 아빠가 MBS 방송사 종이로 저한테 편지를 보내셨고, 갑자기 지서영 선생님이 떠올라 지신오 다시듣기를 했어요. 그래서 뉴욕 다녀오신 거 알고 방송국으로 찾아간 거예요."

김 작가가 나한테 몇 학년이냐고 물어 2학년이라고 하자 눈물을 글썽였다. 아들이 중2거든, 우리가 이해해야 돼, 라고 지제이가 귓속말을 했다. 저러다가 눈물바람을 하면 어쩌나 하는데 김 작가가 정색을 했다.

"이번 개편 때 설마 너 괜찮겠지?"

지제이는 글쎄, 라며 심드렁한 표정을 지었다.

"지난 10년 동안 개편 때마다 늘 폐지한다 어쩐다 했지만 여기까지 왔잖아. 내가 결정권자가 아니니 맡겨야지 뭐. 별수 있니?"

"바뀐 국장이 나이 든 디제이들 다 엎고 아이돌로 교체한다고 했다며? 손을 써야 하는 거 아니니? 나랑 윗사람들 만나볼까?"

조금 전까지만 해도 감정 제어를 못하던 김 작가가 눈을 반짝이며 지제이에게 제안하는 모습이 신기했다. 어리보기 하다가 결정적인 순간에 전교 20등의 영민함을 드러내는 모니카랑 비슷한 면이 있다.

"됐어. 구걸해서 방송해봐야 자존심만 상하고 의욕도 안 날 거 같아. 나를 필요로 하지 않으면 그만해야지."

"안 하면 어쩔 건데. 모아놓은 돈도 있고 유산 있는 것도 아는데, 그래도 일을 해야지. 나처럼 골치 아픈 가정이 있는 것도 아니고."

지제이가 별다른 대답을 하지 않자 김 작가가 계속 말을 이었다.

"요즘 디프레스 되어서 또 우울증약을 먹기 시작했어. 안 먹고 견디려고 해도 잘 안 돼. 시어머니하고 남편한테 사람 취급 못 받는 것도 모자라 아들한테까지 외면당하니 말야. 승윤이가 이제 전화도 안 받아. 애가 나를 찾으면 시어머니나 남편도 나를 인정하지 않을까 했는데 잘못 판단했나 봐. 어제 승윤이가 핸드폰을 안 받아서 집전화로 했더니 시어머니가 받잖아. 바로 끊었어."

김 작가의 얘기에 그다지 동정이 가지 않았다. 해결 대신 방치를 선택했으니.

"밖에 나와 있어도 얻을 게 없다면 들어가. 시어머니가 하는 말은 한 귀로 흘리고, 바쁜 남편은 이해해주고. 니가 중심 잡고 가정이랑 애를 지켜야 할 거 같은데."

지제이의 말에 김 작가는 대답도 없이 영어책만 들췄다. 그러더니 갑자기 나를 바라봤다.

"영아, 너 수학 가르쳐줄까? 수학은 공식이야. 공식을 외우고 응

용만 잘하면 돼. 내가 이래 뵈도 명문대 출신이다."
 고개를 끄덕이긴 했지만 김 작가가 차분하게 나를 가르칠 것 같진 않다. 지제이가 잠자코 있자 머쓱한지 돌아갔다.
 "마음 여린 김작이 시어머니 등쌀에다 남편의 무관심으로 속앓이를 하더니 조울증이 생겼어. 어른들 때문에 결국 승윤이가 피해를 보네. 뭐가 이렇게 복잡한지."
 지제이는 머리가 아프다며 낮잠을 좀 자겠다고 했다.

 회오리가 몰아쳤다가 잦아든 느낌이다. 역시 김 작가는 수다쟁이 기질이 있다. 『잠언』에 나오는 친한 친구를 갈라놓는 그 수다쟁이가 아니라 정서 불안 수다쟁이. 덕분에 라 박사와 지제이가 단순한 사이가 아니라는 걸 알게 되었다. 이제 결심을 해야 한다. 옛 애인의 딸이 머물고 있다는 걸 안다면 지금 애인은 분명 화가 날 테니까. 더구나 지제이가 개편 때문에 머리 아픈 상황인데 나까지 짐이 될 순 없다. 복잡하고 터질 것만 같아 서울에 왔는데, 사람들마다 가슴에 폭탄을 안고 있다. 해결책은 딱 하나, 내 폭탄을 고스란히 안고 조용히 떠나는 거다. 진희가 언제 올 건지부터 알아봐야겠다. 점점 내가 진희의 가출을 원하는 상황으로 가고 있다.
 올여름 우리 자따 클럽이 쾌청하기는 글렀다. 자따, 자발적인 왕따의 줄임말이다. 셋 다 친구가 없다가 친구가 된 기념으로 머리를 맞대고 지은 이름이다. 진희는 한참 어린 생각만 하는 친구들보다 사이버 세상 사람들과 어울리는 게 좋다며 스스로 왕따가 되었다. 엄마랑 둘만 사는 집 안 형편을 알리고 싶지 않다고도 했다. 모니카는 학교 끝나면 운전기사가 모는 차에 실려 집으로 가서 과외를 받느라 아예 친구 사귈 틈이 없다. 나야말로 내 형편을 알리고 싶지 않아 왕따를 선택했다.

  진희의 멍이 제일 아플 거다. 처음인 데다 가장 근간에 맞닥뜨렸으니까. 나와 모니카는 몸 어딘가에 누릿누릿한 멍이 늘 퍼져 있는 상태다. 모니카는 투정이 고여서 색깔이 바랜 거지만, 나는 살인지 멍인지 너무 오래되어 감각도 없고 구분도 안 된다. 그런데 이번 여름방학이 그 감각을 조금씩 일깨우고 있다.

  그동안 아빠가 나보다 더 힘들지 모른다는 생각을 하며 나를 달랬다. 그런데 아빠는 뉴욕에서 달인처럼 잘 살고 있다. 나는 어떻게 해야 할까. 숨 막히는 작은아빠네 집으로 돌아갈 것인가, 복잡한 서울의 어느 귀퉁이로 사라져버릴 것인가.

6부 엄마가 없다는 건 어떤 느낌이니?

지제이는 출근할 때마다 내가 심심할까 봐 걱정하지만 그럴 일은 결코 없다. 컴퓨터와 핸드폰이 존재하는 세상에서 지겹기가 오히려 더 힘들다. 뉴욕 여행 책자를 뒤지면서 가정 쌤한테 문자를 보낼까 말까 계속 망설였다. 진희 문제를 나 혼자 해결하기란 사실상 벅차다. 소문대로 가정 쌤이 장총각을 좋아하고 있으면 어쩌나. 그냥 친구가 가출을 할지도 모르는데 어떤 충고를 해야 하나요, 라고만 할까? 우리들에게 관심이 많은 가정 쌤은 그 친구랑 직접 통화하고 싶다고 할 게 분명하다. 그냥 정공법을 택하기로 했다.

힘든 일 있을 때 연락하라며 우리들에게 전화번호를 가르쳐준 가정 쌤에게 그간 한 번도 전화하지 않았다. 진희 때문에 비로소 번호를 눌렀을 때 가정 쌤은 친절하게 받아주었다.

"장병식 선생님이랑 어떤 사이세요?"

단도직입적인 나의 질문에 가정 쌤은 잠깐 말이 없더니 너 혹시 장 선생님 좋아하니, 라고 했다. 내가 황급히 아니라고 하자 가정 쌤은 동료 교사 사이라고 답했다. 쿨한 가정 쌤의 말을 믿기로 했다. 그렇다면 진희 얘기를 해도 될 것 같다. 나는 진희 엄마와 장 총각이 사귀는 것 같고 그 일을 눈치챈 진희가 공황 상태라는 걸 알렸다. 가정 쌤은 잠깐 침묵하더니 지금 어디냐고 물었다. 잘 아는 분 만나러 서울에 와 있다고 했다.

"영이가 나한테 상담을 요청했으니 나도 솔직하게 말할게. 사실 나 장 선생님이랑 사귀고 있어. 요즘 나한테 좀 소홀하다는 느낌은 받았지만 헤어진 건 아닌데…… 좀 놀랐네."

대꾸할 말을 못 찾아 우물쭈물하고 있는데 전화가 뚝 끊어졌다. 가정 쌤이 충격을 받은 게 분명했다. 어찌해야 하나, 걱정하고 있을 때 전화벨이 울렸다.

"너 전화비 많이 나오면 안 되잖아. 그래서 내가 다시 걸려고 끊은 거야."

그런 고마운 의도도 있겠지만 갑자기 울컥해서 끊었는지도 모른다.

"어른들 문제는 어른들한테 맡겨. 세상일은 결심하고 열심히 한다 해서 뜻대로 되는 거 아냐. 특히 사랑은 마음대로 안 돼. 그러니까 그건 당사자들한테 맡기고 너희들은 너희들 할 일만 하면 돼."

가정 쌤한테 전화해서 얻은 소득이라고는 장총각과 관련이 있다는 사실을 안 것뿐. 내 전화로 가정 쌤의 마음이 불편해졌으면 어쩌지. 세상에는 괴로운 사람이 너무 많다.

띠링, 문자가 왔다.

배고파. 이웃사촌.

옆집 한심남이었다. 배고파, 이건 건전지 갈아 끼워준 걸 절대 잊지 않겠다는 암호다. 지제이한테 알려야 할까? 그래야 경계하게 될 텐데…… 하지만 너무 가까이에서 누가 자신을 노리고 있다면 신경증이 생길 수도 있는데. 일단 건전지값은 치러야 할 것 같다.

제가 도시락 싸갖고 갈 테니 조금만 기다리세요.
와우, 환상이다. 기다릴게^^

한심남은 오늘로 끝이다. 나는 반찬을 챙기면서 할 말을 정리했다. '지서영 선생님은 잊어주세요. 지 선생님은 곧 결혼하실 거예요.' 라 박사? 아니면 문 박사? 어쨌든 박사님하고 결혼할 거라고 말해야겠다. 그래야 포기가 빠를 테니까. 한 번도 사용하지 않은 듯한 3단 피크닉 찬합을 찾았다. 명란젓을 잘게 썰어 참기름과 깨를 뿌리고, 들기름 발라 구운 김, 생강콩나물국, 묵은지찌개, 멸치감자볶음까지 담았다. 건전지가 아깝다는 생각을 완전히 잊도록 계란찜도 소복이 올라오게 쪘다. 참조기도 노릇노릇하게 굽고 소고기와 버섯도 볶았다. 이 정도면 만족하겠지. 매일 라면만 먹어 질렸다니까.

도시락을 펼쳐놓자 한심남이 탄성을 질렀다. 또 치마를 입고 있다니, 오늘 완전 끝내야 한다.

"와, 골드미스가 음식까지 잘하다니, 멋져, 멋져. 환상이다."

한심남은 이 음식을 모두 지제이가 한 줄 알고 감격하여 눈물까지 흘릴 태세다. 의외의 반응에 당황했다. 내가 했다고 하면 지제이가 아이를 부려먹는 나쁜 여자로 비칠 텐데…… 하지만 그냥 있으면 정말 지제이의 스토커가 될지도 모른다.

"제가 옆에서 도와드렸어요. 음식 할 시간 없는데 제가 왔다고 해주신 거예요."

평소에 요리하는 걸 좋아하지 않는다고 은근히 강조했건만 한심남은 더욱 탄성을 질렀다.

"햐, 자주 안 하는데도 이렇게 맛있다니. 진짜 능력자시네. 돈 잘 벌어, 음식 잘해, 게다가 얼굴까지 예쁜 지서영 씨. 아흐, 귀여운 동생 하나 구제하시라고, 펫 하나 키우시라고 해봐."

더 이상 참지 못하고 소리를 빽 질렀다.

"아저씨는 왜 그렇게 한심해요? 자기 힘으로 살 생각을 하셔야죠. 그리고 우리 선생님은 박사님이랑 결혼할 거예요."

내가 너무 소리를 질렀는지, 아니면 지제이가 결혼한다는 말 때문인지, 한심남이 움찔했다.

"아, 얘는 왜 무섭게 소리를 지르고 그러니? 그냥 해본 소리야. 잘난 골드미스가 눈이 삐었니? 한참 어린 실업자를 좋아하게. 나도 주제 파악하고 있어. 그나저나 김 박산지 이 박산지 모르지만 복 터졌네. 돈도 잘 벌고 요리도 잘하고 게다가 미녀인 골드미스를 채 가다니."

한심남은 아쉽다는 표정을 짓더니 금방 맛있네, 를 연발하며 도시락을 먹었다.

"아저씨도 왕따죠?"

한심남은 컥 소리를 내고는 물을 마셨다.

"어, 어떻게 알았어? 근데 '아저씨도'라고 하는 거 보니까 너도 왕따구나. 하긴 왕따니까 왕따를 알아보겠지."

내가 피 웃자 한심남도 김빠지는 소리를 냈다.

"왕따는 맞는데 자발적 왕따야. 나처럼 친구 많은 놈도 없는데 요즘 아무도 만나기 싫어."

아, 우리랑 같은 자따 클럽인데…… 약간 놀랐지만 모른 체했다. 너무 친해지면 곤란하니까.

"어릴 때 한옥촌이었던 이 동네에서 친구들을 줄줄 달고 다녔는데……."

"아저씨 집이 이 동네예요?"

"아니 뭐 그렇다기보다…… 히키코모리라고 들어봤니? 은둔형 외톨이라고나 할까. 나가봐야 뭐 좋은 일도 없으니까 혼자 지내는 거지. 내가 지서영 씨 좋아한다 어쩐다 하는 거 다 헛소리야. 내

주제에 뭐."

 히키코모리, 아빠도 한국에서 외톨이가 될까 봐 뉴욕에 간 걸까.
 "영아, 이거 좀 우체국에 가서 부쳐줄래? 건너편 건물 지하에 가면 우체국 지점이 있어. 마음잡고 입사원서 보내는 거야. 인터넷 접수를 안 받는 데도 있어서 우편으로 보내는 거야. 이번에도 미끄러지겠지만. 나같이 후진 대학 나온 사람은 면접 볼 기회도 안 주거든. 그래도 일단 넣어봐야지. 몇 번 더 해보고 안 되면 외국으로 뜨든가, 아니면 지구를 떠나든가 해야지 뭐."

 히키코모리로 살다가 혼자서 하늘나라로 가버리는 일, 그거야말로 최악이다. 어쩌면 나도 이 여름이 끝나면 히키코모리가 될지 모른다. 지금도 별반 다를 바 없지만. 아빠가 뉴욕에서 잘 적응하고 있다니 다행이다. 한심남을 보니 그런 생각이 들었다. 그리고 아빠도 아빠 인생을 살 권리가 있는 거니까.

 어깨를 축 늘어뜨린 채 봉투를 건네는 한심남을 보자 화가 났다. 아직 나이도 많지 않으면서, 나 같은 애가 있는 것도 아니면서. 아빠보다 훨씬 사정이 나은 것 같은데 마음 약한 소리나 하고. 하긴 사람마다 감당할 수 있는 무게가 다르니까. 나는 기꺼이 편지를 부쳐주기로 했다. 부디 이 편지가 한심남을 히키코모리에서 해방시켜주길 바라는 마음까지 실어서.

 한심남은 잘 먹었다며, 지서영 씨한테 고맙다는 말 전해달라며, 털이 숭숭 난 다리 한 짝을 문밖으로 내놓고 나를 배웅했다..바로 옆집인데 호들갑스럽기는. 아무리 맛있었기로서니. 나도 마주 서서 손을 흔들었다.

 돌아서는 순간 너무 놀라 쓰러질 뻔했다. 지제이 집 앞에 김 작가가 서 있었던 것이다. 김 작가도 너무 놀랐는지 입을 다물지 못했다. 그건 누가 봐도 이상한 상황이다. 치마 입은 남자에게 도시락을 갖다 준 옆집 아이. 한심남도 내가 오해받을까 봐 걱정되어서인지 따라 들어왔다. 김 작가는 신기하다는 표정으로 한심남을 아래위로 훑어봤다. 다행히 즐거운 기분인 것 같다. 그나저나 오늘의 상황이 지제이한테 고스란히 보고되겠지. 솔직히 말하면 이해해주겠지만 난감한 건 어쩔 수 없다. 다행히 한심남이 나서주었다. 건전지를 갈아 끼워주면서 초대하라고 했더니 도시락을 갖고 온 거라며 논리적으로 설명했다. 김 작가는 고개를 끄덕이면서도 한심남의 치마와 서른 살 정도면 풍겨야 할 품위 같은 게 조금도 엿보이지 않는 얼굴을 기가 차다는 듯 바라봤다. 한심남은 진짜 히키코모리 같은 음침한 표정으로 돌아갔다.

 안절부절 못하고 있는데 김 작가가 먼저 말을 꺼냈다.
 "답답해서 인터넷으로 원고 보내고 이리 온 거야. 서영이한테는 오늘 컨디션이 안 좋다고 했어. 옆집 남자 도시락 어떻게 쌌어?"
 김 작가는 한심남이 먹은 도시락 뚜껑을 열어보더니 탄성을 질렀다.
 "건전지값을 톡톡히 치렀구나. 서영이네 집에서 그동안 먹은 거라곤 햇반에다 오뎅국밖에 없는데. 남은 거 있어? 사실 아침도 안 먹었거든."

갑자기 김 작가의 눈빛이 촉촉해졌다. 어제 내가 중학교 2학년이라고 한 뒤부터 계속 기분이 가라앉아 있었던 듯하다. 잠깐 한심남에 대한 호기심으로 붕붕 떴을 뿐. 나는 빨리 국을 데워서 한심남에게 차려준 걸 그대로 다 내놓았다. 김 작가는 생강콩나물국을 한 수저 떠먹더니 또 어머어머어머를 연발했다. 거짓말처럼 어제의 생기를 되찾았다.

"간이 딱 맞네. 나는 간도 하나 딱딱 못 맞춘다고 늘 시어머니한테 야단맞거든. 어머, 어떻게 콩나물국에 생강 넣을 생각을 했니? 콩나물 반 생강 반이네."

상큼하면서 톡 쏘는 게 맛도 있으면서 감기까지 뚝 떨어지는 생강콩나물국은 작은엄마의 특허품이다. 김 작가는 밥은 안 먹고 반찬만 계속 먹으며 어떻게 만들었느냐고 물었다.

"얘가 완전 살림꾼에 요리사네."

김 작가는 묵은지찌개로 밥을 비벼 먹으며 맛있다, 를 연발했다. 기분이 한결 나아졌는지 더 이상 답답한 표정은 짓지 않았다. 김 작가는 밥을 두 공기나 먹고는 소파에 기대 낮게 코를 골았다. 편안한 얼굴이었다.

내가 설거지를 끝내고 찻물을 올릴 때 김 작가가 깨어나 큼큼 소리를 냈다. 얼굴이 어두웠다. 김 작가는 조용한 목소리로 믹스커피 타줘, 밥은 정말 맛있었어, 오랜만에 잘 먹었어, 라고 힘없이 말했다. 커피를 마시면서 그녀는 미안하다고 했다. 원래 식사할 계획은 없었는데 귀찮게 했다며. 맛있다고 해준 것만으로도, 내가 뭔가 해줄 수 있다는 것만으로도 고마웠다. 이 정도는 내게 그리 어려운 일도 아니고 재료는 모두 지제이가 샀으니까.

김 작가는 한숨을 푹 쉬더니 지나가는 말처럼 물었다.

"엄마가 없다는 건 어떤 느낌이니?"

나와 나이가 같은 아들을 밤새 생각하다가 떠오른 질문이겠지. 곤혹스러운 물음이다. 한 번도 받아본 적 없는. 그건 정말 말로 표현하기 힘든 건데…… 어딘가에 살고 있을 엄마, 나를 찾지 않는 엄마, 그 엄마가 없는 것, 그걸 어떻게 말로 표현할 수 있을까. 간절한 표정의 김 작가를 보며 떠오르는 대로 두서없이 말했다.

"나를 나 자체로 표현할 수 없다는 것, 그게 엄마가 없어서 가장 크게 피해 보는 거예요. 작은엄마가 나를 보면서 혀를 쯧쯧 찰 때 내가 동정받아야 하는 불쌍한 아이구나, 하는 생각에 떠난 엄마를 원망한 적도 있어요. 괜히 내가 불쌍하다고 내 앞에서 엄마 욕하면, 그땐 엄마와 내가 한편이 되는 느낌이 들기도 해요. 어디선가 나 때문에 욕먹고 나 때문에 마음 아프겠구나, 그런 생각도 들고. 엄마 사진이 없어서 얼굴이 잘 떠오르지 않는데 아주 가끔 거울을 볼 때면 내가 엄마랑 어디가 닮았을까, 그 생각을 하다가 왈칵 눈물이 날 때도 있어요. 좀 더 어릴 때는 엄마가 없기 때문에 더 구김살 없고 더 씩씩하고 더 착해야 한다는 각오를 했는데, 이젠 그런 게 다 귀찮아졌어요. 복잡하게 생각하기 싫어요. 많이 생각하면 슬퍼지니까. 나를 들키기 싫어서 주로 혼자 지내요."

나도 모르게 툭툭 튀어나오는 말에 눈물이 나올 것만 같다.

"그런 거구나. 이 나이에도 작년에 돌아가신 엄마 생각으로 허전하고 불안한데 니 나이에 오죽하겠니."

내친김에 다 말하는 게 좋겠다는 생각이 들었다. 사실은 내 마음을 정리해보고 싶었다. 나도 잘 몰랐던 내 마음.

"그런데 진짜 불편한 건 기쁜 일이 생겼을 때 마구 기뻐해줄 사람이 없다는 거예요. 엄마 외에는 기쁨을 더 크고 더 화려하게 만들어줄 사람이 없거든요. 그건 아빠가 해줄 수 없는 거예요. 친구들이 좋은 일 생겼을 때 빨리 가서 엄마한테 말해야지, 그러면서 달려갈 때 정말 슬퍼요. 그래서 내가 공부를 열심히 안 하는지도 몰라요. 성적을 잘 받아도 칭찬해줄 사람이 없잖아요."

또르르 흐르는 눈물을 황급히 닦았다. 엄마를 생각하며 눈물 흘린 건 처음이다. 다섯 살 때 떠난 생각도 나지 않는 엄마 때문이 아니라 보통명사 엄마 때문에. 내게 엄마는 고유명사가 아니다. 평소 생각도 안 한 말이 나도 모르게 줄줄 나오는 게 슬펐다. 엄마는 나랑 상관없는 존재라고 생각했건만 나의 무의식은 엄마를 그리워하고 있었나 보다.

울고 싶을 때가 많았지만 나는 울지 않는 데 익숙해져 있다. 울어도 달래줄 사람이 없으니까. 내가 울면 작은아빠와 작은엄마는 책임 따위를 떠올리며 귀찮아했을지도 모른다. 그들에게 조신한 아이, 제 몫을 하고도 남는 아이, 어른스러운 아이로 보여야 했다. 작은아빠라고 해서 조카 부양의 의무를 떠안아야 하는 건 아니니

아빠에게도 권리가 있는 아파트를 날리긴 했지만. 논리적으로 따졌을 때 작은아빠는 고마운 분이지만 체감할 수 없다는 게 문제다.

"괜히 내가 너를 울리는구나. 사실 우리 집이 굉장히 어려워서 고등학교 때 서영이가 자기 용돈을 나랑 같이 썼어. 대학도 겨우 다녔고. 졸업하자마자 결혼했는데 시어머니가 혼수 못해 온 거, 우리 친정 못사는 걸 트집 잡으면서 사사건건 야단을 치시니 견딜 수가 없는 거야. 시어머니 혼자시니 남편이 분가할 생각도 안 하고……."

김 작가도 얹혀사는 불편함을 잘 아는 듯하다.

"남편은 바쁜 데다 내 편 들기 곤란하니까 모른 체하는 거지. 나는 그게 섭섭하고. 승윤이 하나 보고 사는데 갑자기 얘가 나를 밀쳐내는 거야. 어느 순간부터 내 말을 들으려고도 하지 않고 내 얼굴을 보려고도 하지 않고 내가 차려준 밥도 안 먹고…… 할머니가 끼고 살면서 뭐든 받아주니까 잔소리해대는 엄마가 귀찮아진 거지. 공부는 안 하고 맨날 게임 한다고 틀어박혀 있어서 야단을 많이 쳤거든. 그랬더니 얘가 할머니한테 붙어서 살살거리는 거야. 시어머니는 왜 애 기를 죽이냐며 나를 야단치고. 시어머니는 애가 자기를 따르는 게 기분 좋아 애 하고 싶다는 대로 하게 놔두고."

김 작가는 한숨을 푸푸 내쉬면서 답답해했다.

"시어머니가 결혼 초에 나랑 남편을 떼어놓으려고 그렇게 애쓰더니 이젠 애랑 나를 떼어놨어. 애는 게임 하는 데 정신 팔려 나는 안중에도 없고. 정말 그대로 있다가는 미칠 것만 같아 집에서 나왔어. 그러고 있으면 폐인 된다고 서영이가 일을 하게 해줬어. 방송 일 하면서 좀 나아졌나 했는데 오랫동안 억눌러온 감정 때문에 조울증이 생겨 감정 컨트롤이 잘 안 돼. 내가 원래 결혼 생활에 안 맞는 성격인가 봐. 요즘 이혼하고 싶은 생각밖에 없어."

갑자기 나도 모르게 목소리를 높였다.

"결혼 생활에 맞지 않는 성격이 어딨어요. 우리한테 멋대로라고 하면서 어른들은 더 멋대로예요. 우리가 하고 싶은 건 못하게 하면서 어른들은 정말 하면 안 되는 거 해버리잖아요. 어떻게 엄마 없이, 아빠 없이 살아요? 죽은 것도 아닌데 못 만나고, 다른 사람하고 결혼해서 생판 남을 엄마 아빠로 부르게 하고. 어른들은 너무해요."

마치 내가 아이들 대표라도 되는 듯 항의를 쏟아냈다. 가슴에서 뜨거운 것이 치밀어 오르면서 눈물이 줄줄 흘러내렸다. 김 작가도 고개를 숙이고 어깨를 들썩였다.

얼마나 울었을까. 속이 편안해졌다. 김 작가가 코코아를 타 왔다.

"울었더니 기분이 좀 풀리네. 맞아, 조금만 불편해도 못 사는 세상인데 어떻게 엄마 없이 살라고 하겠어. 우리 승윤이 불쌍하게 만들면 안 되지. 근데 승윤이가 나를 거부하고 있으니 어떡하면 좋아."

승윤이도 데니스도 진희도 다 불쌍하다. 결핍을 메우기 위해 데니스는 지나치게 시니컬하고 진희는 가상의 세계에 빠져 있다. 엄마를 밀쳐낸 승윤이는 홀가분할까?

"남편은 뭐가 문제냐며 내가 너무 예민하다는 거야. 사춘기 때 반항 안 하는 게 더 이상한 거 아니냐며. 밤늦게 와서 승윤이랑 별로 대화할 일이 없는 남편은 아이 상태를 잘 모르거든. 다른 건 몰라도 내 자식한테 외면당하는 건 못 견디겠어. 추억을 같이 만들어야 진짜 가족인데, 우린 다 제각각이 되었어."

아빠와 나도 제각각이 되었다. 아빠와 만든 추억이 점점 희미해져간다. 우리는 나중에 만나 각자의 얘기만 하겠지. 하나씩 꺼내다 보면 머쓱하고 지겨울 거야.

"언젠가 TV에 가정문제 전문가라는 사람이 나와서 애가 고등학교 졸업할 때까지가 성장 기한이라고 하더라. 대학 때, 아니 결혼해서도 자녀들이 부모한테 심적으로 의존한대. 어쨌든 고등학교 졸업 때까지라도 애들과 같이 지내고 가능하면 충격을 주지 말라고 하더라. 우리 승윤이가 중학교 2학년이니까 빨리 방안을 마련해야 하는데 애가 너무 차가워서 내가 다가가지를 못하겠어."

아빠는 알고 있을까. 나한테 남은 시간을, 내가 겨우 중학교 2학년이라는 걸.

잠자코 있던 김 작가가 심호흡을 하고 휴대전화 단축 번호를 눌렀다. 받지 않는지 가늘게 한숨을 쉬었다.

"참, 영이 니 전화로 해볼까? 내 번호여서 안 받는 거겠지."

내 전화기로 전화를 한 김 작가가 승윤아, 라고 하자 바로 전화가 끊어졌다. 김 작가는 짙은 회색 구름처럼 가라앉아 있다가 돌아갔다.

아빠가 방치한 아이, 엄마를 거부하는 아이, 세상에는 다양한 사람이 산다. 나만큼이나 김 작가도 마음이 아플 거 같다. 거부당하고 방치되면 누구나 견디기 힘들다. 나는 조금 망설이다가 승윤이한테 문자를 보냈다.

> 엄마랑 다섯 살 때, 아빠랑 열 살 때 헤어진 문영이야. 너랑 같은 학년. 엄마를 거부하고도 끄떡없는 너의 힘을 알고 싶어. 난 지금 폭발할 거 같거든.

답장은 금방 오지 않았다. 며칠 지난 뒤에라도 나에게 해답을 알려주면 좋겠다. 아빠만으로 충분해, 이런 뻔한 답장 말고.

김 작가가 말한 성장의 기간에 대해 생각했다. 전문가가 진단한 대로 나는 고등학교 3학년까지 성장할까? 초등학교 3학년, 아빠가 미국으로 떠난 그 시점에 내 성장은 멈춘 것 같은데. 성장의 시기, 그건 부모들이 기억해야 할 일이다. 고등학교 3학년까지 앞으로 4년 남았다. 아빠는 그 안에 올까? 혼자 견디는 일은 차라리 힘들지 않다. 나에게 다시 오지 않을 시간들이 아쉽다. 그리고 어떻게 될지 도무지 알 수 없는 불확실성이 싫다. 대학생이 되면 아빠가 시시해질지도 모른다. 그때 아빠를 만나면 덤덤할 거 같다. 어쩌면 원망하게 될지도 모른다. 그것보다는 아빠한테 관심이 없어질 수도 있다는 게 두렵다.

방 안에 있다가는 김 작가처럼 조울증 환자가 될지도 모르겠다. 아니면 옆집 아저씨처럼 히키코모리가 될 수도 있다. 띠링, 문자가 왔다.

　넌 고양이가 걱정되지도 않니?

　가슴이 할랑거렸다. 친구들이 교생 선생님 보면서 가슴 떨린다고 할 때도 나는 별로였다. 정우가 늘어놓는 말에 내 가슴은 미동도 하지 않았다. 그런데 데니스는 다르다. 키만 삐쭉 큰 멀대 같은 녀석인데…… 까칠하고 시니컬한데…….
　어떤 고양이를 말하는 걸까. 공가의 고양이들? 아니면 데니스? 나는 심호흡을 하고 답장을 보냈다.

　옐로우가 걱정돼.
　로비로 나와, 지금. 운동화 신고.

　데니스가 기다린다는 문자에 가슴이 뛰었다. 아직은 내가 정상 궤도에 떠 있는 것 같아 기쁘다. 그런 기분을 느끼게 해주는 데니스가 소중하다.
　로비에서 만난 데니스와 우체국으로 가서 한심남의 서류를 부쳤다. 꼭 밖으로 나오게 되길 진심으로 빌면서. 우체국 앞에서 기다리던 데니스가 분홍색 모자를 불쑥 건넸다. *Cape of Good Hope*

라는 글자가 새겨져 있었다.

"Cape of Good Hope, 한국에서는 희망봉이라고 부르지만 거긴 산봉우리가 아니라 그냥 평평한 땅이야. 아프리카 대륙의 최남서단의 한 지점일 뿐이지."

데니스도 지제이처럼 모자를 준다. 똑같은 분홍색. 모자는 어떤 의미일까? 그리고 핑크는? 데니스는 고양이 만나고 왔으니 바로 인왕산으로 가자고 했다. 데니스는 별말 없이 앞장섰다. 틈을 봐서 데니스한테 물어봐야 할 것 같다. 엄마가 없는 게 어떤 기분인지. 승윤이랑 같은 학년의 남자인 데다 엄마랑 아빠가 별거하는 똑같은 상황이니. 횡단보도를 건너서 사직공원에 들어서자 바로 산으로 진입하는 계단이 나왔다.

"저쪽 산책로로 가면 좀 평탄한데 황학정 쪽으로 가면 등반하는 기분을 맛볼 수 있거든. 인왕산 허리를 따라 계속 산책로가 조성되어 있는데 끝까지 가면 부암동이 나와. 중간 중간 동네로 내려가는 길이 있으니까 힘들면 말해. 내가 인왕산에 다니면서 몇 군데 포스트를 찍어놨어. 거기서 보면 서울이 정말 멋지거든. 밤에는 더욱 환상이야."

데니스는 가이드처럼 친절하게 설명했다. 사람들이 활을 쏘고 있는 활터를 지나자마자 바위산이 시작되었다. 등산화가 아닌 바닥이 닳은 운동화를 신고 오르려니 좀 미끄러웠다. 데니스가 눈치를 채고 내 손을 잡았다.

"괜찮은데……."

"바위에서 미끄러지면 다리 부러져."

데니스는 내 손을 잡더니 멋쩍은지 휘파람을 휘휘 불었다. 피식 웃음이 나왔다. 며칠 전만 해도 재수 없는 녀석으로 생각했는데 이젠 만나면 가슴이 따뜻해진다. 내가 숨을 몰아쉬자 데니스는 자기가 봐둔 첫 번째 포스트가 있다며 조금만 참으라고 했다. 바위를 오르자 몇 가지 운동기구가 설치된 작은 공원이 나왔다. 데니스는 평지에 왔는데도 내 손을 놓지 않았다.

데니스가 찾았다는 첫 번째 포스트는 감투바위였다. 거기서 보는 서울은 며칠 동안 봤던 것과 다른 모습이다. 아래에서 볼 때는 온통 빌딩뿐이었는데 그 빌딩들이 산으로 둘러싸여 있다. 엄청나게 넓었지만 안온하고 안전한 느낌. 뭐든 감싸주는 테두리가 필요하다.

데니스는 가방에서 꺼낸 책을 깔고 앉으라고 했다. 'The Catcher in the Rye'라는 제목이었다. 내가 그냥 바위에 앉아 책을 들춰보자 데니스가 『호밀밭의 파수꾼』이라고 일러줬다.

"기숙학교에서 지내는 얘기가 들어 있거든. 지금 읽는 중이야."

"지제이가 나한테도 그 책 한글판을 사줬어. 지제이 말로는 예전에는 금서였지만 요즘 애들이 보면 우스울 거라고 하던데."

데니스는 같은 시기에 같은 책을 읽게 되었다니 역시 우린 인연이야, 라며 웃었다.

"어른들은 걱정이 많아. 우려만 했지 효과적으로 제어는 못해. 홀든이 자퇴를 하고 뉴욕을 떠도니까 문제가 많다고 생각하는 거겠지. 애들은 집을 떠나야 역사가 시작되는데 말야.『해리 포터』도 집 떠나 호그와트 마법 학교 들어가면서 생기는 얘기잖아. 미국의 기숙학교에 가면 나한테 좋은 일이 생길 거야."

데니스는 집 떠날 준비를 시작한 모양이다. 작은집을 떠나온 나는 앞으로 어떻게 될까.

"원본이랑 번역된 거랑 같이 보면 영어 공부 되겠네."

데니스의 말에 고개를 끄덕였지만 아직 내 실력에『호밀밭의 파수꾼』을 원서로 읽는 건 무리다.

데니스에게 엄마가 없는 느낌이 어떤 거냐고 묻지 않았다. 그건 남자든 여자든 똑같을 테니까. 데니스는 엄마가 없는 느낌 따위를 말하기보다 엄마 없이도 살 수 있는 방법을 생각하는 데 골몰해 있다.

"내가 미국으로 가겠다니까, 아빠랑 엄마가 긴급통화를 하고 괜히 바쁜 척하더라. 엄마가 곧 들어올 수도 있다며 일단 중학교 마칠 때까지만이라도 한국에 있으면 안 되겠냐고 하시던데, 난 갈 거야. 아빠 엄마는 언제든 나를 떠날 수 있는 존재야. 나 혼자 살아갈 궁리를 해야지. 조금 빨리 독립하는 건데 뭐. 어차피 몇 년 후 대학 때는 독립해야 하니까, 마음을 조금만 강하게 먹으면 돼."

이 여름, 아빠의 상태를 탐색해보고 아무런 가능성이 없다면 나도 어떤 결정이든 내려야 한다. 작은아빠 집에 계속 머무는 건 더 이상 견디기 힘들다. 최선을 다해보는 것, 일단 거기까지만 생각하자.

산에서 내려와 모자를 돌려주자 데니스는 기념이니 가지라고 했다. '기념'이라는 단어에 다시 찌르르했다. 마치 작별을 고하는 것 같아서. 데니스는 곧 떠날지도 모른다고 했다. 데니스는 10층에서 내리며 Good Hope! Good Luck, 이라고 했다. 얼떨결에 Me, too, 라고 답할 때 엘리베이터 문이 닫혔다. 데니스한테 문자를 보냈다.

떠나기 전에 식사 초대할게.

지제이가 저녁을 간단하게 먹자는 문자를 보내왔다. 당면국수를 만들어보기로 했다. 마트에 가서 풋고추와 단무지, 당면을 샀다. 당면국수의 관건은 양념장이다. 진간장에다 부추, 풋고추, 고춧가루, 통깨, 참기름을 넣어 만들면 된다. 부추를 살짝 삶아 5센티미터 정도로 잘라놓고 단무지도 채 썰어 놓았다. 지제이가 들어오면 물에 불려놓은 당면을 삶아서 고명을 얹고 양념장을 끼얹어 비벼먹으면 된다. 지제이는 7시 30분에 왔고, 씻는 동안 당면국수를 만들었다.

"어머, 담백해. 예술이네. 이런 거 다 레시피 만들어놔. 넌 정말 요리 천재야. 그나저나 매일 이렇게 먹으면 살찌는데, 오늘부터 휘트니스 클럽에 가야겠다."

지제이는 후루룩거리며 당면국수를 먹고는 몇 개 안 되는 그릇을 또 식기세척기에 넣었다. 그러고는 바로 영어책을 갖고 와 영어 독해법을 일러주었다. 'We walked through the forest'를 '우리는, 걸었다, 통과해서, 숲을' 이런 식으로 끊어 읽으면서 바로 해석하니 머리에 쏙쏙 들어왔다. 어느 순간 영어를 놓쳤고 어느새 문장이 길어져서 이해하기가 쉽지 않았는데 잘될 것 같은 느낌이다.

"외국어는 꾸준히 하는 게 중요해. 하루 두 시간씩 2년만 하면 어떤 언어든 정복할 수 있대. 방학 동안 영어 한 과목이라도 마스터한다 결심해."

단어 시험을 치겠다는 지제이에게 오늘 공부할 시간이 없었다고 말했다. 낮에 김 작가가 왔다 간 사실도 알렸다. 그리고 옆집 한심남 사건도.

"아, 그랬구나. 저기 서랍에 건전지 있는데. 고마운 남자네. 내가 언제 한 번 저녁을 사야겠다. 아무리 영이가 대접을 했다지만 말야."

"아니, 안 그러셔도 되는데. 아저씨가 고맙다고 했는데."

저녁 초대를 받으면 감격해서, 혹은 착각해서 한심남이 지제이를 정말 좋아하게 될지도 모른다. 마음먹은 대로 히키코모리 탈출에 전념하는 게 좋을 것 같은데. 아직도 남아 있을지 모르는 한심남의 흑심에 대해 말할 수 없어 답답했다.

"김작은 분명히 잠수 탈 거야. 너한테 엄마 없는 괴로움에 대해 적나라하게 들었다니 아마 집에 가서 그 문장을 하나하나 곱씹으며 괴로워하겠지. 우리 프로그램에 작가가 두 명 더 있고 내가 오프닝을 두 개 정도 쓰면 되니까 김작 없어도 큰 지장은 없지만 저러다가 잘못 생각할까 봐 걱정이지. 신경정신과에서 처방받은 약이라도 꼭꼭 먹으라고 내가 아침저녁으로 문자 보내고 전화로 감시하고 그래야겠다."

섬김에 대한 오프닝, 그것도 지제이가 직접 쓴 게 틀림없다. 고등학교 때 용돈을 나눠 쓴 친구를 지금까지 돌보는 멋진 작가 지제이. 그나저나 김 작가가 내 말을 곱씹으며 괴로워할 거라니, 새삼 마음이 무거워졌다.

학교 강당보다 더 넓은 휘트니스 클럽에서 많은 사람들이 운동을 하고 있었다. 트레이너가 지제이에게 우리 회원님이 어쩐 일이신가, 오늘도 수건만? 이라며 킬킬 웃었다.

"오늘은 운동복도 주세요. 그것도 두 벌! 그동안 결석 많이 했으니 당분간 얘랑 같이 와도 되죠?"

지제이가 의기양양하게 말하자 트레이너는 오늘 해는 동쪽으로 졌을 거야, 라며 또 웃었다.

"내가 가끔 와서 운동은 안 하고 수건만 가져가서 사우나실로 직행한다고 놀리는 거야. 여기서 내 별명이 '수건만'이잖아."

지제이가 정말 오랜만에 나타났는지 다들 인사를 했다. 따님이신가? 예쁘네, 라고 말하는 사람도 있었다. 그럴 때마다 지제이는 웃기만 했다. 회원들은 지제이가 아직 미혼이라는 걸 모르는 듯했다. 헐렁한 트레이닝복에 머리를 질끈 묶은 데다 머리띠까지 해서

인지 아줌마 폼이 나긴 했다.

　탈의실에서 좀 머뭇거리자 지제이는 같은 여자끼린데 어때, 라며 먼저 훌렁 벗고 운동복을 입었다. 지제이는 플로어에서 나한테 자세 교정을 해주며 스트레칭 하는 법을 일러주었다. 10분쯤 몸을 푼 뒤 기구 운동 몇 가지를 하고 러닝머신에서 30분 뛴 다음 사우나실로 갔다.

　"유산소운동을 나중에 해야 지방이 빠져. 근육운동하고 순서가 바뀌면 칼로리 소모가 안 되거든. 간단히 몸을 푼 뒤에 근육운동하고 러닝머신에서 뛴 다음 마무리를 하는 게 좋아."

　지제이의 설명을 귓등으로 흘리며 걱정만 하고 있었다. 한동안 때를 밀지 않았는데 어쩌나. 빨리 씻고 나가려는데 지제이가 반신욕을 해야 한다며 나를 탕으로 끌고 들어갔다. 배꼽까지만 물이 차서 가슴이 다 보였다. 군살이 하나도 없는 건 나랑 비슷한데 지제이의 가슴이 나보다 컸다. 어른이니까 당연하지만. 지제이도 나를 볼 것 같아 창피한 데다 땀이 삐질삐질 나와 걱정이다. 때가 많이 밀릴 거 같아 빨리 나가려는 나를 지제이가 붙잡았다. 좀 더 견뎌야 한다며. 탕 안에서 팔 스트레칭 하는 법과 목운동 하는 법을 자상하게 일러주었다. 운동을 따라 하면서도 내내 불안했다. 10분도 안 된 거 같은데 숨을 쉴 수가 없었다. 그제야 지제이가 나가자고 했다. 땀이 비 오듯 흘렀다. 아니나 다를까, 지제이가 이태리타월을 집어들었다.

　"괜찮은데……."

"뭐가 괜찮아. 등 돌리렷다."

하는 수 없이 등을 돌리자 지제이가 때수건으로 박박 밀었다. 좀 아팠지만 그게 문제가 아니었다.

"때 많이 나오죠?"

"많이 나오는 게 재미있지. 좀 나오는걸. 당면같이 말야."

"여름에는 샤워만 하다 보니까……."

"변명하지 마. 순 때쟁이잖아."

여기저기 고루고루 밀어주는 손길이 목에 닿자 갑자기 목울대가 얼얼해졌다. 신기하게도 아주 오래전 엄마가 때를 밀어준 일이 기억났다. 그때 목욕탕이 떠나가라 앙앙 울었는데. 지제이를 생각하면 이제 엄마가 떠오를 거 같다. 오래전에 떠난 엄마가 아닌, 그냥 엄마라는 존재 자체. 엄마 느낌, 엄마 냄새…….

따끔따끔하지만 개운하게 해주는 사람, 엄마는 그런 사람이다. 아주 잠깐 지제이가 엄마가 되면 좋겠다는 생각이 들었으나, 아빠가 버거워했듯 나에게도 과분하다. 가정 쌤이 사랑은 따지지 않는 거라고 했지만 그건 더 가진 쪽의 덕목이다. 반대쪽에게는 기죽지 않을 자존감이 필요하다. 아빠도 나도 자신이 없다. 라 박사가 떠올라 개운함이 좀 흐려졌지만 그래도 좋다.

지제이의 등을 밀 때, 그건 정말 특별한 느낌이었다. 작은엄마의 등을 밀 때와는 좀 달랐다. 정말 엄마 같아 마음에서 뭔가 뭉글뭉글 올라왔다. 오늘은 정말 너무 많은 경험을 한다. 정말 정말 정말, 서울에 와서 갑자기 많이 말하게 된 명사, 정말!

아빠의 결정적인 흠은 목욕탕에 같이 갈 수 없다는 거다. 그건 정말 치명적이다. 아빠랑 목욕탕에 갈 때면 늘 매표소 앞에서 헤어졌다. 아빠는 구석구석 잘 닦으라고 했지만 나는 대충 씻고 빨리 나왔다. 혼자 오는 아이는 나밖에 없고 그건 너무 창피한 일이다. 보호받지 못한다는 사실을 고스란히 들키는 거니까. 아빠는 한 달에 한 번쯤 매표소에 돈을 맡기고 얘 때 좀 밀어주라고 하세요, 라는 부탁을 했다. 다 엄마랑 오는데 혼자 목욕탕에 들어가서 때밀이 아줌마를 찾아갈 때의 낯설음과 수치심…… 나는 한 달에 한 번씩, 정말 따갑게 미는 아줌마한테 가서 눈물을 질질 흘리며 때를 벗겼다.

절대 소리 나지 않게 울기를 거기서 배웠다. 때 침대에 누워서 보면 엄마가 밀어주는 애들은 별거 아닌 걸로 빽빽 운다. 계속 달래다가 안 되면 엄마들은 애들 등을 짝짝 때렸다. 그때 나는 등을 100대 맞아도 엄마가 밀어주면 좋겠다는 생각을 했다. 이래저래 내가 제일 싫어하는 장소는 목욕탕이다. 찬미랑 찜질방에 몇 번 가면서 좀 괜찮아졌지만, 길거리 찐빵집 앞에서 수증기만 올라와도 목욕탕 유리창이 떠올라 눈물이 고이곤 하던 때가 있었다.

7부 지혜로 가는 미로

 지제이의 기상 시간이 점점 빨라졌다. 오늘은 7시에 일어났고 8시에 아침 식사를 했다. 10시밖에 안 되었는데 점심 먹으러 가자며 나를 끌었다.
 "운동화 신고 가자. 좀 걸어야 돼. 가서 인사동 구경 좀 하고 맛있는 거 먹자."
 미 대사관과 KT 건물 사이를 통과해 종로구청을 지날 때쯤 지제이가 질문을 했다.
 "넌 누구 좋아하니? 오늘 우리 프로그램에 지드래곤 나오는데, 혹시 팬 아니니?"
 아무리 생각해도 떠오르는 사람이 없어 고개를 좌우로 흔들었다. 딱히 마음에 드는 연예인이 없다. 다만 진희 생각이 나서 지드래곤에게 사인 좀 받아달라고 했다. 사인 받을 때 '유진희' 이름을 넣어달라고 하자 지제이가 알 만하다는 표정을 지었다.

"친구 꺼 받아달라는 거구나. 좋아하는 연예인 정말 없어? 생각나면 얘기해줘. 사인 받아줄게."

상대가 모르는 지지를 보내는 일 따위는 싫다. 별다른 반응이 없는 아빠만 생각하기에도 지쳤으니까.

인사동의 좁고 굽은 도로는 마치 옛날로 들어가는 관문 같았다. 다닥다닥 붙어 있는 작은 가게들마다 요즘 별로 필요할 것 같지 않은 한지, 탈, 작은 옹기 같은 걸 팔았다.

"신기하지. 1930년대에 고미술에 관계된 물건을 파는 가게가 들어서면서 골동품 거리가 됐다니까 80년 된 동네네. 음식점도 많고 구석구석이 갤러리야. 일단 갤러리에 가서 그림부터 보자."

이른 시간이어서인지 갤러리에 관람객이 별로 없었다. 1층과 2층 전시실에서 현대 작가의 그림을 구경한 뒤 3층으로 갔을 때 미술책에 나오는 작가들의 그림이 있었다.

"그림을 그냥 보기만 하는 게 뭔 도움이 되겠냐 싶겠지만 많이 보고 많이 들으면 자신도 모르게 단상이 뇌 속에 저장돼. 뭐든 많이 접하도록 해. 누가 그렸고 어떤 작품이고 이런 걸 기억하기보다 그냥 느껴봐. 나중에 다 도움이 될 거니까."

지제이의 말대로 그냥 그림을 느끼기 위해 애썼을 뿐인데 편안해지는 기분이다. 어릴 때 아빠와 함께 전시회에 간 적이 있지만 방치된 이후 문화를 접할 기회가 없었다. 문화와 가까워져야 한다는 생각조차 하지 못했다. 그동안 누리지 못한 것에 대해 원망하지 말자. 과거를 돌아보며 곱씹어봐야 득 될 게 없으니까. 지금 이 순간 즐거운 감정을 즐기는 게 중요하다.

지제이가 새로운 물건들로 가득 찬 쌈지길로 나를 데려갔다. 세상의 예쁜 것들은 거기 다 모여 있는 것 같았다. 지제이가 기념될 만한 걸 골라보라고 했지만 지제이의 마음만 해도 기념이 되고도 남는다.

"우리 커플 반지 살까?"

귀가 쫑긋하고 눈에 점 두 개가 찍힌 귀여운 동물 반지였다. 어떻게 보면 강아지 같기도 하지만 고양이가 분명했다. 하필 왜 고양이를 골랐을까. 지제이는 자기도 끼고 내 손에도 끼워주었다. 하나 더 사서 데니스에게 주고 싶은 마음 간절.

"예쁘다. 커플링은 남자랑 맞추는 건데 영이랑 해보네."

그때 용기를 내서 말했다.

"저한테 두 개 더 사주시면 안 돼요?"

데니스에게 줄 수 있을지 뉴욕의 아빠한테 보낼 수 있을지 모르지만, 우리 넷이 커플링을 끼면 얼마나 좋을까. 지제이는 잠시 의아한 표정을 짓더니 말없이 내 손바닥에 반지 두 개를 얹어주었다.

"늦겠다. 빨리 점심 먹으러 가자."

벌써 12시가 가까워온다. 1시면 지제이가 방송국으로 출발해야 한다. 지제이가 비좁은 골목길 안쪽의 한옥으로 들어갔다.

"큰 부자가 살던 집을 음식점으로 꾸몄대. 여기 가끔 오는데, 청주 할머니 댁이랑 비슷한 구조야. 마당이 있어서 정말 좋아. 밥 먹으면서 마당의 꽃도 보고 하늘도 보고. 능소화 정말 예쁘지? 음식도 맛있어."

지제이가 메뉴판을 건네며 골라보라고 했다. 궁중떡볶이와 낙지무침, 파전을 찍었다. 내가 할 줄 하는 거여서 일류 요리점과 내 솜씨가 얼마나 다른지 알고 싶었다. 차례로 먹고 누룽지에 된장국까지 나왔을 때 역시 재료가 좋아야 한다는 걸 깨달았다. 궁중떡볶이의 떡은 금방 방앗간에서 뽑은 것처럼 쫄깃쫄깃했고, 낙지무침도 새콤하고 시원했다. 파전은 야채와 해물이 조금도 타지 않아 대단한 솜씨라는 생각이 들었다.

"꼬마 요리사, 아니 학생 요리사, 맛이 어때?"

"정말 맛있어요. 감동했어요."

"영이 솜씨도 여기 못지않아. 나 아침마다 감동하고 있잖아."

아침잠을 줄이고 나한테 여러 가지를 체험하게 해주는 지제이야말로 나에게 감동 그 자체다.

지제이는 평소보다 30분 늦게 방송국으로 향했다. 나를 위해 애쓰는 마음을 결코 잊지 않으리라. 하지만 조금 서운한 마음도 들었다. 지제이는 나를 방송국에 데려가지 않는다. 이해가 안 되는 건 아니다. 노출할 수 없는 존재니까. 빨리 떠나는 수밖에 없다. 그런 마음과 달리 요즘 지제이에게 점점 더 빠지고 있다.

지제이의 기상 시각이 더 빨라졌다. 나도 더 일찍 일어나서 아침 식사를 준비했다.

"일어나자마자 맛있는 냄새가 나니 아침을 안 먹을 수가 없단 말야. 아침밥을 먹으면 두뇌 회전도 빠르고 살도 찌지 않는다더니 정말 그런 것 같아. 안 먹던 아침밥을 먹지만 그만큼 움직여서인지 살도 안 찌고 기분도 상쾌해. 사실은 아침에 일찍 일어나니까 일찍 자고 깊이 자는 것 같아. 영이가 울산으로 가고도 이 습관을 유지해야 할 텐데."

지제이는 시금치조개된장국과 오징어초무침에다 굴비구이로 밥을 먹으면서 아침형 인간으로 바뀌게 해주어서 고맙다고 했다. 나를 미안하게 하지 않으려고 계속 칭찬거리를 찾아낸다. 지제이는 9시가 조금 넘은 시각에 서둘러 출근 준비를 했다.

"오늘 어디 들렀다가 방송국에 가야 해서 같이 점심 못 먹겠네."

미안한 표정을 짓는 지제이는 오늘도 근사하다. 검정색 탑 위로 회색 시스루를 걸치고 무릎까지 오는 검정바지에다 하이힐을 신었다. 지제이는 나가려다 말고 이마를 탁 쳤다.

"아 참, 저녁에도 약속이 있네. 미안. 9시까지는 올 수 있을 거 같은데, 늦어도 9시 반까지는. 밤에 영어 공부하자. 개편 때문에 보자는 사람들이 좀 있네."

이번 개편은 아무래도 신경이 많이 쓰이는 것 같다. 부디 프로그램을 계속할 수 있으면 좋으련만. 좀 망설여졌지만 말을 꺼냈다.

"저한테 고맙게 해준 친구가 있는데요, 이 오피스텔에 살아요. 점심때 제가 초대해도 될까요?"

"고양이 반지 주고 싶은 남자?"

내가 웃기만 하자 지제이는 알 만하다는 표정으로 그러라고 했다. 더 묻지 않아서 고마웠다. 내일이면 내가 온 지 일주일이 되고 나는 떠나게 될지도 모른다. 데니스도 곧 떠난다고 했으니 오늘 초대하고 싶다. 지제이는 다시 방으로 들어가더니 옷장을 뒤적였다.

"남자 친구 오면 이거 입어. 나는 좀 끼어서 이제 못 입거든. 디자인이 무난해서 유행 안 타는 거야."

흰색에 자잘한 꽃무늬가 박혀 있는 예쁜 원피스였다.

"고마워요. 정말 예뻐요."

"예쁜 영이가 입어주면 내가 더 고맙지."

지제이가 눈을 찡긋하고 나갈 때 내 가슴이 감동으로 후르르 떨렸다.

지제이가 나간 뒤 곧바로 데니스한테 문자를 보냈다.

점심 초대할게. 1277호로 12시까지 와줄래?

데니스는 Of course~♥, 라는 답장을 단박에 보내주었다. ♥는 별 뜻이 있는 걸까, 없는 걸까. 동생들이 좋아하던 궁중떡볶이와 라볶이, 해물잡채를 만들어야겠다. 불고기와 버섯을 넣은 궁중떡볶이만 먹으면 자칫 밍밍할 수 있어서 매콤한 라볶이를 곁들이려는 것이다. 인사동에서 먹은 궁중떡볶이처럼 떡이 쫄깃쫄깃하면 좋을 텐데 냉동 떡밖에 없어 아쉽다. 라볶이에는 어묵과 깻잎을 잔뜩 넣고 반드시 삶은 계란을 넣어야 풍성해 보인다. 마지막에 시금치조개된장국과 참기름을 친 고소한 겉절이에다 노릇노릇하게 구운 조기 한 마리면 깔끔한 마무리가 된다. 밥을 반 공기만 내고 누룽지 끓이는 걸 잊지 말자.

12시 정각에 데니스가 벨을 눌렀다. 문을 열다가 깜짝 놀랐다. 검정색 정장에다 빨간 나비넥타이를 맨 데니스가 꽃을 쑥 내밀었기 때문이다. 나는 황급히 앞치마를 벗었다. 데니스가 정장을 하고 올 걸 예견이라도 한 듯 나한테 원피스를 준 지제이!

"이렇게 입고 올 줄 몰랐는데……."

"초대받았으니 격식을 갖춰야지. 너도 예쁜데. 와, 맛있는 냄새!"

나는 데니스가 가져온 분홍색 장미 다발을 식탁 한쪽에 놓았다. 데니스는 분홍색을 좋아하는 걸까? 아니면 여자애들은 분홍색을 좋아한다고 믿는 걸까? 난 분홍색이 싫다. 너무 예뻐서 나를 초라하게 만드니까. 그래도 오늘만큼은 분홍색이 좋다. 데니스가 선택했으니까.

데니스는 내가 차례로 음식을 내놓자 눈이 휘둥그레졌다.

"너, 콩쥐야? 아니면 신데렐라? 왕자가 된 기분인걸. 걔들 둘 다 나중에 왕자랑 잘된 거 알지?"

잠시 대꾸할 말을 잊었다. 데니스가 별말 없이 밥을 먹고 나서 불쑥 던졌다.

"이런 밥, 매일 먹고 싶다…… 이런 말 어른이 하면 청혼인 거 알지?"

그러더니 푸시시 웃었다. 어떤 표정을 지어야 할지 난감해서 열심히 빈 그릇을 식기세척기에 넣었다. 데니스를 앉혀놓고 설거지하고 있을 수 없어서인데, 설마 나를 한심하게 보는 건 아니겠지. 다행히 오늘은 빈 그릇이 제법 많다.

유기농 로즈티를 내놓았다. 데니스는 자신이 들고 온 꽃도 차로 만들라고 했다. 그러면 자기가 나중에 또 마시러 오겠다며. 곧 미국으로 갈 거라면서 데니스는 자꾸 나중에 나중에, 라고 한다. 나중에 우리는 어디서 만나게 될까. 데니스는 차를 마시고 바로 일어섰다. 마치 신사는 그래야 한다는 듯.

데니스를 배웅하러 나가는데 옆집 문이 열렸다. 다리를 한쪽만 내놓고 문 앞에 놓인 신문을 집던 한심남이 키득키득 웃었다.

"너네 뭐야. 신랑각시놀이 하니? 웃겨, 조그만 것들이 완전 파티 복장을 해갖고. 이 더운 날에 그러고 다니면 땀띠 나, 이것들아."

데니스는 까치집 머리에 치마를 두른 한심남을 불안한 눈으로 바라봤다.

"어쭈, 너 인상 쓰면 어쩔 건데. 어린 게 벌써 제비 같은 복장으로 순진한 애 꼬시려고."

그때 엘리베이터가 섰고, 데니스가 내 손을 잡아끌었다. 어어, 하며 엘리베이터 안으로 끌려 들어갔다. 난 내려갈 생각이 아니었지만 뿌리치고 싶지 않았다.

"옆집에 정말 이상한 사람이 사네. 위험하지 않아?"

나를 걱정해주는 데니스. 집을 떠나자 나를 생각해주는 이들이 자꾸 생긴다. 신기하고 낯설지만 마음이 포근해진다. 데니스는 나비넥타이를 빼서 주머니에 넣고 윗도리를 벗어서 팔에 걸쳤다. 잠시 산책을 하자고 했다.

어느덧 라면집 앞까지 왔는데 할머니가 보이지 않았다. 안을 들여다보던 데니스가 깜짝 놀라서 달려 들어갔다. 할머니가 바닥에 쓰러져 있었다. 데니스가 안아 일으키자 음음, 신음 소리를 내던 할머니가 눈을 떴다.
"할머니, 왜 이러세요? 어디 아프세요?"
그제야 할머니가 부스스 일어나서 의자에 앉았다. 빈혈이 있어서 가끔 쓰러진다며 별일 아니라고 했다.
"혼자 계시다가 이러면 큰일 나요. 가족들은 없어요?"
"아녀, 아들이 둘이나 있는데. 큰아들은 지방에 있고 둘째도 얼마 전에 취직을 해서 합숙을 한다나 그러더니 요즘 집에 안 와. 오랫동안 취직을 못했는데 잘됐어."
할머니는 찬물을 벌컥벌컥 마시고서야 기운을 냈다.
"너희들 그렇게 걱정되면 내일 저녁에 나 따라 교회 갈텨? 누굴 데려오라는데 당최 데려갈 사람이 있어야지. 총동원령이 내렸다나 뭐라나. 전쟁 난 것도 아닌데 그런 거 왜 하는지 몰러. 바로 요 옆 교회에서 무슨 날만 되면 이것저것 갖다 주는 데다, 우리 집에 교인들이 라면 먹으러 자주 오니까 미안해서 가끔 나가주는데 이번에 꼭 사람들을 데려오랴. 내일 저녁 7시에 나랑 같이 가자. 데리고 갈 사람이 없어서 그거 걱정하다가 쓰러졌잖여. 꼭 가자. 안 그러면 나 또 쓰러진다."

할머니가 또 쓰러진다는 말에 데니스가 덜컥 그러겠다더니 나한테 같이 가자고 했다. 지제이한테 허락받고 영어 공부를 하루 빼먹어야겠다. 할머니는 내일 저녁 6시 30분까지 라면집으로 오라며 체면 살려줘서 고맙다고 했다.

데니스는 일단 약속한 거니 지키자고 했다. 할머니 따라 교회에 가는 건 별로지만 데니스와 함께라니 좋다. 내 마음속으로 소리 없이 스며드는 데니스. 첫인상을 믿는 건 성급한 일이다.

오후 내내 작은아빠한테 어떻게 말할지를 궁리했다. 좀 더 있다가 가고 싶은데 어디에 있겠다고 해야 할지가 고민이다. 수련회 끝나고 진희네 친척 집에 간다고 하면 믿어줄까? 사실대로 말하면 작은아빠는 어떤 반응을 보이려나.

아무래도 지제이 집에서는 나가야 할 것 같은데 진희가 언제 올지 모르겠다. 내가 전화해서 오라고 하면 가출을 종용하는 꼴이 된다. 친구가 가출하길 바라는 건 아니지만 솔직한 심정은 진희가 서울에 왔으면 하는 거다. 그냥 며칠이라도 진희랑 놀다가 울산으로 가고 싶다. 여기서 바로 작은아빠 집으로 가는 건 진통제로 통증을 잠깐 가라앉히는 일일 뿐이니.

무조건 작은아빠한테 허락을 받아내야 한다. 별수 없이 진희 핑계를 대기로 하고 번호를 눌렀다. 선생 딸인 진희와 함께한다면 뭐든 믿어주니까. 작은아빠는 작은 목소리로 누굴 만나고 있으니 할 말 있으면 작은엄마한테 하라며 전화를 끊었다. 작은엄마한테 전화하려니 더 떨렸다. 어디 있느냐고 캐물으면 버벅대게 될 텐데. 자칫 지제이 집이라고 말하면 일이 복잡해진다. 심호흡을 하고 작은엄마 번호를 눌렀다. 몹시 소란스러워 작은엄마의 목소리가 잘 들리지 않았다. 내가 작은아빠한테 전화했다는 말까지 했을 때 작은엄마가 그랬다.

"뭐? 작은아빠한테 전화했다구? 내일까지 휴가를 받아서 지금 혁이랑 욱이랑 친정에 가는 길인데 터미널이 너무 시끄러워서 잘 안 들리네. 작은아빠한테 얘기했으면 됐다."

뚝 소리와 동시에 천장에서 뽀얀 수증기가 내려온 듯 눈앞이 뿌예졌다. 작은아빠는 작은엄마한테, 작은엄마는 작은아빠한테 말한 줄 알겠지. 한 달 동안 내가 어디에 있든, 내가 앞으로 어디로 사라지든 두 사람은 관심도 없을 것이다. 작은아빠와 작은엄마는 늘 그런 식이다. 영이는 제 앞가림 잘하는 애니까 믿는다고. 내가 지구 밖으로 튕겨 나간다고 해도 놀라지 않을 거다.

어쨌든 방학 끝날 때까지 지제이 집에 머물 수 있게 되었다. 하지만 조금도 기쁘지 않다. 제대로 허락받은 것도 아닌 데다 라 박사의 존재를 알면서 계속 머무는 건 너무 염치없는 일이니까. 지제이한테 뭐라고 설명해야 할지가 더 걱정이다. 어떻게 허락받았느냐고 물으면 답변할 말이 없다.

소파에 기대 멀거니 천장을 올려다보는데 눈물이 쭉 흘러 귀로 들어갔다. 아빠도 신경 쓰지 않는데 누가 나한테 관심을 가질까. 컥, 가슴이 막히면서 쿨럭쿨럭 울음이 나왔다. 데니스도 진희도 불만이 많긴 하지만 부모의 사랑을 의심할 건덕지는 없다. 모니카는 넘치는 관심으로 폭발하기 직전이다. 친구들은 그게 얼마나 대단한 건지 모른다. 가까이에서는 보이지 않고, 넘치면 감각이 없어지는 게 행복이니까.

아빠가 떠난 후 내 마음은 한 번도 꽉 찬 적이 없다. 언제나 한 구석이 빈 것 같았다. 사실은 엄마가 떠난 이후부터 그랬다. 마음 한구석에서 잉잉 바람이 새어 나왔지만 그래도 아빠가 있을 땐 춥지 않았는데…… 아빠의 부재가 오늘따라 절실히 다가왔다. 작은아빠는 화급한 일이 있고 작은엄마는 주변이 시끄러워서 그랬겠지만, 딸이라면 일주일 만에 전화했을 때 배구공마냥 토스만 하고 말았을까? 애당초 교회 수련회에 간다고 할 때도 확인하지 않았다. 핸드폰은 대체 어디서 났느냐고 왜 묻지 않는 걸까? 갑자기 서러움이 밀려왔다.

허전함과 서러움, 늘 두 가지가 내 마음 한구석에 웅크리고 있다. 때로는 두려움이 때로는 불안함이 고개를 내민다. 눈물이 볼을 타고, 콧등을 타고 제 맘대로 흘러내렸다. 오늘 밤 내내 울어도 시원해질 것 같지 않다.

딩동!

설핏 잠이 들었다가 벨소리에 일어났다. 자면서도 울었는지 눈가가 축축하다. 누구지? 7시밖에 안 됐고 지제이라면 벨을 누를 리 없는데. 비디오폰을 보니 웬 남자의 얼굴이 보였다.

"누구세요?"

"라종민입니다."

라 박사? 가슴이 멎는 듯했다. 어쩔 수 없이 문을 열자 양복을 잘 차려입은 남자가 꽃을 들고 서 있었다. 데니스가 사 온 것과 꼭 같은 분홍색 장미였다.

"조카구나. 고모는?"

"아직 안 오셨는데…… 오늘 누구 만나신다고 했는데…….."

이미 현관에 들어선 라 박사는 잠깐 망설이는 거 같더니 신발을 벗고 올라왔다. 라 박사는 처음 오는지 소파에 앉아 거실을 이리 저리 둘러봤다. 한심남처럼 예의 없게 방에 들어가지 않아 다행이다. 로즈티를 내놓자 라 박사는 약간 허둥대며 말했다.

"전화 안 하고 바로 온 거야. 조카도 있다고 하니 어색하지 않을 거 같아서."

저녁 먹을 시간이지만 식사했는지 묻지 않았다. 친절하게 대하고 싶은 마음이 아니었다. 라 박사는 어색한지 큼큼 기침하며 내 기색을 살피더니 이름이 뭐냐고 물었다. 문영이라고 하자 라 박사는 지문영이구나, 라고 했다. 어른들은 왜 떠오르는 대로 말할까. 김 작가는 나더러 라문영이라더니. 나는 구태여 내 이름을 정정하지 않았다. 혹시 라 박사가 우리 아빠를 알면 기절할지도 모르니까.

"문영이가 나 좀 도와주면 안 될까? 나 지서영 씨 많이 좋아해."

약간 마음이 놓였다. 라 박사와 완전히 애인이 된 건 아닌 듯하다. 우리 아빠와의 가능성이 아직 남아 있는 걸까. 갑자기 희망이 생기는 기분이다. 라 박사는 가방에서 작은 화집을 꺼냈다.

"이거 몇 달 전 워싱턴에서 산 거야. 모네 화첩. 이 그림 좀 봐, 〈우산을 쓴 여인〉. 고모 같지 않니?"

깜짝 놀랐다. 갸름한 얼굴과 큰 눈, 우산을 쓰고 가다가 누가 불렀는지 조금 놀란 표정으로 돌아보는 시크한 매력의 여인, 지제이를 꼭 닮았다. 라 박사의 그다음 말에서 아빠와의 가능성이 희박해졌다는 느낌을 받았다.

"내셔널박물관에 있는 모네관에서 지서영 씨랑 마주쳤잖아. 바로 이 그림을 보면서 지서영 씨를 생각하는데, 내 눈앞에 정말 지서영 씨가 딱 서 있는 거야. 버지니아 사촌 오빠 댁에 머물고 있다면서 그림 구경 왔다잖아. 얼마나 놀랍고 반갑던지. 이틀 후에 뉴욕 맨해튼 브로드웨이 32번가에서 또 마주쳤잖아. 그땐 별로 안 놀랐지. 워싱턴에서 만났을 때 둘 다 다음 날 뉴욕에 갈 거라고 했거든. 게다가 32번가 한인 타운은 누구나 들르는 코스니까. 박물관에서는 정말 심장이 멎는 줄 알았어."

그랬구나, 라 박사하고 뉴욕에서 마주쳤구나. 매일 생각한 사람이 라 박사였던 걸까? 아빠만 만난 게 아니었구나. 다시 허전함과 서운함이 밀려왔다.

"작년부터 내가 지신오 톡톡심리학 코너에 고정 출연하면서 지서영 씨한테 호감을 갖게 되었는데 워싱턴에서 마주친 뒤 운명이라는 생각이 들었어. 그런 우연은 쉽지 않거든. 한국에 돌아와서 자연스럽게 만남이 시작되긴 했는데 속도가 너무 느려. 이제 좀 적극적으로 나서려구. 사실 내가 좀 자신이 없어 소극적이었거든······ 남자가 능동적으로 이끌지 않으면 여자들은 지쳐버리거든."

왜 자신이 없을까. 아빠랑 같은 처지일까? 훤칠하고 잘생겼지만 라 박사도 어쩐지 아빠처럼 힘이 없어 보인다.

"문영아, 나 좀 도와줄 수 있겠니? 고모랑 정말 잘해 보고 싶거든. 고모도 나한테 마음이 있는데 결심을 못하는 거 같아. 여자 나이 서른아홉이면 복잡하거든. 그런 데다 초혼이어서 더 망설여질 거야. 재혼자들이 오히려 더 용감해. 그래서 내가 부지런히 움직이기로 결심했어. 미적대다간 결론이 안 날 거 같아서. 내가 문자 보낼 때 고모 기분이 괜찮으면 ^^ 표시를 해줘. 분위기가 안 좋다 싶으면 ㅠㅠ. 기분 좋을 땐 바로 와도 되잖아. 우울할 땐 이벤트를 만들어서 오고."

나는 고개를 끄덕였다. 약속을 했으니 도와주긴 해야겠지만 가슴이 아플 거 같다. 라 박사는 천군만마를 얻었으니 앞으로 잘될 거 같다고 했다. 하지만 마지막 관문을 통과해야 한다. 내가 천군만마가 될지 호환마마가 될지 이 질문에 달렸다.

"아저씨도 딸이 있어요?"

라 박사는 당황하더니 고개를 끄덕였다. 나처럼 열다섯 살이라고 했다.

"엄마랑 살고 있어. 내가 생활비도 보내주고 용돈도 잘 주고 있어. 우리 소라가 아빠는 돈이나 잘 벌래. 내가 재혼하더라도 자기를 지원해달래. 자기는 유학도 가야 하고 할 일이 많다며. 꼭 그렇게 해주겠다고 약속했어."

그 정도면 잘하는 거 아니냐는 듯 의기양양한 라 박사도 철없기는 마찬가지다.

"그래도 소라가 허전할 수 있어요. 아빠랑 돈이랑 같은 건 아니잖아요."

라 박사는 곤혹스런 표정을 지었다.

"문영이 말이 맞아. 그래서 가능한 한 소라랑 대화를 많이 하려고 애쓰고 있어. 매일 문자 보내고 적어도 2주에 한 번은 데이트를 하지. 방학 때는 같이 여행도 가고. 소라 엄마랑 너무 안 맞아서 헤어졌는데 부부가 매일 으르렁거리는 것보다 차라리 헤어지는 게 아이한테 나을 수도 있어. 너희 고모한테 잘된 일이지. 내가 소라를 달고 와봐. 처녀인 너희 고모가 얼마나 당황하고 힘들겠어. 소라한테도 잘하고 고모도 사랑하고, 다 잘되도록 노력할 거야. 나 좀 도와줘."

도와달라는 말에 나는 그냥 웃기만 했다.

"노처녀 마음은 도통 모르겠어. 지서영 씨가 그렇게 화사하게 웃지만 않아도 내가 설레지 않을 텐데…… 남자는 마음에 드는 여자가 웃으면 벌써 다음 데이트 코스까지 생각하는 착각주의자거든. 디제이가 패널들 방송 잘하라고 친절한 건데 내가 착각하는 건가?"

　라 박사는 한숨을 쉬더니 오늘 자기가 온 건 비밀이라며 꽃다발을 놓고 갔다. 내가 라 박사를 도와야 하는 건지 아닌지 아리송했다. 지제이도 같은 마음이면 라 박사를 도와주는 게 마땅하지만 그게 아닐 땐 지제이를 헷갈리게 할 텐데…… 새삼 라 박사가 했던 말이 가슴에 박혔다.

　"내가 소라를 달고 와봐. 처녀인 너희 고모가 얼마나 당황하고 힘들겠어."

　나 때문에 아빠랑 지제이가 헤어진 걸까. 그렇다면 아빠를 원망하거나 투정을 해서는 안 된다. 더 이상 아빠한테 피해를 주지 않기 위해서라도 이 방학에 나는 결정을 해야 한다. 어쨌든 이상한 일에 연루되었다. 아빠의 연적일지 모르는 사람을 도와줘야 하는 일. 마치 이중 스파이가 된 기분이다. 이런 사실을 아빠가 안다면 어떤 표정을 지을까.

　9시쯤 들어온 지제이는 치즈케이크를 안기며 밝게 웃었다. 지제이는 옷을 갈아입고 나오면서 지나가는 말처럼 물었다.

　"작은아빠한테 전화했어?"

　정확히 날짜를 세고 있다는 건 내가 부담스럽다는 뜻이다. 뭐라고 말해야 할지 몰라 당황하는 나에게 지제이는 마치 숙제 검사하듯 물었다.

　"허락받았어? 내일이 일주일이잖아."

허락, 나는 아직 허락이 필요한 소녀이지만 허락받지 않고도 한 달을 아무 데서나 지내도 되는 변종 자유인이라는 걸 그녀는 모른다.

"작은아빠한테 전화했는데 바쁘셔서 작은엄마한테 전화하라고 하셨고, 작은엄마한테 전화했더니 시끄러워서 작은아빠한테 말했으면 됐다고…… 아마 두 분은 믿고 계실 거예요. 누구에게든 허락받았을 거라고. 항상 그러시거든요. 너는 네 앞가림 잘하니까 걱정 안 한다고."

거기까지 말하는데 눈물이 핑 돌았다. 지제이는 이미 일주일 전에 내가 관심받지 못하는 아이라는 걸 눈치챘을 것이다. 결국 눈물 한 줄기가 볼을 타고 내려왔다. 지제이는 가만히 나를 안고 있다가 내 등을 두드려주고는 주방으로 갔다.

"캐모마일이야. 카페인이 전혀 없어서 밤에 마셔도 좋아. 마음이 좀 편해질 거야. 초등학교 3학년 때 우리 아빠가 갑자기 돌아가셨단다. 심장마비였지. 초등학교 교사였던 엄마가 몸도 마음도 힘들어 나를 할머니 댁에 맡기셨어. 중학교 입학하기 전까지 청주 할머니 댁에서 지냈는데 엄마가 방학 때만 오셨어. 쓸쓸하고 허전할 때가 많았지만 꾹 참았어. 나는 아빠가 늘 내 곁에 계시다고 생각하고 많은 대화를 나누었어. 멀리 있는 엄마보다 마음속의 아빠가 내 얘기를 더 잘 들어주는 것 같았어. 쓸쓸하고 허전해서 풍부해진 면도 있어. 영이는 미국에 있는 아빠한테 전화도 하고 편지도 할 수 있으니 얼마나 좋아."

지제이는 천편일률적인 어른들과 좀 다르다. 자신의 경험을 사례로 내놓으면서 남의 아픔을 헤아린다.

"영이한테 주어진 시간은 누구도 대신해주지 않아. 그 시간을 어떻게 견디느냐에 따라 너의 크기가 달라질 거야. 다른 아이랑 상황이 다른 것도 너에게 유리하게 작용할 수 있어. 창의력과 이야기, 크리에이티브와 스토리가 생기거든. 유명한 작가들은 대개 평범하지 않은 유년을 보냈잖아. 독특한 환경이 마음을 풍성하게 해 좋은 작품을 만들었을 거야. 어떤 분야든 창의력과 이야기가 가미되면 가치가 높아져. 영이는 요리도 잘하고 어른스럽고, 앞으로 잘될 거야."

마치 오프닝 멘트를 하듯 또박또박 아름답게 말하는 지제이를 바라보노라니 눈이 부셨다. 어린 시절 고통이 오늘의 그녀를 만들었을까? 나는 나중에 어떻게 될까. 누구와도 나눌 수 없는 내 시간을 오롯이 견디며 나아가는 일이 너무 무거운데. 지제이는 칙칙한 내 마음을 내리치듯 경쾌한 목소리로 말했다.

"그렇다면 방학 끝날 때까지 있어도 된다 이거지? 매일 영어 단어 시험 치고 영어 동화책도 다섯 권 정도 뗄 거니까 각오해! 아예 구연동화 한다 생각하고 동화를 외워버려. 그게 아마 덜 괴로울 거다. 알겠느냐?"

개편 때문에 머리가 복잡할 터인데도 지제이는 내 볼을 두드리며 짐짓 밝은 목소리로 말했다.

지제이가 소고기무국에 말아 아침밥을 먹으면서 말을 걸었지만 지난밤에 했던 얘기를 되풀이하진 않았다.

"어제 초대한 남자 친구가 네 음식 솜씨에 반하지 않았니? 나중에 자기랑 결혼하자고 하지 않던? 시크한 매력녀가 요리까지 잘한다면 누구든 반할 거 같은데. 내가 남자라면 미리 반지 주고 찜해놓는다. 혹시 그 애한테 고양이 반지 준 거 아냐? 여자는 좀 팅겨야 하는데."

첫날 엘리베이터에 발을 디밀고 아빠한테 푸념하던 녀석이 데니스라는 걸 안다면 지제이는 어떤 표정을 지을까. 지금은 그때와 정말 다른데…… 어제 지제이가 데니스를 못 본 건 좀 억울하다.

지제이는 쿨하다. 어제 초대한 아이에 대해 더 묻고 싶은 게 있겠지만 적당한 선에서 끝냈다. 엄마였으면 달랐을 거다. 어쩌면 새엄마는 그런 면에서 좋을지도 모르겠다. 적당한 거리 두기, 좋은 관계를 만들 수 있는 역학 구도다. 아예 싸늘하거나 한술 더 떠 지능적으로 괴롭히는 새엄마도 있겠지만 지제이라면 그럴 염려는 없을 듯싶다. 라 박사가 확정된 애인이 아니라는 걸 알고 나니 자꾸 지제이를 엄마 자리에 대입해본다. 지제이가 엄마라면 우린 환상의 커플이 될지도 모르는데. 어쩌면 너무 잘 맞아 아빠가 왕따 될 위험이 있다. 그런 생각을 하다가 푸시시 가라앉았다.

지제이는 밥을 다 먹은 뒤 분홍 장미 냄새를 맡으며 행복해했다.

"아무래도 네 남자 친구, 멋진 애 같아. 이렇게 꽃을 많이 사 오다니 아주 통이 큰 녀석인가 봐."

가슴이 뜨끔했다. 라 박사의 꽃이 훨씬 더 많은데. 아무래도 확인해야 할 것 같다. 그래야만 내 역할이 명확해지니까. 좀 떨렸지만 화살을 쏘았다.

"그때 오프닝에서 하신 말씀, 뉴욕에서 마주친 사람, 매일 생각했던 그 사람, 누군지 물어봐도 돼요?"

그녀는 목젖이 드러날 정도로 웃더니 답했다.

"누굴까? 영이가 맞춰봐. 그때 뉴욕에서 예전에 알던 사람 여럿과 부딪혔어. 브로드웨이 32번가 한인 타운이라는 데가 손바닥만 하니까 거기 가면 다 만나게 되어 있어. 아무리 많은 사람을 만나도 의미 있는 사람은 한 명뿐이라는 사실."

지제이는 알쏭달쏭한 미소를 지으며 욕실로 들어갔다. 딱히 아빠와의 연관성을 찾긴 힘들지만 뭔가 낌새가 이상하다. 라 박사와는 맨 처음 워싱턴에서 부딪혔고, 그건 라 박사 말대로 정말로 운명적인 냄새가 나는데 굳이 뉴욕이라고 하는 걸 보면…… 워싱턴이라고 하면 라 박사라는 게 드러나니까 뉴욕이라고 한 건지도 모른다. 아, 모르겠다. 지제이의 마음은 오리무중이다. 어쨌든 라 박사가 문자를 보내면 답장을 해주어야 한다. 지제이가 라 박사를 좋아하고 있는지도 모르니까.

교회는 아무래도 얌전하게 입고 가야 할 거 같아 원피스 차림으로 나섰더니 데니스도 정장을 하고 나타났다. 저녁 7시가 다 되어 가지만 아직 한낮처럼 밝았다. 어깨를 훤히 드러내고 다니는 사람들이 우리를 힐끗힐끗 돌아봤다. 창피하기도 했지만 데니스와 함께여서 힘이 났다. 할머니는 입성이 곱다고 칭찬해주었는데, 할머니야말로 모시 한복을 예쁘게 차려입어 라면 끓일 때랑 완전히 다른 분위기다.

  하지만 우리는 교회에서 별로 환영받지 못했다. '총동원 전도 주일'이라는 플래카드가 걸린 교회 앞에서 인사를 하던 집사님들이 할머니한테 아이구 손자 손녀가 참 예쁘네요, 라고 인사하긴 했다. 할머니는 황급히 손을 내저으며 내가 데려온 애들이여. 우리 집 단골이지만 동원하기 힘들었는데, 라고 주장했다. 결국 우리는 1층의 새 신자 자리가 아닌 2층으로 인도되었다. 할머니가 계속 집사님한테 항의를 했지만 어른 새 신자들이 밀려오는 바람에 우리는 찬밥이 되고 말았다. 총동원하는 날은 어른만 쳐주는 모양이다. 할머니는 낭팰세, 목사님이 봐야 하는데, 두 명 머릿수는 채웠는데, 라며 계속 억울해했다. 데니스는 귓속말로 어쩌면 일요일에 목사님 앞에 불려 갈지도 모르겠다, 할머니가 확인을 받아야 하니까, 라고 말했다. 사람이 너무 많아 데니스랑 꼭 붙어 앉는 바람에 허벅지랑 어깨가 간질간질했다. 데니스한테서 좋은 냄새가 났다.

  1층에 앉은 새 신자들은 박수와 함께 뭔가 잔뜩 든 종이 가방까지 받았지만, 헌 신자 취급을 받은 우리는 2층에서 아무것도 받지 못했다. 할머니는 고개를 빼고 아래를 보면서 이따가 받아줄 테니 걱정 마, 라며 우리를 안심시키려고 애썼다. 데니스는 저거 안 받아야 다음에 안 올 수 있어, 라고 귓속말을 했다. 교회 오길 잘했다. 데니스와 더 가까워졌으니까. 다 같이 목소리 높여 노래할 때 찬송가를 몰라 멀뚱멀뚱 앉아 있던 우리 둘은 동지적 감정을 진하게 느꼈다.

목사님이 "성경 말씀 보겠습니다. 『잠언』 25장"이라고 할 때 귀가 번쩍 뜨였다. 『잠언』이라니!

"경우에 합당한 말은 아로새긴 은쟁반에 금사과니라."

아빠가 주고 간 『잠언』을 읽긴 했지만 이런 내용을 본 기억이 없는데…… 하긴 부모와 자녀에 관한 내용, 친구에 관한 내용, 그런 것만 골라서 좀 읽었을 뿐이니까.

"지혜로 가는 미로를 찾는 열쇠는 무엇일까요. 여러 가지가 있겠지만 오늘은 경우에 대해 생각해보겠습니다. 경우는 사리와 도리를 말합니다. 마땅히 행할 길, 상식 같은 것이죠. 『잠언』은 경우에 맞는 말을 담아놓은 책이고, 경우에 합당한 것이 지혜입니다. 은쟁반에 담긴 금사과, 경우에 합당한 말은 이처럼 귀하고 아름답습니다. 지혜란 그런 것이지요. 지혜는 어디서 올까요. 여호와를 경외하고……."

아빠도 지혜가 중요하다고 했지만 목사님처럼 귀에 쏙쏙 들어오게 말하진 못했다. 은쟁반에 금사과, 예쁜 표현이다. 데니스도 동의한다는 듯 고개를 끄덕였다. 다만 할머니는 목사님이 단상에 서자마자 졸기 시작하더니 입까지 벌리고 잠들어버렸다. 사람들이 우리를 라면집 할머니 손자 손녀로 생각하는지라 조금 창피했다.

"『잠언』에서는 부지런한 남자와 지혜로운 여자가 되라고 권합니다. 게으른 자에게는 가난이 강도같이 온다고 했습니다. 지혜로운 여자는 일평생 남편에게 선을 행하고 열심히 일합니다. 부지런한 남자와 지혜로운 여자가 만나면 최강의 결합이겠죠. 오늘 처음 오신 분들, 앞으로 계속 나오셔서 함께 지혜의 길을 찾읍시다."

목사님이 마치 나한테 『잠언』은 좋은 책이야, 아빠가 좋은 책을 주신 거야, 라고 말하는 듯했다. 어쨌든 『잠언』에 대해 들었다는 것만으로도 오늘 잘 온 것 같다.

좀 따분한 표정인 데니스가 내 반지를 보더니 귓속말로 고양이 반지 예쁜데, 라고 했다. 고양이 반지를 오늘 줄 수 있으면 좋을 텐데.

예배 마치고 나올 때 할머니가 얘들도 새 신자, 라고 박박 우겨서 종이 가방 두 개를 받아 왔다. 마침 목사님이 보이자 할머니는 내가 오늘 머릿수 두 개 채웠다, 며 마구 자랑했다. 목사님이 우리 머리를 쓰다듬어주자 그제야 할머니는 안심한 표정이었다. 데니스는 잘됐어 할머니를 기쁘게 해드렸으니, 라고 어른스럽게 말했다.

데니스와 함께 굿모닝 오피스텔 뒤쪽에 있는 작은 공원으로 갔다. 밤이 되었는데도 열대야 때문에 후텁지근했다. 사람들이 에어컨 곁으로 가버렸는지 공원에 아무도 없었다. 가로등 아래서 펼쳐 본 종이 가방에는 수건 한 장과 교회 안내 책자, 빵 두 개, 음료수 두 개, 교회 로고가 새겨진 볼펜 두 자루, 그리고 성경책이 들어 있었다. 벤치에서 빵과 음료수를 먹을 때 데니스가 그랬다.

"나는 지혜로운 여자랑 결혼할 거야. 너는?"

나는? 아직 누구랑 결혼할지 생각해본 적 없는데…… 하나만 말하라면 어떤 상황에서든 가족을 떠나지 않는 남자랑 결혼하고 싶다. 내가 잠자코 빵만 뜯어 먹자 데니스가 킬킬 웃었다.

"당연히 부지런한 남자랑 결혼해야지. 목사님이 그랬잖아. 최강의 결합이라고. 우리가 어른 되면 다들 결혼 안 할지도 몰라. 결혼한 지 얼마 안 되어 헤어지는 어른이 그렇게 많은데 누가 결혼하겠어. 이혼 서류에 도장만 안 찍었다뿐이지 우리 부모님처럼 떨어져 사는 사람도 많고. 벌써부터 내 마음의 반은 결혼 안 한다로 기울었어. 근데 어제 너한테 초대받고 결혼한다로 조금 기울었어. 목사님이 말한 지혜로운 여자를 만난다면 결혼한다로 더 기울어질 거 같아. 결혼하려면 아직 세월이 많이 남았으니 마음의 저울이 어디로 기울지 모르지."

맞아. 결혼은 매력 없는 게 분명하다. 저렇게 잘난 지제이도 결혼 안 하는 걸 보면. 데니스가 이마를 찌푸리며 말했다.

"결혼은 복잡해. 복잡한 건 머리 아파. 어른이 되면 복잡한 걸 견딜 수 있을까?"

내가 고개를 젖히고 포오 한숨을 뿜어 올리자 데니스가 내 머리를 당겨 살짝 안았다. 곧이어 블루베리잼이 묻은 입술을 내 입술에 갖다 댔다. 하지만 우린 금방 떨어져 앉았다. 데니스도 놀란 듯했다. 가슴이 콩닥콩닥 뛰었다. 데니스가 내 입술에 묻은 블루베리잼을 닦아주며 말했다.

"고백하는데 너랑 첫 키스야."

나도 고개를 끄덕였다. 정우가 키스를 하려고 할 때마다 밀쳐낸 것이 다행스러웠다. 데니스가 나를 꼭 끌어안았다. 그리고 내 귀에다 말했다.

"기숙사에서 너를 생각하며 견딜 거야. 사랑해!"

사랑해, 그 순간 내 가슴 한편의 허전함이 완전히 밀려났다. 가슴이 벅차올라 눈물이 났다. 데니스가 내 눈물을 닦아주면서 뺨에 입 맞추었다.

"그 고양이 반지 나 주면 안 돼? 내가 고양이잖아."

데니스가 쑥스러워하며 말했다. 내가 주머니에서 고양이 반지를 꺼내자 데니스가 깜짝 놀란 표정을 지었다. 데니스는 반지를 새끼손가락에 끼고는 멋진 고양이가 완성되는 순간이야, 커플링을 꼈으니 우린 커플이야, 라며 큭큭 웃었다. 마음이 뭉글뭉글 부풀어 올랐다. 하나 남은 반지를 아빠한테 전해 지제이와 넷이 고양이 반지를 끼고 파티하면 얼마나 좋을까.

데니스는 어머니가 곧 귀국한다며 나와 지제이를 초대하겠다고 했다. 첫사랑은 이루어지지 않는다지만 평생 기억할 추억을 안기는 것만으로 감사하다. 나의 첫사랑은 예상보다 빨리, 데니스가 안고 왔다. 우린 곧 떨어져 지내겠지만 아쉽지 않다. 데니스는 늘 내 마음속에 있을 테니까.

8부 불평이 비를 그치게 하진 않아

　지난 일주일 동안 단어 시험을 다섯 번이나 봤다. 100점을 두 번 맞아 지제이에게 상금으로 2만 원을 받았다. 안 받겠다고 했지만 상금을 받아야 공부할 의욕이 날 거라고 했다. 아마도 지제이는 내게 용돈을 주기 위해 그런 방법을 생각해낸 것 같다. 동화를 틀리지 않고 한 번에 외우면 상금이 3만 원으로 올라간다는 법칙도 만들었다. 지제이의 배려가 깊어갈수록 마음의 짐은 무거워진다. 지제이가 아빠랑 별로 상관없는 쪽으로 기울고 있으니 말이다.
　얇긴 하지만 동화책 한 권을 단번에 외워버렸다. 38줄밖에 안 되는 「Town Mouse and Country Mouse」를 이야기 흐름을 생각하면서 외우니 어렵지 않았다. 동화 내용과 달리 시골 쥐인 나는 서울 쥐 지제이 집에서 편하게 지내고 있다. 서울 쥐 지제이 집에는 무서운 고양이가 없는 데다 이웃에 멋진 고양이까지 살고 있으니까.

지제이는 내가 영어를 잘한다고 칭찬했다. 칭찬받는 일에 조금 익숙해졌다. 매일 저녁 지제이에게 테스트를 받는 게 기다려졌다. 검열은 고달프지만 말끔하게 마침표를 찍어주니까.

팝송 가사도 외웠다. 〈Rain drops Keep Falling on My Head(빗방울이 내 머리 위로 떨어져요)〉는 지제이가 나를 위해 특별히 선택한 노래임에 틀림없다. 지제이가 이 노래를 부르면서 해석해주었을 때 의미에 매료되고 말았다. 지제이가 출근한 뒤 네이버 비디오에서 이 노래를 찾아 100번쯤 들었다. 지제이 앞에서 완벽하게 불렀을 때 퍼펙트, 라는 판정을 내려주었다.

더욱 환상인 것은 세종문화회관 중앙 계단에서 열린 별빛 축제의 가수가 내가 외운 팝송을 불렀다는 사실이다. 동네 산책을 하다 말고 지제이와 나는 그 가수의 노래를 끝까지 따라 불렀다. 'Cause, I'm never gonna stop the rain by complaining(불평한다 해서 비가 그치는 건 아니잖아.)', 라는 가사가 마음에 남았다. 사람들이 박수칠 때 지제이가 손을 잡아끌었다.

"와, 복습 잘했다. 불평만 하고 있으면 비는 그치지 않아. 힘든 일이 생기면 떨치고 일어나 달리는 거야."

맞아, 불평해도 비는 그치지 않는다. 우산이 없으면 처마 밑으로 피하거나 그냥 맞으면 된다. 비는 곧 지나가니까. 다음부터는 일기예보를 잘 듣고 우산을 준비하면 된다. 지제이는 산책을 하며 저녁에 섭취한 칼로리를 소비하자더니 베스킨라빈스로 나를 데려갔다.

"너무 덥다, 아이스크림 하나씩 먹자. 골라봐. 난 치즈홀릭으로 할래. 넌 초콜릿칩이 들어간 딸기아이스크림스바나 어때?"

내가 계속 팸플릿만 보며 망설이고 있자 지제이가 골라주었다. 와플콘에 담아서 먹으며 산책을 계속했다.

"역사박물관 지나 경희궁으로 갔다가 정동 길을 걸어 덕수궁 찍고 시청 앞 잔디 좀 밟아 볼까? 너무 먼가?"

"괜찮아요. 저는."

"좀 덥겠지? 겨울이면 시청 앞에 스케이트장 생기잖아. 겨울에 같이 스케이트 타자."

가슴이 벅차올라 말없이 고개만 끄덕였다. 광화문은 산책하기 좋은 곳이다. 휴식할 수 있는 작은 공원도 많고, 차가 씽씽 달리는데도 공기가 그리 탁하지 않다.

역사박물관과 경희궁 산책을 마치고 도로로 나왔을 때 지제이가 길 건너 흥국생명 건물의 움직이는 조각상을 가리켰다.

"미국 조각가 조나단 보로프스키 작품 〈망치질하는 사람〉이야. 해머링맨은 1분 17초 간격으로 망치를 내려쳐. 키 22미터, 체중은 50톤, 우리가 『걸리버 여행기』에 나오는 소인 같지 않니? 작가가 '우리 모두는 세상을 창조하기 위해 마음과 손을 사용한다. 나는 마음과 손 사이에 심장이 있다'고 말했대. 해머링맨의 임무는 노동의 숭고함을 알리는 거지. 어제 오프닝이어서 기억나네."

천천히 망치를 내려치는 엄청난 크기의 조각상을 올려다보면서 광화문의 다양함에 흠뻑 취했다. 지제이는 영화를 한 편 보자며 흥국생명 건물 지하로 나를 데려갔다.

"시네큐브 영화관은 예술영화를 주로 상영해. 멀티플렉스에서 접하기 힘든 수준 높은 영화들을 볼 수 있지. 예전에 상영했던 영화들을 재상영하기도 하고."

전체 관람가인 〈라벤더의 연인들〉를 보기로 했다. 모든 연령이 볼 수 있는 영화인데도 관객은 나이 많은 아줌마와 할머니들뿐이었다. 지제이가 가장 젊었고 학생은 나밖에 없었다. 따분한 영화인 줄 알았는데 다 보고 나니 늙은 두 자매의 절절한 사랑으로 인해 마음이 울렁였다.

"중2한테 어울리지 않는 영화긴 한데 그래도 표정을 보니 중학생의 감성이 좀 흔들린 거 같군 맞지?"

서로 의지하고 사는 늙은 자매가 파도에 떠밀려 온 젊은 청년을 간호하면서 느끼는 설렘. 사랑에 손조차 내밀지 못하는 두 자매의 안타까운 심정이 이해되긴 했다.

"저렇게 나이가 많은데 젊은 남자를 좋아할 수 있을까, 그런 생각이 들어요."

"절박함, 더는 사랑에 닿을 수 없다는 안타까움, 그런 게 두 여자의 마음을 뒤흔들었겠지."

이루어질 수 없는 사랑이 절대 불리한 상황에 찾아오면 피해야 할 것 같다. 지제이도 생각이 많은지 더 이상 말도 하지 않았다.

너무 늦어 아빠와의 사랑이 절망으로 변하지 않기를. 내겐 너무 아득한 얘기지만 가슴 한쪽이 시렸다.

라 박사는 우리가 영화를 볼 때 문자를 보낸 모양이다. 진동을 느끼지 못해 답장을 못하고 말았다. 지금 쳐들어가면 어떨까, 여기 꽃집인데, 맑음? 이라는 내용이었는데, 어차피 쳐들어와 봐야 우린 극장에 있었다. 은근히 라 박사가 지치길 기대하는 마음이다. 라 박사의 문자를 지우는데 문자가 하나 더 있었다. 모르는 번호였다.

 엄마를 거부하고도 끄떡없는지, 니가 어떻게 알아? 남의 상황을 마음대로 규정짓는 것, 재섭서.

김 작가의 아들 승윤이었다. 이틀 전에 온 건데 이제야 봤다. 내용은 호의적이지 않지만 답장을 한 건 엄마랑 소통하고 싶다는 뜻이다. 게다가 엄마를 거부하고도 끄떡없는지 어떻게 아느냐고 하는 걸 보니 희망이 보인다.

 너의 상태는 잘 모르지만 너에게 거부당한 너의 엄마가 많이 아프시다는 건 알지. 너처럼 실랑이할 엄마라도 있으면 좋겠다고 생각하는 1인 보냄.

내 처지를 이용해 녀석을 설득해야겠다. 이번에도 답장이 바로 오지 않았다. 이제 유의해서 문자를 살펴봐야겠다. 김 작가가 집으로 돌아가는 데 나도 조금이나마 도움이 되면 좋겠다.

또 한 곡의 팝송을 배울 때 지제이 마음속에 있는 사람이 라 박사가 아닐지도 모른다는 생각이 들었다. 〈Don't Forget to Remember Me〉, 어쩐지 귀에 익은 곡이다. 애잔한 멜로디가 가슴을 먹먹하게 했다. 곧 떠날 데니스가 떠올라서일까?

"Don't forget to remember me and the love that used to be I still remember you. I love you.(저를 잊지 말아 주세요. 우리의 지난 사랑도 잊으면 안 됩니다. 지금도 변함없이 당신을 기억하고 있습니다. 당신을 사랑합니다.)"

지제이는 젖은 목소리로 어떤 사람이 떠나면서 이 노래를 불러 주었다고 했다. 표정이 〈라벤더의 연인들〉의 우슐라처럼 복잡하면서 아련했다. 그때 팟! 하고 떠올랐다. 초등학교 3학년 어느 날 저녁, 아빠가 베란다에서 휘파람으로 이 멜로디를 불렀다. 어쩐지 아빠의 등이 쓸쓸해 보여 다가가지 못했던 기억이 났다. 지제이에게 이 노래를 불러준 사람이 아빠일까?

"나는 그때 이런 생각을 했어. 먼저 헤어지자고 말하는 사람보다 헤어지자는 통보를 받고 이런 노래 불러주는 사람이 결국 이긴다고. 아직도 못 잊게 하잖아."

그 사람이 누구예요? 정말 묻고 싶었지만 말해줄 때까지 기다리기로 했다. 아무래도 영화의 영향인 듯하다. 그때 또 라 박사가 문자를 보냈다.

　　　고모 들어오셨니? 벌써 꽃을 샀는데······.

그때 나는 조금의 가책도 없이 ㅠㅠ, 라고 답장했다. 혹시 지제이가 라 박사를 좋아한다 해도 적절한 타이밍이 아니다. 지금은 〈Don't Forget to Remember Me〉를 불러주고 떠난, 어쩌면 아빠일지도 모르는 그 사람을 추억하는 게 맞다. 이런 날 찾아오는 애인은 점수가 확 깎일 거 같다.

찬미가 전화를 했다. 일주일 만에 오는 거 아니었느냐며. 방학 끝날 때까지 있을 거고, 그 뒤에도 울산으로 가고 싶지 않은 심정이라고 했더니 가늘게 한숨을 쉬었다. 찬옥 언니는 여전히 감감무소식이라고 했다. 만나봐야 우울한 얘기투성이지만 그래도 우린 서로에게 의지가 되긴 한다. 하지만 찬미네 집에 가는 일이 더 이상 내게 위로가 될 것 같지 않다. 데니스 얘기며 영어 공부 얘기며 재미있는 뉴스가 많지만 그냥 심드렁하게 끊었다. 여름방학이 끝나지 않았으면 좋겠다. 찬미한테 말한 대로 방학이 끝나도 울산으로 돌아가고 싶지 않다. 돌아가면 어쩔 수 없이 찬미네 집에 가게 되겠지. 우린 위로받을 데가 없으니까.

데니스는 엄마 귀국이 늦어지고 있다는 문자를 보냈다. 미국으로 떠날 준비를 하느라 조금 바쁘다며 같이 산책하고 싶은 마음 가득, 이라고 했다. 데니스의 문자는 늘 두근거림과 함께 온다. 하지만 데니스가 떠날 거라는 생각을 하면 쓸쓸해진다. 나도 산책에 중독됐음ㅋ, 라는 답장을 보냈더니 데니스는 곧바로 혼자 산책하더라도 라면집 앞으로는 가지 말 것, 혹시 할머니한테 들켜서 교회에 끌려갈 위험이 있음, 전도 주일 끝나 블루베리 빵도 안 줄 텐데 뭐^^, 라는 문자를 보내왔다. 유머가 있는 남자, 데니스는 점점 더 멋있다.

산책 가는 대신 『호밀밭의 파수꾼』을 읽었다. 데니스에게 기숙학교에서 좋은 룸메이트 만나 학교생활 잘하기 바란다는 말을 해주고 싶다. 홀든처럼 학교를 그만두고 뉴욕을 떠도는 일 같은 건 어른이 되어 경험해도 늦지 않으니까. 아빠처럼 뉴욕에 매료되어 아예 다른 도시는 거들떠도 안 보는 건 바람직하지 않지만.

어제저녁 일은 아무리 생각해도 웃긴다. 한심남이 그렇게 쉽게 무너질 줄은 몰랐다. 앞으로 한심남이 아니라 순진남이라고 불러야 할 것 같다. 어제 일찍 돌아온 지제이와 차를 타고 인왕스카이웨이와 북악스카이웨이를 드라이브했다. 지제이는 중간에 차를 잠깐 세우고 서울의 야경을 감상하게 해주었다. 점점이 핀 빌딩의 등불이 마치 하늘에서 늘어뜨린 안개꽃처럼 아련해 보였다.

"정말 멋져요. 판타스틱해요."

지제이는 매일 생방송을 하느라 서울 안에서 뱅뱅 돌지만 아름다운 곳이 많아 위안을 받는다고 했다. 북악스카이웨이에서 다시 돌아 나와 동네에다 차를 세웠다.

"여기가 부암동이야. 이 동네는 나지막한 집들뿐이어서 정겨워. 여기 에스프레소 커피숍 커피 정말 맛있어. 중학생이지만 커피 반 잔 정도는 마시게 해줄게. 코코아랑 같이 마셔."

커피숍에 들어서자 진한 커피 향이 났다. 지제이는 커피 로스팅 과정을 설명해주었다. 나한테 하나라도 더 가르쳐주려고 애쓰는 그녀에게 와락 안기고 싶은 마음 간절했다. 인왕스카이웨이를 다시 달려 굿모닝 오피스텔로 향했다.

"나중에 차분하게 걸어서 인왕산을 만나야겠어. 겸재 정선의 그림에 등장하는 수성동 계곡을 복원했잖아. 차로만 휙휙 지나는 게 미안하네. 나중에 같이 등반하자."

지제이는 또 미래를 기약한다. 나는 뭉클해서 아무 대답도 못했다.

지하 주차장에 차를 세우고 우편물을 챙기느라 1층 로비에 갔을 때 한심남과 딱 마주쳤다. 나한테 눈을 찡긋거리던 한심남이 지제이를 보더니 바로 얼어붙고 말았다. 엘리베이터에 마침 셋만 타게 되었다. 내가 한심남을 소개하자 지제이가 반색을 했다.

"아, 우리 집 현관문 배터리를 갈아주신 분. 차라도 대접하려고 했는데 마침 잘됐네요. 저녁 안 했으면 같이 해요."

얼떨결에 우리와 함께 식사를 하게 된 한심남은 내내 얼굴이 빨갰다. 지제이가 좋아하는 계란찜과 묵은지찌개를 만들고 옥돔을

굽는 사이 어묵탕도 끓였다. 지제이는 쓰지도 않으면서 잔뜩 사놓은 예쁜 그릇을 꺼내 세팅하는 일에 열중했다. 완전 얌전남이 된 한심남은 지제이와 눈도 못 마주치고 엉거주춤 앉아 국물만 홀짝였다.

"많이 들어요. 영이가 만든 거지만. 오피스텔이라는 데가 옆집 사람과 마주쳐도 인사 안 하는 게 오히려 예의인 동네잖아요. 몇 년을 살아도 옆집에 누가 사는지 몰랐는데 영이 때문에 잘생긴 총각을 알게 됐네요."

한심남은 '잘생긴'이라는 수식어에 귀까지 빨개졌다. 드디어 나와 데니스를 놀린 것에 대해 복수할 기회가 왔다.

"옆집 아저씨가 골드미스 선생님이랑 사귀고 싶대요. 세상이 공평해져야 한다면서요."

한심남이 제발 조용히 하라는 시늉을 했지만 모른 체했다. 이 기회에 좀 창피를 당하더라도 정신을 차리는 게 한심남한테 훨씬 도움이 될 테니까.

"이 아저씨 취미는 치마 입기예요. 치마 입은 남자들의 모임을 만들고 싶대요. 치남모 회장이 되어 지신오에 출연하고 싶대요."

한심남은 이제 거의 바지에 오줌 싼 표정이다.

"영아, 이거야. 넌 이래야 하는데 늘 어른 흉내만 냈어. 그런 톤으로 말해. 얼마나 귀여워."

지제이가 웃음을 터뜨리며 내 머리를 쓰다듬자 한심남이 갑자기 생기를 회복했다.

"지 선생님, 너무하십니다. 영이가 그런 말을 하면 약간 위협을 느껴야 하는 거 아닙니까? 건장한 남자가 선생님을 지켜보고 있는데, 절 남자로 취급 안 하시는 겁니까?"

건장한, 이라는 단어에서 풋 웃음이 나왔다. 예전에는 건장했는지 모르지만 이젠 오래 방치한 감자처럼 쪼그라든 데다 얼굴에는 독이 든 감자 싹 닮은 뽀루지가 돋아나 있다. 지제이는 한심남에게 뜨거운 국물 먹고 속 차리라며 아예 반말을 했다. 지제이가 나이와 이름을 묻자 갑자기 풀이 죽어 서른 살에 민을식이라고 했다.

"민을식 씨, 치마 벗고 빨리 세상으로 나가. 어리고 사랑스러운 을식 씨 짝이 기다리고 있으니까."

지제이의 말에 한심남 을식 씨는 아무 대답도 못했다. 어린 여자와 사랑스러운 여자들도 치마 입고 오피스텔에 죽치고 앉아 한숨만 쉬는 남자는 싫어할 게 분명하다. 지제이가 말하는 어린 여자란 대학교를 갓 졸업한 직장 초년병쯤 될 텐데 그 언니들이야말로 진짜 콧대가 높을 듯하다. 매사에 자신 없는 나도 그때가 되면 좀 으스댈 거 같으니까. 을식 아저씨는 허브 차를 마시고 자리에서 일어났다. 확실히 포기한 것 같았다. 문을 열고 나갈 때 주먹을 들어 보이며 너 죽었어, 라고 작은 소리로 말했다. 하나도 무섭지 않았다. 한심남이 마음을 재정비하고 밖으로 나가 사람들과 당당히 어울리길 그 순간 진심으로 기도했다.

지제이는 한심남이 가고 난 뒤 어쩐 일인지 설거지를 했다. 내가 세제 묻은 그릇을 헹구려고 하자 만류했다.

"몇 개 안 되는 그릇 씻기 싫어서 식기세척기 돌린 게 좀 한심하네. 요즘 너 때문에 오프닝이 생활형으로 변한 거 아니? 내가 얼마 전에 방송에서 국물 내는 법을 알려줬거든. 그랬더니 방송이 푸근하고 좋다는 의견이 게시판에 올라오더라. 다 영이 덕분이지 뭐야. 넌 내 지루한 일상에 날아온 허브 향 나는 탄산이야."

내가 뭔가 지제이한테 도움이 된다니 뿌듯하다. 그런 작은 도움이나마 힘이 되어 지제이가 이번 개편에서 살아남으면 좋겠다. 어쨌든 지제이야말로 내 답답한 일상을 시원하게 해준 박하사탕이다. 지제이가 후식으로 토마토를 내왔다.

"옆집 을식 씨 과일도 안 먹고 갔네. 영이는 사람 끄는 매력이 있나 봐. 오자마자 남자를 두 명이나 만나고. 한 명은 누굴까? 궁금하네. 내가 이 오피스텔로 이사 온 지 3년 됐는데 처음 얘기해본 사람이야. 나 혼자였으면 도움 받은 사람한테 음료수나 사서 전달했겠지. 아니, 애초에 관리사무소 직원을 불렀을 거야. 이래서 가족이 필요한 건가? 혼자 살면 딱 내 나이 세대와 연결하면서 고립되거든. 영이랑 있으니까 다양한 사람을 알게 되고 여러 모로 좋은 거 같아."

나 역시 친구처럼 대해주는 지제이 덕분에 어른과도 통할 수 있다는 걸 알게 되었다. 우리랑 조금이나마 통하는 사람은 가정 쌤밖에 없었는데. 어른은 다 자기네끼리 암호를 주고받는 외계인이었는데.

모든 게 순조로워 보인다. 지제이는 저녁에 세수하고 나오면 내 얼굴을 들여다보며 이마에 몇 개 난 여드름을 걱정해준다. 물이 바뀌어서 그런 것 같다며, 피부과에 가봐야 하는 거 아니냐며 나보다 더 걱정이다.

지제이는 산책 나갔을 때 올리브영에서 존슨앤존슨 베이비로션과 스킨, 크림, 선크림, 바디오일 등을 종류별로 다 사주었다.

"나는 어릴 때부터 베이비로션을 발라서인지 이 냄새가 좋아. 고등학교 졸업할 때까지 이 제품만 썼는데 순해서 좋더라. 영이한테 내가 좋아하는 냄새가 났으면 해."

그건 핑계고 사실은 내게 화장품을 사주고 싶었던 것 같다. 진희도 어릴 때부터 발랐다는 베이비로션을 쓴다. 지제이는 내 얼굴에 스킨과 로션을 발라주면서 어릴 때 냄새야, 라며 좋아했다. 나는 진희 냄새가 나서 좋았다. 어쩐지 안정된 냄새.

지제이는 틈만 나면 자잘한 상식을 알려주었다. 세수를 할 때 아래에서 위로 얼굴을 문지르라는 팁 같은 것. 그래야만 얼굴이 처지지 않는다고 했다. 스킨은 솜에 묻혀서 얼굴 결대로 닦아내고 로션과 크림은 탁탁 쳐서 스며들게 하라고 했다. 밖에 나갈 때는 반드시 선크림을 바르라는 당부도 곁들였다. 낮은 베개를 베고 하루에 몇 번씩 목을 뒤로 젖히는 운동을 하면 목주름이 안 생긴다는 것도. 생리 시작 일주일 전부터 식욕이 동하는데 그때 음식 조절을 잘하면 살이 안 찐다는 것도 알려주었다. 생리 때 수분이 부족하니 물을 많이 마시라는 것도. 집 안에 들어오면 옷을 편하게 입고, 특히 잘 때는 브래지어를 풀라고 했다. 가슴을 와이어로 감싸는 건 유방암의 원인이 된다면서. 샤워를 못하는 날은 반드시 뒷물을 하여 청결을 유지하라고 일러주었다. 세심한 엄마들이 딸한테 가르쳐주는 것을 이제야 알게 되었다. 지제이의 관심에 특별한 사람이 된 기분이다.

좋은 기분이 계속 이어지지 않는다는 게 문제다. 12시에 잿빛 아가씨로 돌아가는 신데렐라처럼, 지제이가 출근하고 나면 마음이 축축 처진다. 때로 시한폭탄을 안고 있는 것처럼 긴장되기도 한다. 2주 후면 우린 헤어질 것이다.

지제이 집에서 지내는 건 당의정의 당분을 녹여 먹는 일이나 인디언 서머 같은 거다. 늦가을에 잠시 화창한 날씨가 이어진다해도 겨울은 곧 오고야 만다. 쓴 약 같은 작은집으로 돌아가기 전 잠깐의 달콤함. 달콤함을 누릴 수 있는 데까지 누리는 건 뻔뻔한 일 아닐까? 달콤함과 뻔뻔함은 어정쩡함과 답답함으로 이어진다. 뭔가 일이 터질 것만 같은 불안감, 아니 터졌으면 좋겠다는 이상심리. 어쨌든 전체적으로 감정선이 불안하다. 찻잔 속의 고요가 언제 태풍으로 바뀔지 모를 일이다.

진희와 모니카도 폭발 직전인 모양이다. 진희가 예전에 개설하여 '시크릿 가든'이라고 이름 붙인 카페로 나와 모니카를 불렀다. 회원이 우리 셋뿐이어서 안전하지만 뭔가 불온한 기운이 떠도는 공간.

사랑이 어떻게 두 개야!

진희는 엄마가 또 다른 사랑을 만났다는 게 도저히 이해되지 않는 모양이다. 하필 그 남자가 우리 학교 수학 선생이라는 점이 진희를 더욱 미치게 하고 있다. 엄마 얘기가 학교에 퍼지면 자기는 바로 죽어버릴 거라고 했다.

언젠가 가정 쌤이 했던 말이 떠올랐다. 쉽지 않은 사랑을 시작한 사람들은 어떻게든 끝까지 가려 한다던. 사랑은 늪과 같다며, 반대가 심할수록 끝을 알 수 없는 늪 속에 점점 더 빠져들어 간다고 했다.

모니카도 사랑이 두 개라는 것에 동의할 수 없다고 했다. 자주 싸우면서도 엄마 아빠가 헤어지지 않는 건 사랑이 한 개여서 그런 것 같다며.

내 생각은 다르다. 사랑이 분명 하나는 아닐 거다. 작은아빠 말에 의하면 아빠가 큰 잘못을 한 것도 아닌데 엄마는 떠났다. 아빠의 미래가 불투명한 게 이유였을 거라고 했다. 아빠는 진한 배신감에 사로잡혔을 것이다. 엄마를 잊으려 노력했을 테고 몇 년 후 지제이가 나타났다. 과연 모른 척할 수 있을까? 어쩌면 엄마에 대한 기억이 별로 없어서 아빠 편을 드는지도 모르지만.

솔직한 심정은 사랑이 한 개라는 진희와 모니카의 생각에 동의

하고 싶다. 엄마가 사랑은 한 개라고 굳게 믿고 어떻게든 참았더라면 어땠을까. 부부가 사랑을 하나라고 믿으며 지키는 건 당연한 일 같은데 어느덧 중요한 결단으로 바뀐 듯하다.

다시 혼자가 됐을 때 또 다른 사랑을 만날 수 있는 거 아닐까, 라고 하자 친구들은 동조하지 않았다. 혹시 엄마를 너무 늙었다고 생각하는 거 아니냐고 하자 둘 다 엄마가 늙은 건 아니지만 젊지도 않다고 했다. 모니카 엄마도 지제이와 동갑이다. 지제이를 볼 때 한 번도 늙었다는 생각을 하지 않았다. 친구들은 엄마라는 이름 속에 자신들의 엄마를 박제해버리려는 거 아닐까. 나의 엄마는 당연히 내 기억 속에 박제될 수밖에 없지만.

이유가 분명한 진희에 비해 모니카의 하소연은 한숨이 나오는 수준이다. 모니카는 부모님의 관심이 지나쳐서 피곤하단다. 정유회사에 다니는 모니카 아빠는 하나밖에 없는 딸을 위해 엄청난 과외비를 지불하지만 월급이 워낙 많아 가계가 휘청거릴 염려 같은 건 없다. 울산 유지의 외동딸인 모니카 엄마가 상가 건물에서 받는 임대료 또한 어마어마하다. 넘치는 돈을 주체할 길 없어 엄마가 자신을 과외 지옥에 빠뜨렸다는 게 모니카의 푸념이다. 차라리 학원에 보내주면 좋겠는데 혼자 공부하려니 심심해 죽겠단다.

나는 모니카의 서재가 부럽다. 모니카의 서재는 마치 텔레비전에 나오는 사장님 방 같다. 벽에는 바닥에서 천장까지 닿는 책꽂이가 있고 방 중앙에 큰 책상이 있다. 모니카가 푹신한 의자에 앉아 있으면 과외 선생들이 그 앞에 서서 화이트보드와 빔프로젝터를 이용해 가르친다.

　모니카 부모가 해외여행 간 사이 모니카 집에 갔을 때 너무 대단해서 한숨이 나올 정도였다. 40평 아파트에 사는 진희의 입도 떡 벌어지고 말았다. 고급 빌라 1층인 모니카의 집은 지하층까지 포함해 두 개 층을 사용하는데 지하층에는 다양한 헬스 기구가 마련된 운동실까지 있었다. 마당 쪽으로 유리 지붕을 돋우어 지하에도 햇볕이 들어왔다. 게다가 1층이어서 빌라 뒤쪽의 뜰이 몽땅 모니카네 정원이었다. 뒤뜰에 물이 졸졸 흐르는 미니 물레방아도 있고 그네도 있었다. 나는 모니카의 집을 구경하면서 새삼 결심했다. 결코 우리 집, 아니 작은아빠 집에 두 친구를 초대하지 않겠다고.
　모니카는 저녁 식사 후 30분 동안 산책을 해야 하지만 엄마가 외출했을 때는 나가지 않고 컴퓨터에 매달린다. 그럴 때 시크릿 가든에 불만을 잔뜩 털어놓는 것이다. 도우미가 산책하라고 다그치지만 불쌍한 표정을 지으면 금방 넘어온다고 한다. 모니카의 최대 고민은 몸이 점점 정사각형에 가까워지는 일이다. 방학 직전에 새로 부임한 유도 선생님이 너 유도부에 들어오지 않을래, 라고 했을 때 칵 죽어버리고 싶었단다. 과외 교사 없는 별로 날아갈 거라고 할 때마다 엄살이려니 했으나, 유도부 얘기라면 그럴 만도 하다.
　모니카를 만나면 어쩔 수 없이 열패감에 사로잡힌다. 부모가 철저하게 보호하고 지원하는 모니카와 완전히 방치되어 있는 나는 이미 오래전에 격차가 벌어졌다. 앞으로 얼마나 더 동떨어질까를 생각하면 그냥 아득해진다. 그렇더라도 우리 셋은 대체로 잘 지내는 편이다. 우린 미래를 생각하기보다 지금 당장 발등에 떨어진 일로 더 바쁜 중2니까.

우리 셋 다 고민이 많다는 점은 일치한다. 가장 고민이 많은 나는 시크릿 가든에 별로 글을 남기지 않는다. 두 친구는 내가 작은 아빠 집에 살면서 동생들 돌보는 걸 알고 있다. 하지만 나에게 고충을 털어놓으라고 다그치지 않는다. 나를 통해 둘은 자신들의 행복을 확인받아 좋을지도 모르겠다. 내가 남들에게 그렇게라도 기여한다면 잘된 일이다. 내가 폭발하면 나도 어떻게 될지 몰라 불안하긴 하지만.

시크릿 가든에서 친구들 글을 읽다가 문득 어제저녁 7시부터 더 이상 올라온 글이 없다는 걸 깨달았다. 요즘 다들 12시가 넘도록 하소연이었는데…… 친구들이 툭하면 가출해버릴까, 라더니 정말 서울 오고 있는 거 아닐까. 은근히 걱정되면서 기대되기도 했다. 2주 넘게 친구들을 못 만나서 그립기도 하고, 서울에서 우리가 만나면 어떨까, 그 생각을 하니.

그때 띠링, 하고 문자가 들어왔다.

너를 조종하는 엄마라면 너도 좋아하기 힘들걸? 엄마들도 선택받고 싶다면 자각해야 해. 참견은 노!

승윤이가 나와 계속 대화하려는 건 희망이 있다는 얘기다. 시어머니와 남편과 거리를 두는 김 작가가 아들을 너무 좋아한 거 같다. 엄마가 참견하는 걸 조종이라고 받아들인 건 과하지만, 엄마도 선택받고 싶다면 자각하라는 얘기, 새롭다. 아빠도 내가 무작정 기다릴 거라고 생각하면 오산이다. 아빠가 돌아왔을 때 선택할지 어떨지 나도 모르겠다.

이제부터 녀석 놀려주기 작전에 돌입해야겠다. 너무 처량하게만 가는 것도 지루하니까.

> 참견과 사랑 사이에서 길을 잃다? 넌 정답을 알고 있는데, 그걸 찍기가 싫은 거지. 사춘기? 이래서 정신연령을 꼭 따져봐야 한다니까. 이상 초딩3 때 사춘기 물리친 1인.

며칠 후에나 답장이 올 줄 알았는데 금방 문자가 왔다.

> 조숙해서 좋겠다. 내가 정답을 알고 있다고 생각하는 것도 너의 오버지. 알면 어디 한번 찍어보시지. 그래 나 폭탄 중2다 어쩔래!

귀여운 녀석 같다. 괜히 엄마한테 투정 부리는 중인 게 분명하다. 엄마가 없어 편하긴 하지만 슬슬 그리워지기 시작한 승윤이, 김 작가가 조금만 다가가면 될 거 같다.

내가 딱 찍어주지. 엄마 아빠 기념일에 아들 노릇 한번 하시지. 어른들은 감동에 약하거든.

문자를 보내는데 마음이 허전해졌다. 우리 아빠는 감동 따위엔 관심 없는 것 같아서.

'딩동.'

또 문자가 들어온 줄 알았는데 액정에 아무 표시도 없었다. 다시 딩동 소리가 날 때 누가 왔다는 걸 알았다. 비디오폰에 풀 죽은 라 박사의 얼굴이 보였다. 아무 연락도 없이 오다니 문을 열지 말까 생각하는데 딩동딩동딩동 연속으로 벨이 울렸다. 화가 난 것 같았다. 내가 계속 따돌린다고 생각하여 따지러 온 건가. 어쨌든 부딪치기로 했다. 라 박사가 예쁜 포장의 케이크 상자를 나에게 건넸다. 도와주지도 못하고, 아니, 약간 방해까지 했던지라 받기가 미안했다.

"이 동네 로펌에 볼일 있어 왔다가 지서영 씨 출근하는 거 봤어. 마침 주차장 입구에서 BMW가 나오기에 지서영 씨 건가 해서 본 것뿐인데 날 보고 흠칫 놀라더라. 내가 무슨 스토커라도 되는 것처럼 말야. 억울한 생각이 드는데 문영이가 떠오르는 거야. 문영이는 그래도 내 편이잖아."

라 박사는 전화할까 하다가 마침 집 앞이고 해서 그냥 왔다고 했다. 그러니까 일종의 탐색을 하러 온 것이다. 의심하는 건 아니라지만 얼마 전에 자신이 왔다 간 걸 지제이한테 말했는지, 자신이 문자를 보낼 때마다 정말 지제이가 없었는지, 지제이 조카라고 믿는 나의 기분을 거스르지 않으려 애쓰며 물었다. 떨리거나 불쾌하진 않았고 그냥 안쓰럽다는 생각이 들었다. 라디오에 출연하는 심리학 박사님 수준에 안 맞는 일이라는 걸 스스로 알지만 너무 답답해서 그러겠지.

나는 절대 말하지 않았다는 것과 문자 보냈을 때 오면 더 안 좋을 분위기였다고 말했다. 그러자 라 박사가 변명처럼 사족을 붙였다.

"요즘 들어 지서영 씨가 나를 좀 멀리하는 거 같아. 그냥 답답해. 나이 들면 타협하게 되는 것들이 있는데 사랑이 그렇거든. 이 나이에 눈멀게 하는 사랑이 오겠나 싶어서 대충 맞춰 가는 거지. 아주 까다로운 사람이 아니면 남자들은 좀 그런 편이야. 난 안 그러고 싶은데…… 앞으로 이런 여자 만나기 힘들 거라는 예감이 드니까 자꾸 조바심이 나는 거야."

라 박사는 한숨을 푹 쉬더니 풀 죽은 목소리로 말했다.

"내가 다른 프로에서 연애학 강의도 하는데 남의 연애 훈수는 잘 두면서 내 상황은 잘 모르겠어. 내가 지서영 씨를 사랑하는 건지 그냥 아쉬움인지 아리송해. 내 마음이 고모 쪽으로 흐르는데 받아주지 않으니까 고여서 썩고 있는 것 같아. 문영이가 나 좀 도와줘. 조금 있으면 가을인데 나는 가을을 많이 타거든. 내 생애 가장 쓸쓸한 가을이 될까 봐 두려워. 쓸쓸한 건 정말 고역이야."

라 박사는 허브 차를 한 모금 마시더니 소아병적인 이 고질병 언제 고치냐, 라고 중얼거렸다.

"남자들은 유치하고 극단적인 게 있거든. 여자랑 좋아하면 잘되든 안 되든 유치하고 극단적인 부분이 발동해. 연애가 잘되면 유치한 게 더 많이, 좀 틀어지면 극단적인 부분이 넘쳐나는 거지. 모든 남자들은 좋아하는 여자한테서 엄마를 느끼고 싶어해. 나는 그게 좀 더 심한 편이야. 내가 대학교 2학년 때 우리 엄마가 큰형님 가족들과 미국으로 이민 가셨어. 자취하면서 엄마 생각에 질질 짠 적도 있어. 그래서인지 내가 여자를 만나면 좀 치근대나 봐. 여자들이 그런 부분 때문에 질렸다고 해서 알았지. 아, 모르겠다. 그냥 지서영 씨가 날 오해하면 그 아저씨, 소아병적인 부분이 있는 거 같아요. 너무 일찍 엄마랑 떨어져서 그렇대요, 한마디만 해줘. 어쨌든 나는 지서영 씨랑 잘됐으면 해. 문영이가 도와줘. 애한테 이런 부탁 하니까 웃기지? 어른 별거 아냐. 쓸쓸하고 외로우면 엄마가 그립고, 어른도 애들이랑 똑같아."

라 박사는 한숨을 푹푹 쉬면서 기적이 뭔지 아니? 라고 묻고는 이내 자기가 답했다.

"내가 좋아하는 사람이 나를 좋아해주는 게 기적이래. 『어린 왕자』에 나오는 말이야. 이런 말을 하다니 생텍쥐페리는 천재야. 나에게도 기적이 올까?"

소라 엄마를 만났을 때 기적이 일어났다고 좋아했을지도 모를 라 박사가 쓸쓸한 뒷모습을 보이며 돌아갔다. 괜히 나까지 쓸쓸해진다. 사랑은 『잠언』이랑 닮았나 보다. 마음에 생채기를 내는 점이.

사랑이 복잡하다는 건 확실하다. 무르익을 땐 벅차고 떨리지만 시들 땐 허전하여 미칠 것 같다는 점에서. 엄마랑 너무 빨리 떨어졌다고 한 라 박사의 말이 나를 쓸쓸하게 했다. 헤어진 것도 아니고 그냥 떨어져 사는 것뿐이면서. 그것도 대학교 때. 나는 다섯 살 때 엄마랑 완전히 헤어졌는데.

내가 좋아하는 사람이 나를 좋아해주는 게 기적이라고? 나와 데니스가 동시에 기적이라고 생각하면 좋을 텐데. 기적이 시작된 이후의 행보는 아무래도 저절로 이어지는 거 같지 않다. 감사하며 함께 노력해야 기적이 완성될 텐데 사람들은 조금 가다가 기적을 의심하며 한숨 쉰다. 데니스와 나의 기적은 어떻게 될까.

아무래도 지제이에게 라 박사가 많이 좋아한다는 사실을 알려야 할 것 같다. 이미 알고 있겠지만. 지제이가 아빠를 좋아한다면 이번 기회에 라 박사에게 이별을 고하겠지. 그러면 라 박사는 쓸쓸한 가을을 맞겠지만 마음 정리를 깨끗이 할 수 있을 거다. 라 박사는 자신의 예감이 맞았다며, 여자의 심리를 예측했다며 감탄하다가 슬퍼하겠지. 그러다 마음을 추스르고 심리 책을 낼지도 모른다.

직접 말할 자신은 없고 아무래도 글을 써야겠다. 라 박사가 정말 좋아하는 것 같다는 사실을. 제가 보기에는 순수해요, 라고 쓰는데 너무 건방진 것 같다. 쓱쓱 긋고 제가 보기에 라 박사님이 지 선생님을 많이 사랑하는 것 같아요, 라고 썼다. 그냥 거기까지만 말하면 지제이가 다 알아서 하겠지. 어쨌든 라 박사의 마음만 전하면 되는 거니까. 이렇게 쓰면 라 박사가 나랑 연락한 거, 집에 온 거, 들킬 수도 있는데…… 하지만 그런 것보다 사랑을 전하는 게 중요하다. 이건 내가 페어플레이를 원한다는 사실을 알리는 일이기도 하다. 나중에 알았을 때 내가 아빠 때문에 라 박사가 온 사실을 감추었다고 생각할 수도 있으니까.

9부 반란, 그 두근거림의 끝

모르는 번호가 떴다. 누굴까?

갸우뚱거리며 전화를 받았을 때 뜻밖에도 모니카의 목소리가 들렸다. 지금 수원을 지났으니 곧 서울에 도착할 거라며 빨리 강남고속터미널로 나오라고 했다. 진희랑 같이 서울로 가는 중이라며 흥분된 목소리로 말했다. 갑자기 가슴이 쿵쿵 뛰었다. 두 군데 학원에 다니는 진희랑 매 시간 과외 선생이 집으로 오는 모니카가 평일에 서울로 온다? 이건 가출이다. 모니카는 버스에 탄 사람들이 들을까 봐 그러는지 작은 소리로 말했다.

"우리 가출했어. 울 엄마 첫 비행기로 골프 치러 제주도 갔어. 오늘 밤에 오실 거야. 진희 엄마는 진짠지 아닌지 모르지만 어제 세미나 가서 오늘 저녁에 오시고. 방학 하고 벌써 두 번째 세미나야. 물론 장총각도 그 세미나에 갔겠지."

시니컬했다. 모든 게 다 심드렁하다는 듯, 동조를 부르는 목소리, 강력한 흡인력이 있다. 친구들이 가출했으면 오늘 밤에 같이 지내야 할 텐데 어떻게 해야 할지 모르겠다. 이럴 때 지제이에게 허락을 받아야 하는 건지 아닌지 판단이 서지 않는다. 그녀는 나의 보호자인가 아닌가.

수원을 지났다면 빨리 나가 봐야 할 것 같다. 혹시 몰라 지제이가 준 책이랑 화장품, 옷 따위를 탁자 위에 올려놓고 울산에서 가져온 내 물건만 챙겼다. 친구들을 만난 뒤 늦어질 거 같으면 지제이한테 전화해야겠다.

가방을 메고 나서는데 옆집 문이 벌컥 열렸다. 한심남이 튀어나왔다. 급한지 엘리베이터로 뛰어가면서 말했다.

"너, 집에 가는구나. 큰 가방 메고 있는 거 보니."

나는 애매한 표정으로 웃었다. 부정도 긍정도 아닌. 그나저나 한심남이 전에 없이 빠릿빠릿해 보인다. 아니, 좀 초조한 모습이다.

"무슨 일 있어요?"

팅, 엘리베이터가 섰고 안에 사람이 있었다. 한심남은 작은 소리로 엄마가 쓰러지셨어, 라고 했다. 얼굴이 많이 어두웠다. 1층에 도착하자 한심남은 총알같이 달려 나갔다. 그래도 회전문 앞에서 잠깐 돌아보며 나한테 손을 흔들었다. 저렇게 빠른 사람이었다는 게 도통 이해되지 않았다.

경복궁역으로 가려고 횡단보도 앞에서 신호를 기다리는데 멋진 세단이 멈춰서더니 스르르 창이 내려갔다. 데니스가 고개를 쑥 내밀었다.

"어, 너 어디 가? 그렇게 큰 가방을 메고. 설마 집에 가는 건 아니지?"

아무 대답도 못했다. 나도 어떻게 될지 모르니까.

"우리 엄마 오늘 귀국하시거든. 그래서 인천공항에 가는 거야."

그때 운전석에 있던 아저씨가 손을 흔들었다. 엘리베이터에서 본 적 있는 데니스 아빠였다.

"네가 영이구나. 데니스 엄마 오면 초대할 테니까 우리 집에 꼭 와라. 데니스한테 맛있는 밥 해줘서 고맙다."

얼굴이 후끈거려 고개를 숙였다.

"지금 가는 거 아니지?"

내가 고개를 끄덕이자 데니스는 문자 보낼게, 라며 고양이 반지 낀 새끼손가락을 구부려 보였다. 나도 얼떨결에 반지 낀 손가락을 구부렸고 데니스가 환하게 웃었다. 데니스를 태운 검은 세단이 모퉁이를 돌아갔다. 데니스도 좀 흥분한 것 같다. 미국 갈 거라고 했지만 엄마가 오면 마음이 달라질지도 모른다. 엄마를 마중하러 가는 일, 과연 어떤 기분일까. 갑자기 거리가 텅 빈 것 같다.

유리창에 비친 펑퍼짐한 반바지와 박스 티셔츠 차림의 나를 보자 꿈에서 깬 기분이다. 지제이 옷으로 한껏 차려입었던 내가 잿빛 아가씨로 돌아와 있었다. 어깨에 걸린 우중충한 데다 크기만

한 천가방이 축 늘어져 무거웠다. 데니스가 내 꼴을 보고 무슨 생각을 했을까. 어쩌랴, 이게 나의 진짜 모습인데.

드디어 울산에서 온 버스가 도착했다. 친구들이 다 죽을상을 해갖고 올 거라고 생각했으나 정반대였다. 흰색 민소매 티셔츠에 엉덩이가 보일 듯한 핑크빛 핫팬츠 차림의 진희를 보고 깜짝 놀랐다. 웨이브 파마머리에 선글라스를 얹고 비비크림에다 서클렌즈, 검은 아이펜슬로 눈에 진한 테두리를 둘렀다. 대학교 2학년이라고 해도 믿을 차림이다.

모니카를 보고 더 놀랐다. 아이라인을 진하게 그려 눈이 엄청 커 보이는 데다 쌍꺼풀까지 생겼던 것이다. 내 표정을 본 모니카가 쌍꺼풀액으로 만든 거야, 라며 눈을 찡긋했다. 눈이 가늘어 늘 조는 것 같던 모니카는 시원하게 큰 눈을 굴리며 자신만만하게 웃었다. 샤넬 마크가 박힌 검정색 숄더백에다 마크 제이콥스 회색 티셔츠로 시크한 멋을 냈다.

가출이 아니라 기죽지 않기 위해 잔뜩 차려입고 패션쇼를 하러 온 차림이다. 역시 나와는 다른 애들이다. 투정을 부리러 온 것이다. 하지만 오판일지도 모른다. 모니카는 그런 면이 있어 보였지만 진희는 달랐다. 연우가 된 듯 아주 거침없었다. 불과 몇 주 전에 봤던 진희가 아니었다. 엄마 일로 단단히 틀어진 것 같았다. 모니카가 작은 소리로 진희가 연우랑 성희 만나 담배 피우는 법을 배웠다고 일러주었다. 뭔가 뜨끔했다. 우리의 타락 본능에 진희가 불을 붙였고 곧 대형 화재로 번질 거 같은 아슬아슬함이 감돈다.

순간 어제 불렀던 팝송과 어제 외웠던 영어 동화도 다 철 지난 유행가 같고, 데니스와의 키스도 장난처럼 느껴졌다. 진희는 엄마가 연하의 선생님과 만나는 것 때문에 저렇게 펄펄 뛰는데 그동안 내가 너무 얌전했다는 자책이 일었다. 내가 확 비뚤어졌더라면 아빠가 뉴욕의 작은 방 따위에 미련 끊고 돌아왔을 텐데. 뭔가 속에서 이글, 꿈틀, 하는 게 느껴졌다. 진희는 우리와 다르다는 듯 아예 몇 발짝 앞에서 고고하게 걸었다. 7센티미터도 넘어 보이는 하이힐이 불안해 보였다. 모니카가 뾰족한 목소리로 말했다.

"이대로 계속 나가다가는 머리가 터지거나 돌아버릴 것 같아. 초등학교 들어가기 전부터 개인 과외를 받았는데, 손가락 하나 안 움직이고 밑 닦는 기분이랄까. 공부를 내 손으로 하나도 안 해도 선생님들이 콕 집어서 문제를 다 풀어주니까 다음 날 시험 치러 가서 그대로 쓰기만 하면 되거든. 로봇이 된 것 같아. 영어와 수학 과외만 하겠다, 기타 학원에 보내달라, 책상에 그렇게 써놓고 왔어. 이번에 내 뜻대로 안 해주면 진희랑 멀리 튈 거야. 공부 기계로 찌질하게 사느니 확 비뚤어져서 폼 나게 살 거야. 진희는 돈도 많이 갖고 왔어. 나는 엄마 카드 갖고 왔는데 혹시 가출한 거 들키면 카드를 정지시킬 수도 있어 현금을 찾아놔야 돼. 우리 엄마 단순해서 현관 비밀번호든 뭐든 다 전화번호 뒷자리거든. 이번에 우리 둘이 15년 인생을 걸었어. 너도 걸래?"

나는 얼떨결에 고개를 끄덕였다. 제동장치가 되어주길 원했던 친구들이 막 달리겠다고 선포했다. 나도 아빠한테 전화해서 빨리 안 돌아오면 빌딩에서 뛰어내리겠다고 할까? 아니면 자퇴하겠다고 할까? 가슴속에서 함성이 마구마구 올라왔다.

'난 영이를 믿는다. 우리 영이는 그럴 애가 아냐. 아빠가 준 『잠언』 읽고 차분히 마음을 가라앉혀봐.'

아빠는 분명 이딴 식으로 말하겠지. 미국에 도착해서 지금까지 늘 편지에 난 영이를 믿는다, 고 썼던 것처럼.

"믿는 도끼에 발등 찍혀 보시라지."

모니카가 마치 내 마음을 대변하듯 이죽거리며 말했다.

"우리 엄마는 텔레비전에 비행 청소년이 나오면 늘 나는 우리 딸을 믿어, 그러는 거야. 학교 마치면 바로 기사 아저씨 보내고 과외 선생이 시간마다 드나들어 나갈 수도 없는데 믿고 말고가 어디 있어."

내가 엇나간다 해도 아빠는 믿는 도끼에 발등 찍혔다고 말할 자격 없다. 비뚤어지기 일보 직전, 출발선에서 스스로 멈춰선 것만 해도 대견해해야 할 거다. 가까스로 밟고 있는 제동장치가 곧 풀릴 조짐이 보인다. 아빠한테는 내가 '믿고 싶은 도끼'일 것이다. 난 영이를 믿는다, 초등학교 때까지는 그 말에 부응하고 싶었지만 이제 한계점에 도달했다. 사실은 이미 오래전에.

"믿지도 않았겠지만 도끼에 발등 날아가 보시라지."

진희가 휙 돌아서면서 독하게 말했다. 우리는 움찔했다. 마치 진희 눈에서 불이 나오는 것 같았다. 단단히 틀어진 게 틀림없다. 우리들이 모르는 뭔가가 더 있는 게 아닐까. 엄마의 결혼을 막으려고 오래 협상했는데 엄마가 진희의 말을 묵살이라도 한 걸까. 어떻게든 나도 전투력을 길러야 할 것 같다. 방학이 이제 열흘밖에 안 남았는데 아빠가 돌아올 기미도 없고, 지제이와 아빠의 관계도 잘 모르겠다. 영어 동화책 몇 권, 팝송 몇 곡 부른다고 내 인생이 달라지는 것도 아니다. 울산에 돌아가 좁아터진 집에서 짐짝처럼 얹혀 있다 보면 데니스도 지제이도 꿈처럼 아득해지겠지. 어쨌든 서울에 와서 달라진 건 하나도 없으니까. 그냥 잠재워놓았을 뿐.

진희는 나와 모니카가 이 차림새로는 홍대 클럽에 들어갈 수 없을 거라며 고속터미널 지하상가로 가자고 했다.

"평소에도 많지만 금요일은 홍대 쪽에 사람이 더 많아서 우리가 중학생이라는 거 들킬 염려 없대. 요새 언니들 다 동안이어서 우리랑 별차이도 없잖아. 그러니까 옷 사 입고 화장하면 걱정 없어. 연우 말이 지하상가에 가면 싸고 예쁜 옷 많대. 그래서 KTX 대신 고속버스 탄 거야."

진희는 어떻게 하면 마주치지 않을까 고심했던 아이들을 자발적으로 찾아가서 코치를 단단히 받은 모양이다.

"참, 연우가 니 연락처 묻길래 핸편 번호 알려줬어. 너랑 친한 사이였어?"

진희 말에 내가 더 갸우뚱했다. 연우가 나한테 무슨 볼일이 있는 걸까? 아무래도 정우 때문인 거 같다. 아, 그런 거 생각할 겨를이 없다. 우린 지금 전쟁 중이다.

은행 자동인출기에서 모니카가 탄성을 질렀다. 엄마 카드의 비밀번호가 정말로 전화번호 뒷자리였던 것이다. 모니카는 화면에 나오는 액수 가운데 가장 많은 70만 원을 눌렀다. 타타타타 소리가 나더니 돈이 툭 올라왔다. 내 지갑에는 15만 5000원이 있다. 이 돈으로 옷을 사면 며칠 못 버틸 텐데 어쩌지. 걱정이 무색하게 진희가 내 옷을 사주었다. 짧은 바지와 딱 붙는 티셔츠, 납작한 조리를 샀는데 마음에 들었다. 럭셔리한 명품으로 치장한 모니카는 키가 커 보여야 한다며 통굽 슬리퍼를 샀다. 우리는 화장실에 가서 비비크림을 바르고 김연아 선수처럼 눈을 새까맣게 칠한 뒤 인조 눈썹을 붙였다. 펄이 든 립글로스를 돌려가며 바르는 것으로 단장을 마무리했다.

기분이 상쾌해졌다. 이대로 가서 데니스를 만나면 어떨까, 잠깐 생각하는데 진희가 우리를 불렀다. 다시 지하철 쪽으로 가자고 했다. 가방을 물품 보관함에 보관해야 한다며. 모니카가 짐은 보관하고 돈은 미니 크로스백에 넣자고 했다.

"나는 구찌 크로스백 엄마 꺼 갖고 왔어. 우리 엄마가 여행 갈 때는 작은 백에 귀중품을 넣고 반드시 앞으로 메야 된댔어."

모니카는 발등을 찍어버리겠다던 엄마의 당부를 자기도 모르게 되뇌고 있다. 진희는 한술 더 떴다.

"우리 엄마는 가방을 앞으로 메도 덜렁거리니까 허리에 차라고 하던데. 그래서 그거 갖고 왔는데⋯⋯ 혹시 몰라 크로스백도 하나 갖고 왔으니까 영이 너도 큰 가방 넣고 이거 메."

진희가 건네는 가방을 받는데 울적해졌다. 친구들은 가출해서도 엄마의 가르침을 이행하고 있다. 엄마가 없다는 건 소소한 잔소리 들을 기회가 없다는 뜻이다. 무엇이든 내가 알아채야 한다. 여행을 떠날 때는 작은 가방이 필요하다는 걸 이제야 알았다.

지하철 물품 보관함에 가방을 넣은 후 커피전문점에서 커피를 마실 때 모니카의 핸드폰이 울리기 시작했다. 모니카는 제주도에서 전화하셨군, 드디어 신호가 오기 시작했어, 라며 좋아했다. 사실 모니카가 가장 편안한 입장이다. 과외를 확 줄이고 기타를 배우는 게 목표니까. 진희는 다르다. 엄마랑 장총각의 결혼을 막는 게 목적인데 좀 자신이 없다고 했다.

"얼마 전에 우리 엄마가 나한테 미국 유학 갈래, 하고 물어보는 거야. 가출을 결심한 건 내가 혹이라는 걸 깨달았기 때문이야. 초등학교 때 미국 보내달라고 하니까 내가 너 없이 어떻게 사니, 그러더니 이제는 등을 떠밀고 있어. 다 장총각 때문이지 뭐. 내가 절대 그렇게는 못해주지."

사랑을 지키기 위해 딸과 헤어지려는 진희 엄마의 이기심에 한숨이 나왔다. 모니카가 눈치를 살피며 진희에게 엄마가 기어이 장총각이랑 결혼하면 어쩔 건지 물었다.

"미국 대신 서울로 보내달라고 할 거야. 서울에서 혼자 살 거야. 그래서 오늘 미리 와본 거야."

긴장감이 돌았다. 우린 아무래도 오늘 밤 뭔가 일을 벌일 것 같다. 모니카는 핸드폰이 계속 울렸지만 받지 않았다. 진희는 미동도 하지 않는 자신의 핸드폰을 보며 흐응, 신음을 흘렸다. 그러고 보니 내 핸드폰도 먹통이다. 조금 있으면 지제이가 퇴근할 시간이다. 내가 먼저 연락을 해야 할 것 같은데 뭐라고 해야 할지 모르겠다. 그때 내 핸드폰이 띠링 울리면서 문자가 들어왔다.

영아, 어쩌지, 갑자기 회식 자리가 생겼네. 10시까지는 갈 거 같아. 혼자 영어 공부하고 있어, 미안.

지제이였다. 차라리 잘됐다. 10시까지는 시간을 벌었다.

어찌됐건 크로스백을 메니 가벼워서 날아갈 것 같다. 진희도 모니카도 마치 소풍이라도 나온 듯 들뜬 표정이다. 지하철을 타고 갈 때 모니카에게 세 번의 문자가 왔고 진희 엄마는 연락이 없다. 모니카 엄마는 처음에 너 어디야 빨리 들어가, 라고 하더니 10분에 한 번씩 강도를 높였다. 모니카는 자신의 가출에 엄마의 혈압이 계속 오를 거라고 했다. 다섯 번째 문자는 엄마 죽는 꼴 보고 싶냐, 빨리 연락해라, 였다. 모니카는 밤 11시쯤에 엄마한테 전화해서 협상할 거라고 했다. 진희가 시니컬한 목소리로 말했다.

"11시에 전화를 꺼야지 무슨 소리야. 그렇게 빨리 항복하면 목적을 달성할 수 없을걸."

이런 상황이니 내가 10시 전에 돌아가겠다는 말을 꺼내기 힘들 거 같다. 어떻게 해야 할지 판단이 서지 않았다.

금요일의 홍대역 계단은 내려오는 사람은 거의 없고 온통 올라가는 사람투성이다. 모천으로 회귀하는 연어가 물살을 가르며 위로 올라가는 형상이다. 물 좋은 곳에서 첨벙대기 위한 군상들 속에 우리도 끼었다. 온통 쭉쭉 뻗은 언니들뿐이다. 진희도 주눅이 드는지 긴장한 표정이다. 모니카는 성형수술을 빨리 하는 수밖에 없어, 라고 중얼거렸다.

거리는 생동감이 넘쳤다. 골목마다 작은 옷가게와 예쁜 음식점들이 늘어서 있을 뿐 클럽은 보이지 않았다. 클럽이 어디냐고 물으면 자칫 우리가 중학생인 걸 들킬 것 같아 무조건 쏘다녔다. 한참을 돌아다닌 끝에 우리는 거짓말처럼 클럽 앞에 섰다. 절대 중학생 티를 내면 안 된다는 게 진희의 지시였다. 우리는 자주 와봤다는 듯 지루하면서 거만한 표정을 지었다.

다행히 아무런 제재도 받지 않고 안으로 들어갔다. 『호밀밭의 파수꾼』에서 뉴욕을 헤매고 다닌 홀든의 기분을 알 것 같았다. 탁한 공기 속에서 사람들이 맥주병을 하나씩 들고 몸을 조금씩 흔들었다. 이리저리 쳐다보기에 바쁜 모니카와 나를 진희가 쿡쿡 찔렀다. 그럴 때마다 우리는 잠깐씩 거만한 표정으로 돌아왔다. 귀를 찢는 음악 사이사이 디제이가 국적 불명의 추임새를 계속 넣었다. 꺄오, 냐오냐오, 와우, 꾸엑~ 언니 오빠들은 노래를 따라 부르면서 디제이가 추임새를 넣을 때마다 낄낄댔다. 우리도 언니들을 따라 몸을 살살 흔들다가 가끔씩 팔을 들고 괴성을 질렀다.

함께 화장실에 갔을 때 진희가 담배를 꺼내 물었다. 진희는 담배 연기를 빨아 당기다가 켁켁거렸다. 서울 오기 전 급하게 실습해본 실력이니 알 만했다. 기침을 심하게 한 진희의 흰자위가 빨개졌다. 까만 서클렌즈에다 빨간 흰자위의 진희, 게임의 여전사 같다. 진희는 아랑곳없다는 듯 다시 플로어로 갔다. 나와 모니카는 진희만 졸졸 따라다녔다.

"찐따들이랑 진상도 많다. 서울에도 없어 보이는 사람들 많네…… 구려."

모니카가 좀 실망한 표정을 지었다. 나는 누가 찐따고 누가 진상인지 가려낼 정신도 없었다. 하긴 내가 남들에게 그렇게 안 보이면 다행이다.

계속 알 수 없는 노래만 나오는 탁한 공기의 클럽이 뭐가 좋다는 건지 이해가 안 갔다. 친구들도 같은 생각인지 인상을 찌푸리고 있었다. 내가 나가자는 사인을 하자 둘 다 고개를 끄덕였다.

계단을 다 올라와서 돌아보니 진희가 중간에서 어떤 남자와 얘기를 나누고 있었다. 부러운 표정의 모니카.

"진희 몸매 좀 봐. 대학생 언니들보다 우월하잖아. 얼굴은 뜯어고치면 된다지만 이 몸매는 어떡할 거냐구. 너도 얼굴 작고 몸매 가늘고 키도 적당하고 피부도 곱고, 조금만 꾸미면 굉장할 거다."

모니카가 한숨을 푸 내쉬며 나를 바라봤다. 굉장할 거라는 말이 별로 실감나지 않았다. 지제이도 그런 말을 한 적이 있지만. 계단 중간에서 진희는 계속 손사래를 쳤다. 무슨 얘기를 하는 걸까. 저 위의 두 명은 빼고 혼자만 남으라고 하는 거 아닐까. 모니카도 같은 생각인지 배신하진 않겠지, 라고 했다. 정말 그러진 않겠지. 어쨌거나 진희를 따라온 남자까지 있으니 우리들의 홍대 입성은 성공이다. 잠시 후 진희 혼자 올라와서 저쪽도 셋이라는데 재미있지 않겠냐고 했다.

"야, 얘기하다 보면 우리 정체가 탄로 날 텐데……."

부산에서 온 대학생이라고 했으니 걱정 말라고 했다. 더 이상의 대책을 세울 겨를도 없이 남자 셋이 올라왔다. 보아하니 두 사람은 끌려온 거 같았다. 진희가 커피를 마시자고 제안하자 남자들이 떨떠름한 표정을 지었다. 한 남자가 다른 친구들한테 한번 밀어주라, 라고 작은 소리로 말했다. 결국 나랑 모니카가 마음에 들지 않는다는 뜻이다. 모니카는 아무래도 몸매가 문제인 것 같고 나는 진희가 꾸며주었지만 어설픈 게 분명하다.

스타벅스에 여섯 명이 둘러앉았을 때 남자들이 이름을 말해주었는데 본명인지 어쩐지는 알 길이 없다. 우리는 유투브, 문워크, 모니카라고 소개했다. 시크릿 가든에서 쓰는 아이디다. 나랑 진희의 성은 진짜이고 모니카는 거의 본명과 비슷해서 별로 찔리지 않았다. 남자들은 황당하다는 표정을 짓더니 경제학부 학생들이라고 했다. 진희가 우리는 부산에서 온…… 까지만 말하고 난감해할 때 내가 재빨리 심리학과라고 소개했다.

"아, 이거 우리 심리를 들키겠는데. 남성 심리를 잘 아시겠어요."

무덤덤한 표정이던 한 남자가 나에게 관심을 보였다. 갑자기 진땀이 났지만 라 박사가 했던 말을 떠올렸다.

"남자들의 소아병적인 심리에 관심이 많아요. 남자들은 유치하고 극단적인 부분이 있거든요. 연애가 잘되면 유치한 게 더 많이, 좀 틀어지면 극단적인 부분이 막 넘쳐나는 거죠. 모든 남자들은 좋아하는 여자한테서 엄마를 느끼고 싶어 해요. 사람마다 물론 차이는 있고요. 남자들이 여자들 만나서 좀 치근대는 건 유치한 부분이고, 나중에 차이면 복수하려고 하죠. 그게 다 여자를 엄마와 혼동해서 일어나는 현상이에요. 남자가 여자한테 엄마가 아닌 일대일의 감정을 느껴야 진짜 연애가 되는데. 어쨌든 남자가 소아병적인 부분을 보이면 여자들이 질려하죠."

내가 말을 하면서도 논리에 맞는지 어쩐지 알 길이 없었다. 라 박사에게 들은 말에 내 생각이 마구 섞여 들어갔는데 어디까지가 내 생각인지도 잘 구분이 안 갔다. 세 남자가 눈을 크게 뜨고 이구동성으로 말했다.

"겁난다. 심리학과하고 연애하면 마음을 다 들켜버리겠네."

"지금 제가 무슨 생각 하는지 아시겠어요?"

"졸업하고 취업보다 돗자리 까는 게 수입이 낫겠어요. 심리 상담 같은 거 해주고."

남자들보다 친구들이 더 놀란 표정이다. 우리는 대충 얼버무리며 커피를 마셨지만 30분을 넘기면서부터 식은땀이 나기 시작했다. 지방대는 취직 상황이 어떠냐, 부전공은 뭐냐, 복수 전공하는 거 있냐, 우리 학교는 융합 전공이 생겼다, 어쩌고저쩌고 모르는 소리뿐이었다. 모니카가 가봐야 할 것 같다고 서둘자 남자들이 일어설 차비를 했다. 남자가 진희에게 번호를 알려달라고 했지만 진희는 인연이 있으면 만나겠죠, 라며 애교 있게 웃었다.

친구들은 찜닭을 먹으며 나한테 언제부터 그렇게 유식해졌냐고 물었다. 그러더니 대학생들하고는 수준 차이가 나서 못 만나겠다며 고개를 흔들었다. 어쨌든 우리는 대학생들하고 미팅까지 했으니 성공이라며 가출의 목적은 잊고 즐거워했다.

모니카와 진희는 번갈아가면서 만 원짜리를 쑥쑥 잘도 냈다. 그럴 처지가 아닌 나는 미안한 표정만 짓고 있었다. 진희가 돌아다니다가 아 여기네, 라고 소리 질렀다.

"홍대에 오면 이 노래방에서 꼭 노래를 불러야 한댔어."

우리 동네의 꾀죄죄한 노래방과는 비교도 되지 않았다. 맨발로 들어갈 수 있는 노래방은 사운드와 화면이 완전 최고였다. 우리는 꽥꽥 소리 지르며 계속 합창을 했다. 브아걸의 시건방춤을 출 때 기분이 최고조에 달했다. 우린 정말 시건방진 짝퉁 대학생이었다. 실컷 노래를 부르고 나왔을 때 딱 11시였다. 우리는 마치 약속이나 한 듯 핸드폰을 꺼냈다. 모니카는 야호 10통이다, 라고 소리 질렀다.

"울 엄마 드러누웠대. 아빠가 문자 보낸 거 보니까 진짜 같은데…… 빨리 전화하라고, 안 하면 경찰에 신고하고 위치 추적 들어가겠다네."

모니카는 목표 달성이 눈앞이라는 듯 매우 즐거운 표정이다. 진희는 심호흡을 하며 문자를 확인했다.

"뭐래, 엄마가 결혼 포기한대?"

모니카의 재촉에 진희는 대답 대신 전원을 꺼버렸다. 싸늘한 진희의 표정을 보고 더 이상 질문할 수가 없었다. 공원 벤치에 앉아 나도 문자를 확인했다. 들어온 문자가 한 통도 없었다. 아직 지제이가 집에 오지 않은 걸까? 가슴에서 물 흐르는 소리가 들리는 것 같았다. 밤 11시에 거리를 헤매도 관심 가져주는 사람이 없다니. 마음이 떠내려가 버릴 것 같다.

모니카는 히죽히죽 웃으며 전화를 할까 말까 망설였다.

"전화하더라도 나랑 있다는 말은 하지 마."

진희의 말에 모니카가 심드렁하게 말했다.

"울 엄마는 너희들 알지도 못해. 아빠 회사 중역들 자녀 클럽, 거기 애들만 만나라고 했거든. 인터넷으로 너희들하고 비밀 클럽하고 너희가 우리 집에 살짝 왔다 간 거 알면 난리쳤겠지. 미안해. 우리 엄마가 좀 그렇잖아."

딱히 미안해할 일도 아니다. 모니카의 뜻이 아니라 그 엄마의 뜻이니까. 모니카는 몇 달 전 울산 호텔에 투숙한 적이 있다고 했다. 무작정 호텔에 갔다가 미성년자는 숙박이 안 된다는 말을 듣고 엄마 이름으로 다른 호텔을 예약했다고 한다. 엄마 목소리를 흉내 내어 딸이 먼저 갈 거니까 잘 안내해주세요, 라는 당부까지 했다나.

"호텔에 무사히 들어가 있는데 엄마가 전화를 한 거야. 전화를 안 끊고 말하길래 과외 좀 줄여달라고 계속 떼쓰고 있는데 기사 아저씨를 보낸 거야. 이제는 문자만 할 거야. 어디 호텔에 들어가 있는 줄 알고 호텔마다 전화하고 있을 테지. 여기 서울이라고 하면 기절하시겠지. 내일 아침에 전화해야겠다."

그래도 오늘 전화하지 않겠다는 걸 보니 진희의 충고를 받아들이기로 했나 보다. 나한테 문자가 한 통도 오지 않았다는 사실에 허전하기만 했다.

진희가 소주, 맛살, 양파링, 육포, 오징어 따위를 사 왔다. 생수랑 오렌지주스도 들어 있었다. 진희가 담배를 물면서 종이컵에다 소주를 따랐다.

"엄마가 무슨 문자를 보냈길래 술까지 마시려고 그래."

내 질문에 진희는 소주를 꿀꺽 마시더니 인상을 찌푸렸다.

"나더러 마음대로 하래. 다 필요 없다구. 나 엄마 소원대로 할 거야. 내 마음대로."

진희 엄마는 진희가 긴 머리에 웨이브 넣고 서울 클럽에서 춤추고 담배에다 술까지 마시는 줄은 상상도 못 할 것이다. 돈만 있으면 간단하게 공간 이동을 실행할 수 있는 대한민국의 초특급 시스템을 엄마들은 너무 무시한다. 게다가 우린 중2다! 가정 쌤이 중1은 아직 어벙벙하고 중3은 좀 철이 들었지만 중2는 작정하고 엇나가는 시기라고 했다. 진희 엄마는 고등학교 선생님이어서 중2병을 모르는 걸까?

"너네 마음 너네도 모르겠지? 그게 사춘기고 중2병이라는 건데, 이상한 생각이 나면 1년만 잘 버티자, 그렇게 생각해. 지금 정신 바짝 차리면 전국의 중2들을 이길 수 있어. 어차피 걔네들 대학 갈 때 너네 경쟁자잖아. 삐딱하게 나가고 싶은 거, 괜히 애들 패고 싶고, 담배 피우고 싶고, 죽고 싶고, 이런 중2 악성 바이러스 확 날려버려. 중2병은 한차례 독하게 지나가는 홍역이야. 100살까지 살 건데 홍역에 홀려 엉뚱한 데로 빠지면 안 되잖아. 내 인생을 내가 멋지게 디자인한다, 중2병 같은 거 꼼짝 마라, 이런 생각 하는 게 약이지."

가정 쌤이 이 말을 들려줄 땐 자극이 됐지만 지금은 독한 홍역에 걸려 엉뚱한 데로 빠지고 싶은 마음뿐이다. 모니카도 소주를 꼴깍 삼키더니 오렌지주스를 벌컥벌컥 마셨다. 나한테도 한잔 마시라는 눈짓을 했다. 내가 못 마실 이유는 그야말로 하나도 없다. 아무도 참견하지 않으니까. 어차피 오늘 밤에 지제이 집에 가긴 글렀다. 소주를 반 잔 따라서 단숨에 마셔버렸다. 목이 따끔거렸다. 더 이상 마시면 안 된다. 친구들이 취하기라도 하면 내가 책임져야 한다. 내가 서울에 며칠 먼저 왔으니.

진희는 반 잔을 더 따라 마셨다. 오렌지주스도 없이. 마음에 독기가 있으면 소주 정도는 독하지도 않은 모양이다. 모니카는 핸드폰을 보더니 이러다가 울 엄마 아빠 죽겠다, 라고 중얼거렸다. 결심한 듯 소주를 반 잔 더 들이키고는 오렌지주스를 마셨다.

"아, 어지러워. 혀가 막 꼬이는 거 같아. 전화할래. 내가 술까지 마시고 전화하면 엄마가 내 말을 들어주겠지."

아침에 전화하겠다더니 포기한 모양이다. 진희도 말리지 않고 잠자코 있었다. 모니카가 단축 번호 1번을 꾹 누르더니 소리 질렀다.

"여기 서울이야. 홍대 앞이란 말야."

곧이어 모니카가 오히려 엄마를 달래기 시작했다. 그냥 공원에 앉아 있으니까 걱정 말라며. 이어서 필생의 각오를 했다는 듯 또박또박 말했다. 그래도 혀가 꼬인 게 표시 났다.

"엄마, 내가 책상 위에 써놓고 온 대로 해줘. 이제 영어하고 수학 과외만 받을래. 그리고 나 기타 배울래. 집에서 말고 기타 학원에서. 친구들 우리 집에 놀러 오게 해줘. 아빠 회사 애들 말고, 진짜 내 친구들."

모니카는 응응, 정말이지, 라며 단단히 약속을 받아냈다.

"지금 친구랑 같이 있어…… 삼촌 집에 가기 싫어. 불편해. 삼촌한테 말하지 마…… 엄마 말대로 호텔에서 자고 내일 아침에 비행기 타고 갈게. 걱정 마…… 엄마, 사랑해!"

모니카가 야호, 소리 지르며 만세를 불렀다. 그러더니 공원을 펄쩍펄쩍 뛰어다녔다. 진희는 다시 담배를 꺼내 푸푸 피워댔다.

"너도 전화해봐. 엄마 속이 얼마나 타시겠니."

내 말에 진희는 흥, 하더니 다시 소주를 마셨다.

"아, 빨리 우리가 쑥 자라서 어른이 되면 좋겠다. 내가 대학생이라면 울 엄마가 결혼하든 말든 상관 안 할 텐데. 그땐 서울에서 살 거니까. 지금은 엄마 뺏기는 거 같고, 그거보다 창피해서 어떻게 살아. 왜 하필 장총각이야."

진희는 콜록거리면서 계속 담배에 불을 붙였다. 연기를 들이마시려고 애쓰다가 켁켁거리기만 했다.

"엄마는 고결하고 깨끗하다고 생각했는데 남자한테 빠진 게 너무 싫어. 우리 엄마 참 멋졌는데 우리한테 놀림감인 장총각한테 빠지다니 분하고 시시하고 불결해."

엄마가 새로 결혼하는 게 분하고 시시하고 불결한 일인지는 모르겠으나 낯설고 슬프고 혼란스런 일임은 분명하다.

"우리, 호텔에 가자. 엄마가 문자 보내줬어. 가까운 데 서교호텔 있다구. 거기 프론트에 전화해놓겠대."

작전에 성공한 모니카는 우리 기분은 생각도 않고 가출 소녀 행세에서 철수할 태세다.

"야, 부잣집 딸 티 좀 그만 내. 계획대로 찜질방에 가야지. 모니카 너 찜질방에 한 번도 안 가봐서 정말정말 궁금하다며. 엄마가 그런 데 불결하다고 한 번도 안 데려가서 거기 가보는 게 소원이라며."

진희가 빽 소리를 지르자 모니카가 울상을 지었다. 다시 담배를 입에 무는 진희를 보고 모니카가 내 귀에다 말했다.

"어쩌지? 엄마가 호텔에 전화해놨을 텐데. 빨리 체크인 하고 전화하랬는데."

모니카는 겁 많은 부잣집 아이로 완벽히 되돌아가 있었다.

그때 지나가던 남자들이 우리를 바라봤다. 그러더니 한 명이 우리 쪽으로 왔다. 아까 그 경제학부 학생이었다.

"유투브 씨, 하루에 두 번이나 만나다니 인연인데. 아까 그냥 헤어져서 어찌나 섭섭하던지."

남자가 거기까지 말했을 뿐인데 진희가 벌떡 일어나더니 남자의 팔짱을 꼈다.

"나도 어찌나 섭섭하던지. 아까는 이 혹들 때문에 그랬고, 좋아요. 젖비린내 나는 얘들보다 오빠가 훨씬 마음에 들어요."

진희가 팔을 끌어당기자 남자가 어어, 하면서 따라갔다. 순간 나도 모르게 소리를 질렀다.

"아저씨, 쟤 중학교 2학년이에요. 쟤 건드리면 원조교제 되는 거 아시죠? 고발할 거예요."

뭐, 중학생? 남자의 말이 채 이어지기도 전에 진희가 깔깔거리며 끌고 가버렸다. 눈 깜짝할 새 두 사람은 금요일 밤 홍대로 몰려 나온 인파 속에 섞여버렸다. 남자와 함께 있던 사람들도 보이지 않았다.

"야, 빨리 일어나. 진희 찾으러 가야지."

내 재촉에 모니카도 따라 일어섰다. 약간 휘청하더니 금방 정신을 차렸다. 소주를 많이 마신 진희가 남자를 따라갔다는 건 대형사고다. 진희를 찾기 위해 이리저리 둘러보는데 핸드폰이 울렸다. 지제이인 것 같은데 뭐라고 할까. 사실대로 말할 수밖에 없다, 친구들이 왔다고.

뜻밖에도 가정 쌤이었다. 가정 쌤은 다급한 목소리로 말했다.

"영아, 혹시 진희랑 같이 있니?"

같이 있다고 해야 하나 어째야 하나, 갈등하다가 일단 네, 라고 답했다.

"휴, 다행이다. 조금 전에 박 선생님, 아 진희 엄마 연락 받았어. 영이가 서울에 있는 게 떠올라서 혹시나 하고 전화한 거야. 진희 좀 바꿔봐."

"근데, 그게…… 지금 같이 있는 건 아닌데……."

"무슨 소리야, 밤 11시가 넘었는데 같이 있는 게 아니라니. 거기 어디니?"

사실대로 말할 수가 없었다. 만약 진희한테 무슨 일이 생겼을 때 그걸 어른들이 다 알아서 좋을 건 없으니까. 빨리 전화 끊고 찾아봐야 하는데 가정 쌤이 계속 말을 했다.

"영아, 혹시 진희가 엄마 오해해서 함부로 행동하는 건 아니겠지? 그거 절대 아냐. 박 선생님이랑 장 선생님은 그냥 선후배 사이야. 박 선생님은 딸이 오해를 하고 계속 대드는 게 야속했다더라. 섭섭하고 분한 마음에 진희한테 자세한 사정을 밝히지 않아 딸과 오해가 깊어졌다고 하시더라. 밤 12시가 다 되어가는데 안 돌아오고 핸드폰도 꺼놔서 걱정되니까 나한테 전화하신 거야. 진희한테 전해. 나 장 선생이랑 곧 결혼할 거야. 장 선생이랑 엄마랑 아무 사이도 아니라는 거 진희한테 꼭 말해."

가정 쌤은 마치 현재 진희의 상황을 아는 것처럼 다급하고 간곡하게 말했다.

"진희 만나면 바로 나한테 전화해. 진희 엄마 지금 드러누우셨대."

나는 더 말하려는 가정 쌤에게 곧 전화하겠다고 한 뒤 끊었다.

"큰일났다. 빨리 진희 찾아야지. 어떡해. 진희한테 전화해봐. 참, 아까 핸드폰 껐지. 장총각이랑 가정 쌤이랑 결혼한대. 헛다리 짚고 이게 뭐야."

장총각이 가정 쌤과 결혼한다는 소리에 모니카가 화들짝 깨어났다.

"그럼 진희 엄마가 바람맞은 거야? 진희가 이럴 필요 없는 거잖아."

골목 안쪽의 술집까지 뒤졌지만 진희는 아무 데도 없었다. 그 와중에 모니카는 호텔로 가라고 재촉하는 엄마 전화를 받느라 정신이 없었다. 곧 갈 거라며 징징대는 폼이 딱 열다섯 살이다. 스무 살 흉내를 내고 있는 진희는 대체 어디로 숨었을까. 온통 땀으로 범벅이 되어 속눈썹이 떨어지고 비비크림이 다 녹아내릴 때쯤 골목에서 얼굴을 맞대고 있는 남녀를 발견했다. 우린 그 자리에서 얼어붙고 말았다. 키스를 하는지 몸을 밀착한 남자가 손으로 진희의 등과 엉덩이를 훑어 내렸다. 나는 모니카한테 디지털카메라를 달라고 해서 마구 플래시를 터뜨렸다. 남자가 놀라서 고개를 들었다.

"아저씨, 원조교제로 경찰에 고발할 거예요."

그러자 남자가 뭐야, 나 아무 짓도 안 했는데, 라며 황급히 달아나버렸다. 진희는 갑자기 고꾸라지더니 마구 토하기 시작했다. 한참 등을 두드리자 먹은 걸 다 토해냈다.

모니카는 호텔로 가자고 우겼지만 진희가 째려보는 바람에 찜질방으로 향했다. 가는 길에 재빨리 가정 쌤한테 진희와 함께 있으니 걱정 마시라는 문자를 보냈다. 자세한 얘기는 내일 하겠다고. 눈치 빠른 가정 쌤이 진희 엄마한테 알아듣게 말씀하시겠지.

약까지 사 먹고도 진희는 계속 속이 울렁거린다며 머리를 벽에 기댄 채 늘어져 있다. 담배를 많이 피운 데다 술까지 마셔서 몸이 말을 안 듣는 모양이다. 모니카는 수건으로 양머리를 만들어서 쓰고 어디론가 사라져버렸다. 잠시 후 땀을 줄줄 흘리며 나타난 모니카는 신이 나서 죽겠다는 표정이다. 얼굴이 팅팅 부어 눈이 더 작아 보였다. 모니카도 그게 걸리는지 투덜거렸다.

"겨울방학 때 앞트임에다 뒤트임까지 해서 쌍꺼풀 해달라고 해야지. 다 큰 뒤에 해야 예쁘게 된다며 대학 입시 치고 하자는데 오늘 서울 언니들 보니까 이대로 더는 못 살겠어."

갑자기 진희가 기어들어 가는 목소리로 호텔에 가자고 했다.

"어, 그래도 돼? 나 여기도 괜찮은데. 아줌마들이 뜨거운 데 몇 번 들락거리면 살 빠진다던데."

내가 가자는 눈짓을 하자 모니카는 못내 아쉬운 표정을 지었다.

택시를 타고 서교호텔에 가자니까 아저씨가 한심하다는 표정을 지었다. 바로 우리가 서 있는 다음 블록에 호텔이 있었다. 우리는 방향 감각을 잃고 서울을, 홍대 거리를 뱅뱅 돌고 있는 중이다.

10부 엄마를 만드는 손쉬운 방법

　호텔에 도착하자 직원이 기다리고 있었다며 우리를 룸으로 안내했다. 직원은 모니카 어머니가 주문해놓은 과일을 갖다 주겠다고 했다. 나는 재빨리 진희에게 먹일 따뜻한 보리차를 부탁했다. 작은아빠가 술을 먹고 들어와서 구토를 하면 작은엄마가 웬수야 웬수, 라면서 따뜻한 보리차를 끓이던 일이 기억나서였다.
　진희는 침대에 누워 골골거리고 모니카는 냉장고에 있는 음료수 종류를 살펴보느라 바쁘다. 호텔 종업원이 음식을 갖고 오자 모니카가 만 원짜리 두 장을 꺼내 팁으로 주었다. 모니카는 아차, 라고 소리치고는 나가려는 호텔 종업원을 다시 불렀다.
　"아저씨, 고속버스터미널 물품 보관함에 있는 우리 가방 좀 찾아다 주세요."

모니카는 가방이 들어 있는 물품 보관함 위치를 대충 알려주었다. 정신이 없어서 잊고 있던 우리 가방. 원래 홍대에서 놀다가 다시 고속버스터미널 쪽으로 가서 찜질방에 들어갈 계획이었는데 일이 꼬여버렸다. 모니카는 종업원에게 왕복 택시비에다 5만 원을 더 얹어주었다. 엄마가 팁을 잘 줘야 서비스가 좋아진다고 했다면서.

진희는 따뜻한 보리차를 먹고는 조금 기운을 냈다. 그러더니 아까 찍은 사진을 지우지 말라고 했다. 인화해서 갖고 있다가 엄마 앞에 딱 들이밀 거라며.

"그럴 필요 없어. 아까 가정 쌤하고 통화했는데 너네 엄마랑 장총각이랑 그냥 선후배 사이고 장총각이랑 가정 쌤이랑 곧 결혼할 거래."

진희가 갑자기 어깨를 늘어뜨렸다.

"뭐야, 울 엄마가 바람맞은 거야? 엄마 혼자 착각한 거야? 허무해."

진희 눈에 설핏 눈물이 비쳤다. 절대 착각이 아니라는 걸 말해줘야 할 때다.

"아냐, 엄마가 바람맞은 게 아니고 장총각이 비겁한 거야. 너네가 가출할지도 모른다고 해서 내가 며칠 전에 가정 쌤한테 전화한 적 있어. 진희가 엄마 문제로 고민하고 있는데 서울로 올지도 몰라요, 내가 뭐라고 해야 하나요 물어보니까, 가정 쌤도 놀라더라. 장총각이 요즘 연락이 뜸하다며 허허롭게 웃었거든. 진희 너네 엄마가 니가 걱정되어 가정 쌤한테 전화하셨고, 가정 쌤이 나랑 통화했던 거 떠올라서 나한테 연락하신 거야."

내가 가정 쌤한테 둘의 얘기를 미리 한 것 때문에 한 소리 듣더라도 진희 엄마의 자존심, 아니 진희의 자존심을 세워주고 싶었다. 비겁한 장총각. 진희도 받아들이려고 안간힘을 쓰는 건데……. 모니카는 이해가 안 된다며 전교 20등의 실력으로 가정 쌤의 말을 되살려냈다.

"가정 쌤이 우리한테 희미한 옛사랑의 그림자 같은 건 잊으라며, 한번 떠난 마음은 다시 돌아온다 해도 허깨비라며, 옅어진 사랑은 금방 바래서 결혼하자마자 축축 늘어질 거라며, 그래서 멋진 사랑 기다린다고 아직 결혼 못했다며, 우리한테 그렇게 강조해놓고 가정 쌤은 마음이 왔다 갔다 하는 남자를 좋아하는 거야?"

모니카는 그날 가정 쌤이 했던 얘기가 진하게 다가왔는지 고스란히 외우고 있었다.

"사랑은 진하게, 운명적으로 다가온다고, 그런 게 아닌 결혼은 타협이라고 해놓고, 가정 쌤은 적당히 타협하는 거야? 하긴 둘 다 서른다섯이니까. 기가 막혀. 말과 행동이 다른 가정 쌤, 그동안 우리한테 준 팁도 다 가짜일까?"

계속 기막혀하며 툴툴대는 모니카의 말을 우리는 듣고만 있었다. 진희 엄마의 사랑은 그렇게 허무하게 끝나고 장총각과 가정 쌤의 미지근하거나 허깨비 같은 사랑은 다시 이어지나 보다. 진희 엄마의 떠나가는 사랑이 괜히 가슴 아팠다. 마치 우리가 바람맞은 것처럼. 진희는 허탈한지 바보 같애 바보 같애만 되풀이했다. 잔뜩 반항했지만 엄마의 사랑이 공중분해 된 게 영 섭섭한 모양이다.

"장총각이랑 우리 엄마랑 좋아한 건 맞아. 몇 달 전에 세미나에서 장총각을 만났나 봐. 엄마가 너네 학교 장병식 선생이 내 대학 후배야, 그러더니 종종 장총각 얘기를 했는데 그럴 때마다 얼굴이 빨갛게 달아오르더라. 혹시 엄마가 좋아하는 거 아닌가, 그런 생각 하고 있는데 장총각이 나를 부르는 거야. 괜히 이 얘기 저 얘기 물어보고. 그때 두 사람이 좋아한다는 거 확신했어. 사랑은 엄마가 하는데 고민은 내가 했고, 혹시 엄마가 결혼할까 봐 반항하고 틱틱거리고 그랬는데."

진희 눈에 눈물이 맺혔다.

"사실 엄마가 결혼하겠다고 나한테 말한 것도 아닌데 내가 미리 엄포 놓고 엇나가니까 질려버렸을 거야. 엄마는 내가 혹시 잘못될까 봐 그럴 바엔 미국 가라고 하고. 최근에는 엄마랑 말도 잘 안 하고 밥도 따로 먹고 그랬어. 내가 원하는 대로 되긴 했지만 좀 허무하네."

나는 진희 엄마가 딸을 선택한 것이 고마웠다. 내가 진희여도 그런 구도는 견디기 힘들 테니까. 아직 우린 소문에 민감한, 구설수에 상처 받는 중2니까.

가정 쌤은 이제 더 이상 우리한테 센스쟁이 프로젝트를 계속할 수 없을지도 모른다. 우리에게 알려준 팁을 스스로 어겼으니까. 평소의 가정 쌤이라면 돌아온 장총각을 받아주면 안 된다. 하지만 사랑의 불씨가 잦아들기 전에 사랑이 돌아온다면 물리치기 어려

울 것이다. 하긴 우리가 어떻게 어른들의 세계를 다 알 수 있을까.

타락 본능에 쉽게 함락되지만 회복도 빠른 중2, 진희는 어느새 말간 중학생으로 되돌아와 있었다. 진희와 모니카가 나를 뚫어져라 바라봤다. 이제 자기들의 문제는 해결됐으니 네 얘기 좀 해보라는 의미였다. 친구들은 바닥까지 다 드러냈는데 감출 게 뭔가.

초등학교 3학년 때 새엄마가 될 뻔했던 지서영 디제이 집에 묵게 된 과정을 들려주었다. 둘은 흥미진진한 표정으로 듣더니 세상에, 엄마야, 를 외쳤다. 지제이가 지드래곤에게 받아 온 사인을 꺼내자 둘은 올레! 를 외쳤다. 모니카는 소녀시대 유리 사인 좀 받아달라고 했다. 유리처럼 예뻐지는 게 소원이라며. 진희가 모니카의 입을 막으며 그래서 그래서, 를 연발했다. 우리는 완전 수다꾼 중2로 돌아왔다.

"그냥 다음 주쯤 작은아빠 집으로 돌아가야지 뭐. 개학할 때 됐으니까. 그냥 지제이가 옛정을 생각해서 봐주는 건지, 아빠한테 어떤 마음이 있는 건지 확실하진 않아."

울산으로 돌아가고 싶지 않다는 얘기까진 하지 않았다. 흥미진진하게 시작한 얘기가 심드렁하게 끝나자 둘은 불만이 가득 찬 표정이더니 진희가 이의를 제기했다.

"지제이는 라 박사가 아니라 너네 아빠를 좋아하는 거야. 안 그러면 어떻게 너랑 같이 지내겠어? 지금 좋아하는 남자가 있는데 전에 사귄 남자의 아이를 집에 머물게 한다? 그게 말이 돼?"

정말 그런 것 같다. 진희는 내친김에 아예 결론을 내겠다는 듯 눈을 반짝였다.

"지제이 서른아홉 살이라며. 우리 엄마랑 동갑이네. 우리가 사춘기면 엄마들은 지금 사추기래. 우리 엄마가 친구하고 얘기하면서 그랬어. 미치지 않고서야 서른아홉을 사는 게 가능하기나 하냐고. 그때 울 엄마랑 아줌마가 그러더라. 마음 가는 대로 하는 수밖에 없다고. 지제이가 너를 받아들인 건 너네 아빠한테 마음이 가기 때문일 거야. 분명해. 블로그에서 만난 아줌마들도 서른아홉은 미치기 딱 좋은 나이라고 하더라. 왜냐하면 마흔이 되면 젊음이 끝나는구나, 하는 생각에다 남편도 자리 잡고 애들도 제 갈 길로 가는데 나는 해놓은 게 뭐 있나, 그런 마음이 복합적으로 몰려온대. 그래서 뭔가 잡을 게 있으면 맹렬해진대. 우리가 우리 마음을 잘 몰라 막 미치겠는 거, 지금 이 사춘기가 서른아홉 되면 또 도지나 봐. 지제이는 아마도 너를 통해 아빠를 잡으려는 거 같아. 내 분석이 틀림없어. 근데 울 엄마는 서른아홉에 사랑을 접었으니 어떡하냐?"

진희의 얼굴이 다시 어두워졌다.

"엄마가 쉽게 포기했다는 게 갑자기 믿어지지 않네. 나 가출 막으려고 한 말 아닐까?"

슬그머니 의심이 되는 모양이다. 그러자 전교 20등 모니카가 나섰다.

"그건 아니라고 봐. 가정 쌤이 전화했잖아. 가정 쌤이 두 사람을 도와줄 리 없지. 내 애인을 빼앗아 간 사람을 위해 전화해준다? 말이 돼?"

진희와 나는 모니카의 명쾌한 해석에 고개를 끄덕였다. 내가 듣기에도 가정 쌤 말에는 진정성이 있었다. 진희는 정말 상황이 끝난 게 확실하다는 듯 홀가분한 표정을 지었다. 그나저나 진희 말대로 지제이의 마음이 아빠한테로 갔고, 맹렬해지면 아빠가 돌아올 수 있을까? 실감 나진 않지만 가슴이 설레었다. 자주 오진 않지만 기적은 분명 일어나니까.

"맞아 맞아. 우리 엄마도 서른아홉 살인데 날 보면서 내가 모니카라도 없었으면 어떻게 살아, 그러면서 한숨 쉰다니까. 늘 골프 치러 다니고 온갖 멋 다 내면서도 마흔 되면 마치 세상이 끝날 것처럼 우울해하거든. 나는 영이 니가 착 붙어서 딸같이 굴면 지제이가 엄마 될 수 있을 거라고 봐."

갑자기 내가 이 밤의 주인공이 되어버렸다. 모니카가 영이 엄마 만들기 대작전을 짜자고 하자 진희가 눈을 반짝였다.

"솔직히 단도직입적으로 말하는 거 어때? 난 선생님이 우리 엄마가 되어주셨으면 좋겠어요, 라고."

"아니면 편지를 쓰는 거야, 절절하게. 그래서 출근하는 지제이한테 슬쩍 주는 거야."

"이런 건 어때? 나도 엄마가 있었으면 좋겠다, 이런 낙서를 막 써놓는 거야."

"지제이가 늦게 들어오는 날, 잠든 척하고 잠꼬대를 하는 거야. 엄마, 지서영 엄마, 막 이러면서."

"선물을 준비해서 엄마가 있다면 이런 선물 하고 싶었어요, 이러는 건 어때? 우리 엄마는 내가 엄마 생일이나 어버이날 선물한 거 하나도 안 버리고 다 갖고 계셔. 손수건 뭐 이런 것들뿐인데도."

"참, 엄마들은 딸이 손수 만든 걸 좋아해. 가정 시간에 가장자리에 시침질해서 만든 손수건 있잖아. 그거 우리 엄마가 우리 집 가보라며 문갑 안에 넣어두셨어. 작은 쿠션에 '〈지서영의 신나는 오후〉, 지서영 최고'라고 수놓아서 주는 건 어떨까?"

"남의 엄마 얘기를 막 하는 건 어떨까? 어떤 애 엄마는 이래서 좋고 어떤 애 엄마는 이래서 부럽고, 그러면 니 마음을 알지 않을까?"

"엄마가 없어서 슬펐던 얘기를 막 하는 거야. 그러면서 눈물을 흘리는 거지."

"정색하고 딱 한 번만 엄마라고 부르고 싶어요, 해보는 거야. 정공법으로 말야."

"반대로 아빠한테 말하는 방법도 있어. 지서영 아줌마한테 빨리 연락해요, 안 그러면 라 박사랑 잘될 거 같아요. 이렇게 질투심을 불러일으키는 거지."

"아빠가 빨리 와서 지서영 아줌마랑 만나지 않으면 나 확 비뚤어질 테다, 이런 협박도 해보고."

"그래. 지금 우리처럼, 가출해버릴 테다, 아니, 가출했다, 이렇게 막 겁을 주는 거야."

"아빠가 빨리 안 오면 학교 때려치우고 지구를 떠날 테다, 그래버려."

"일단은 가까이 있는 지서영 아줌마를 공략하는 게 더 빠를 거 같아. 〈지서영의 신나는 오후〉에 우리가 사연을 보내는 거 어때? 제 친구가 있는데, 이러면서 영이 얘기를 슬쩍 쓰는 거야."

"그거 좋은 방법이다. 우리가 계속 사연을 보내서 방학 끝나고도 여운이 남도록 하는 거야."

"라디오에서 전화 연결하는 거 있잖아. 거기 신청해서 생방송으로 '내 친구 영이 엄마가 되어 주세요'라고 말하는 건 어떨까?"

"김 작가한테 도와달라고 하는 건 어때? 그 아줌마랑 친해졌다며."

그런 비법을 생각해내는 친구들이 고마웠다. 하지만 이런 작전까지 짜야 한다는 게 슬퍼 눈물이 나왔다. 그러자 잘될 거야, 라고 말하던 친구들도 울어버렸다. 어쨌든 진희도 모니카도 큰 반항을 시도했고, 마음의 상흔이 완전히 가시진 않은 모양이다. 문제가 다 해결되었는데 우리는 새삼스럽게 붙잡고 울었다. 물론 내 문제는 그대로 남아 있지만. 역시 울면 속이 시원해진다. 울다가 우리는 잠 속으로 빠져들었다.

모니카가 코맹맹이 소리로 엄마한테 애교를 부리며 전화 받을 때 눈을 떴다. 7시였다.

"알았어, 엄마. 비행기 타고 오라는 거지…… 엄마가 친구 비행기표까지 예매했다구? 넹넹넹, 그렇게 할게. 엄마, 따랑해!"

이불을 뒤집어썼다. 눈물이 곧 비집고 나올 거 같아 손바닥으로 막았다. 어제 다 울어서 눈물이 말라버린 줄 알았는데…… 눈 뜨자마자 엄마가 있어야 안심되는 나이를 홀로 버틴다는 게 새삼 아팠다. 곧이어 진희의 핸드폰이 울렸다.

"엄마, 그동안 엄마한테 못되게 굴어서 미안해…… 내가 오해를 좀 했나 봐…… 앞으로는 뭐든 엄마한테 물어볼게…… 내가 너무 애 같았어. 엄마 인생도 있는 건데…… 걱정 마, 친구랑 비행기 타고 갈 거야."

전화를 끊은 진희는 엄마 목소리가 허전하게 느껴져, 라며 안타까워했다. 진희는 하루 만에 부쩍 자란 것 같았다. 정답든 허전하든 닦달하든 엄마의 목소리를 들으면 행복할 거 같다. 계속 눈물이 나서 이불을 뒤집어쓰고 있었다. 어제 친구들이 지제이에게 시도하라는 방법을 떠올려봤지만 낯간지럽다. 분명한 건 내가 어떤 역할을 하기 전에 일단 아빠가 움직여야 한다는 점이다. 사랑 쪽으로. 사랑이 결심한다고 되는 건지는 모르지만. 울지 말자. 어차피 나는 친구들과 다르니까 내 처지를 그냥 받아들이자. 이번 일로 친구들과 더 긴밀해졌다는 것만 해도 얼마나 다행인가. 나는 별수 없이 체념하는 아이로 돌아왔다.

지제이는 지금까지 연락이 없다. 무슨 뜻일까. 밤에 돌아와서 내가 없는 걸 알고도 전화하지 않았다. 왜 안 했을까. 친구 엄마들은 아침 일찍 전화하는데 지제이는 전화 한 통 없다. 왜 그럴까. 그건, 아프지만 인정해야 한다. 그녀는 나의 엄마가 아니니까.

나는 휴대전화 전원을 꺼버렸다. 오지 않을 전화를 기다리면서 계속 만지작거리는 건 너무 초라한 일이다. 천가방에 내 짐을 다 담아서 나온 게 다행스럽다.

"아웅!"

모니카는 길게 길게 기지개를 켜더니 더 자고 싶지만 엄마가 기다린다며 욕실로 들어갔다. 진희도 일어나서 가방을 챙겼다.

모니카 엄마가 또 전화해서 이것저것 지시했다.

"우리 엄마가 택시보다 공항철도가 빠르다고 홍대역에서 그거 타래. 아침은 김포공항에 가서 먹으래. 괜히 여기서 어정거리다간 비행기 놓친다고."

모니카 엄마는 세심하게 딸을 원격 조정하고 모니카는 전교 20등답게 눈빛을 반짝이며 우리를 진두지휘했다. 나는 친구들을 배웅하기로 하고 함께 공항철도를 탔다. 공항에서 샌드위치를 먹은 후 친구들은 깔깔 웃으며 게이트를 빠져나갔다. 나중에 울산에서 셋이 찜질방 가자는 약속을 남기고.

갑자기 지구에 나 혼자 남은 기분이다. 비행기가 이륙하면 친구들은 우주로 날아가겠지. 엄마라는 우주로.

어디로 갈까.

공항 청사 밖으로 나가 벤치에 멍하니 앉아 있었다. 갈 데가 없다. 갈 데가 있어야 지하철이든 버스든 탈 텐데.

인천공항이라고 쓴 버스가 계속 머물렀다가 떠났다. 아빠는 뉴욕으로 떠날 때 인천공항으로 갔을 테지. 어떤 기분이었을까. 딸을 두고 가는 기분은. 갑자기 인천공항에 가보고 싶었다.

　리무진을 타고 가는 내내 가슴 한구석이 뚫어져서 기운이 솔솔 새어 나가는 느낌이었다. 인천공항에 도착했을 때 일어설 힘조차 없었다. 마치 비행기를 오래오래 타고 온 사람처럼. 마지막에 내려서 천천히 걸어 청사 안으로 들어갔다. 여행에 대한 기대로 한껏 들뜬 사람들이 큰 가방을 끌고 내 옆을 계속 지나쳐 갔다. 마치 나 혼자 무중력 공간에서 헤매는 기분이었다. 나만 남겨두고 어디론가 떠나는 분주한 사람들.

　어제부터 내가 한 일은 뱅뱅 돌기. 홍대 주변을 계속 돌았던 나는 인천공항 안에서 하릴없이 오갔다. 활주로에 막 도착한 비행기가 사뿐히 내려앉았다. 어디서 오는 비행기일까. 안도하면서 뿌듯해하는 느낌이다. 비행기도 분명 표정이 있다. 어디론가 떠나기 위해 출발선으로 슬슬 움직이는 비행기는 두근두근 부풀어 있다. 여권과 티켓을 든 사람들이 작은 관문으로 계속 들어갔다. 배웅 온 사람들은 아쉬운 표정으로 보이지도 않는 사람을 향해 손을 흔들었다.

　아빠는 혼자 뉴욕으로 떠났다. 나를 울산에 데려다 놓고. 누구의 배웅도 받지 않아 마음이 홀가분했을까. 손 흔들며 아쉬워한 사람이 없어 그립지도 않은 걸까.

　"뉴욕행 대한항공 비행기 타실 분들은 14번 게이트로 와주시기 바랍니다."

작은 관문 안쪽에서 뉴욕행 승객을 찾는 소리가 났다. 뉴욕행, 저 비행기를 타면 아빠한테 갈 수 있는데, 하지만 나는 여권과 티켓이 없다. 14시간, 바람만 잘 불면 13시간 만에 갈 수 있는 뉴욕, 밥 두 번 간식 두 번 나오는 논스톱 중에 가장 긴 코스. 아빠가 그리울 때면 인터넷에서 뉴욕에 가는 방법을 찾아보며 뉴욕 지도를 봤다. 멀다고는 하지만 하루도 안 걸리는 곳. 아빠는 왜 못 오는 걸까. 아빠의 삶이 있다는 건 알지만 그 아빠의 삶에 내가 포함되지 않는 이유를 잘 모르겠다. 뉴욕으로 가는지도 모를 비행기가 막 떠올랐을 때 오래오래 바라봤다.

3시, 한 시간만 있으면 지신오 방송 시간이다. 지제이는 이제 아주 먼 나라 사람 같다. 꿈속에서 만난, 막 늙을 준비를 하는 공주. 미치지 않고서는 건너갈 수 없다는 서른아홉 강에 홀로 떠 있는 노처녀. 건망증이 심해지는 시기니까 옛 애인의 열다섯 살 난 딸 따위는 쉽게 잊겠지.

울산의 서른아홉 아줌마들은 이미 딸들과 포옹을 마쳤겠지. 우리 엄마는 몇 살일까? 처음으로 그게 궁금했다. 우리 엄마도 서른아홉이라면 미치지 않고 견디기 힘들 텐데 내 생각을 조금이나마 할까?

"싱가포르에서 싱가포르 항공 비행기가 도착했습니다."

안내 방송이 나오자 입국장 앞으로 사람들이 몰려갔다. 안내판에 곧 도착할 비행기가 순서대로 떴다. 세 번째 도착 예정인 비행기, 뉴욕에서 오는 거다. 시간을 보니 20분 남았다. 기다려보기로 했다. 아빠가 아는 사람, 아빠를 만난 적 있는 사람이 귀국할지도 모른다. 아빠는 거기서 마당발에다 아주 유능해서 많은 사람을 안다니까.

"뉴욕에서 출발한 대한항공 비행기가 도착했습니다."

나도 모르게 벌떡 일어났다. 먼 나라에서 오는데도 다들 얼굴이 싱싱하게 살아 있다. 피곤해도 설레면 마음이 둥둥 뜨니까. 마음이 아프면 겨우 김포공항에서 인천공항까지 와도 쓰러질 것 같지만.

카트 가득 짐을 싣고 나오던 사람들은 친지나 친구를 발견할 때마다 함박웃음을 터뜨렸다. 아빠가 온다면 쉽게 발견할 수 있을 텐데 콧수염에다 꽁지머리까지 길렀다니. 코 밑에 수염이 거뭇거뭇한 사람은 있지만 일부러 콧수염을 기른 사람은 없었다. 앗, 꽁지머리를 기른 아저씨가 나온다. 아빠일까? 가슴이 두근거렸다. 그 아저씨는 빤히 바라보는 나를 지나쳐 붉은 티셔츠의 아가씨에게로 달려갔다. 그러고도 콧수염을 기른 아저씨가 두 명 나왔지만 아빠는 아니었다. 콧수염에 꽁지머리, 둘 다 기른 사람은 보이지 않았지만 그런 사람을 만나도 이제 아빠인지 아닌지 알 수 없을 것 같다. 5년 전의 약간 힘없으면서 단정한 아빠와 싱싱하게 살아 움직인다는 꽁지머리의 아빠는 도무지 연결이 안 되니까. 좀 더 세월이 흐르면 길거리에서 아빠와 마주쳐도 몰라볼 것 같아 쓸쓸해졌다. 이제 더 이상 나오는 사람이 없다. 뉴질랜드에서 온 비행기가 착륙했다는 안내 멘트가 나왔다.

　힘이 쭉 빠졌다. 친구들이 간 뒤로 아무것도 안 먹었지만 배가 고프지 않다. 어젯밤에 제대로 못 자서 졸음이 왔다. 3층 창가의 구석진 의자에 앉았다. 에어컨으로 실내 온도를 충분히 낮췄지만 유리창 바로 옆은 따가운 햇볕으로 더운 기운이 감돌았다.

　설핏 잠이 든 것 같은데 눈을 떠보니 어둠이 내려앉고 있었다. 막 떠오르는 비행기의 엉덩이에서 불빛이 반짝이고 활주로에도 점점이 등불이 꽃피었다. 밤이 되었는데도 공항은 여전히 붐볐다. 사람들은 누군가가 기다리는 곳으로 떠나고, 누군가가 기다리는 곳으로 날아온다. 나는 어디로 가야 하나.

　몇 시지? 둘러봐도 시계가 보이지 않았다. 주머니의 휴대전화를 만지작거리다가 버튼을 눌렀다. 휴대전화가 켜지면서 8:30이라는 숫자가 보였다. 저녁 8시 반, 그리고 부재중 전화와 문자 메시지가 왔다는 표시가 떴다. 아침까지 아무도 나를 찾지 않았는데 그사이에 누가 연락한 걸까. 별로 궁금하지도 감격스럽지도 않다. 그냥 감각이 무디어진 느낌이다. 어떻게 해야 할지 도무지 생각이 나지 않는다.

　그때 전화벨이 울렸다. 뜻밖에도 가정 쌤이었다. 누군가 실종 신고를 했고 그 소식이 가정 쌤한테로 연결된 건가? 그렇다면 나도 보호받는 아이인가? 특별한 기분으로 가정 쌤의 전화를 받았다. 의외로 목소리가 축 처져 있었다.

"뭐하니?"

가정 쌤의 질문에 정신이 좀 들었다. 뭔가 하소연을 하고 싶을 때 뭐하니, 라고 시작하는데. 갑자기 어젯밤으로 태엽이 거꾸로 돌아갔다. 그러니까 지금 가정 쌤은 마음이 편치 않은 게 분명하다. 장총각과 결혼은 결정했으나 용서할 수 없다는 건가?

"그냥 마음이 허전한데 마땅히 전화할 데는 없고, 그래도 내 제자는 나를 이해할 거 같아서……."

언제나 우리들에게 현명한 팁을 던지며 화사하게 웃던 가정 쌤이 한숨을 푸푸 쉬었다. 아마도 마주하고 있다면 그러지 못했겠지. 가정 쌤 스토리는 내가 예상한 것보다 훨씬 심각했다. 돌아온 사랑을 받아주는 게 힘들어서 그런 줄 알았는데, 그게 아니었다. 사랑이 돌아오기는커녕 날아가서 더욱 확고해졌고, 새로운 사랑을 지키기 위해 옛사랑에게 도움을 요청했다는 잔인한 사실.

그러니까 어제저녁 진희의 가출 사실을 밤늦게 안 진희 엄마가 장총각에게 연락했고, 진희 엄마가 혼비백산하자 장총각이 가정 쌤한테 진희를 찾아달라고 부탁했다는 것이다. 더 가슴 아픈 건 내가 진희 문제로 가정 쌤한테 전화한 후 가정 쌤이 장총각의 마음을 확인하기 위해 만났다가 마침표를 찍었다는 점이다.

"장 선생이 다급하게 진희를 찾아달라며, 아이들하고 잘 통하니까 진희 친구들한테 연락하다 보면 찾을 수 있을 거 아니냐며 숨 넘어갈 듯 말하는데 미치겠더라. 진희는 내 제자니까 찾아야 하지만 변심한 남자의 애인 딸이라니 말야."

가정 쌤의 말에 가슴이 따끔거렸다. 사랑에는 가시가 있다. 분명.

"나랑 무슨 상관이야, 소리치고 싶었지만 진희를 찾아야 되잖아. 알았다고 하니까 장 선생이 당신은 정말 착한 사람이야 고마워, 라고 하더라. 여자는 남자한테 착한 사람이기보다 사랑스러운 사람이어야 하는데……."

내가 친구였으면 이쯤에서 같이 울며 장총각을 실컷 욕했을 텐데…… 가정 쌤은 잘 이겨내리라. 희미한 옛사랑의 그림자 따윈 잊어야 한다고 우리한테 강조했으니까.

"이렇게 쉽게 무너진 걸 보면 애초부터 사랑이 아니었어. 그러니까 가슴 아플 이유도 없는 거지. 그래도 시간이 좀 걸리긴 하겠지. 가슴이란 게 그렇게 치유가 빠른 부위는 아니니까. 참, 진희는 잘 갔겠지?"

가정 쌤은 그 와중에도 제자 걱정을 했다. 역시 우리의 존경과 사랑을 받기에 충분하다. 우리의 사랑을 아무리 모아서 보내도 장총각의 사랑 한 조각에 더 위안 받겠지만.

오전에 모니카와 비행기 타고 갔다고 하자 그제야 가정 쌤이 나에게 어디냐고 물었다. 문득 주변을 돌아보니 사람이 많이 줄었고 창밖은 더욱 깜깜해졌다. 활주로의 등불 꽃이 한층 선명하게 보였다. 친구들이 김포공항에서 떠난 뒤 인천공항으로 왔고 깜빡 잠들었다가 이제야 정신 차렸다는 말에 가정 쌤이 놀라서 소리 질렀다.

"인천공항이라니, 너 거기서 광화문 아는 분 집은 찾아갈 수 있는 거니?"

그러고 보니 그것도 잘 모르겠다. 광화문에 내린다 한들 굿모닝 오피스텔이 어느 쪽에 붙어 있는지도 모르겠고, 무엇보다 지금 다시 가도 되는 걸까.

"머물고 있다는 집, 그분 전화번호 불러봐. 애들이 정말 큰일 나겠네. 그러다가 납치되고 실종되는 거야."

가정 쌤은 옛사랑에 대한 고민을 접고 제자를 걱정하는 선생님으로 되돌아왔다. 전화번호를 알려주고 얼마 지나지 않아 지제이의 번호가 떴다. 뜻밖에도 김 작가였다.

"지금 어디야? 애가 정말 간 떨어지게 하네. 너 오늘도 안 들어왔으면 지서영 10년 방송 역사에 내일 생방송 펑크 낼 뻔했다. 개편 때라 완전 깨갱 하고 있어야 하는데 니가 도와줘야지 이러면 되겠니? 하긴 이게 다 어른들 잘못이지. 너 혹시 옆집 남자랑 같이 있는 거니?"

이게 무슨 소리? 하지만 곧 이해가 되었다. 내가 연락이 안 되자 나를 아는 사람을 찾아봤을 테고, 지제이와 김 작가는 옆집 음식 아저씨밖에 모른다. 잠깐 기분이 나빴다. 내가 그 아저씨와 잠적했다고 생각하다니…… 하긴 내가 사라졌으니 어떤 가능성이든 다 유추해봤겠지. 장총각이 옛사랑에게 SOS를 쳤을 정도이니. 지제이가 데니스의 연락처를 모른다는 사실이 새삼 다행스러웠다. 내가 혼자라고 하자 김 작가가 거기 꼼짝 말고 있으라고 당부했다.

"내가 여기서 콜밴으로 전화할 거니까 조금 있으면 콜밴 아저씨가 전화로 너 찾을 거야. 그러면 어디쯤 있는지 알려주고 바로 콜밴 타고 이리로 와. 거기 꼼짝 말고 있어. 너 어디로 사라지면 여럿 죽는다는 것만 알아."

붕붕 떠 있거나 축축 처진 김 작가가 아닌 마치 행사 진행 요원처럼 또박또박 명령했다. 나는 어리벙벙해서 네네, 대답만 했고. 잠시 후 내 위치를 파악한 아저씨가 찾아와 나를 콜밴에 태웠다.

종일 음식이라곤 아침에 친구들하고 먹은 샌드위치밖에 없는 데다 긴장이 풀려서인지 졸음이 왔다. 어둠을 뚫고 씽씽 달리는 콜밴 안에서 스르르 잠이 들었고 눈을 뜨니 굿모닝 오피스텔이었다.

밤 10시 30분 지제이 집 앞, 비밀번호를 누르고 들어가기도 그렇고 초인종을 누르기도 어색했다. 잠시 망설이다가 초인종을 누르자 김 작가가 문을 열었다. 나를 보자마자 감싸 안았다. 김 작가는 나를 거실 소파에 앉게 하고는 코코아를 타 왔다. 지제이가 보이지 않아 걱정되었지만 묻지 않았다.

"참, 밥은 먹었니?"

코코아를 건네던 김 작가는 내가 고개를 좌우로 흔들자 금방 죽을 가져왔다. 참기름 냄새가 솔솔 나는 전복죽이었다.

"서영이 주려고 끓인 거야. 내가 서영이랑 고등학교 때부터 친

군데, 쟤가 아파서 드러눕는 거 처음 봤어. 어제 12시 넘어 들어와 니가 방에서 자는 줄 알고 안 깨우려고 여기 소파에서 잤다더라. 늦게 일어나서 니가 안 들어온 거 알고 전화했는데 전화기는 꺼놨지, 생방송 끝나고도 연락이 안 되지, 굉장히 놀랐나 봐. 생각해봐라, 문준 박사한테 말도 안 하고 너를 맡았는데 갑자기 사라져버렸으니. 옆집 초인종을 계속 눌렀는데 아무 기척이 없더래. 치마 입은 이상한 남자도 없으니 더 놀랐지. 나도 서영이 전화 받고 얼마나 놀랐는지 몰라. 달려와 보니 열이 펄펄 나면서 힘이 하나도 없지 뭐니. 나이만 먹었지 결혼 안 하면 다 애거든. 아까 너랑 통화하는 거 듣더니 긴장이 풀어지는지 푸시시 쓰러지더라. 조금 전에 잠들었어."

그랬구나. 미안한 마음이 들었지만 나 역시 쓰러지기 직전이어서 대답할 힘이 없었다.

"요즘 가을 개편 때문에 긴장하고 있었거든. 아무래도 이번에 〈지서영의 신나는 오후〉가 폐지되나 보더라. 나 때문에 그런 거 아닌가 해서 죄책감이 들어. 서영이가 우겨서 나를 작가로 쓴 건데, 나갔다 안 나갔다 했으니까. 방송국도 잔인해. 청취율도 높고 팬도 많은데 아이돌로 갈아 치우려나 봐. 타 방송의 같은 시간대 아이돌 방송이 청취율 1위거든."

이렇게 복잡한 때에 나까지 걱정을 더 얹어서 정말 미안했다. 게다가 내 마음대로 오해해서 종일 휴대전화를 꺼놓는 바람에 지제이를 더 심란하게 만들었다. 한편으로는 고맙기도 했다. 탈진할 정도로 나를 걱정해주었다는 사실이.

"연륜이 얼마나 중요한데 다들 나이 들면 밀어낸단 말야. 여자가 더 불리해. 서른아홉이 뭐가 많다고. 하긴 내년이면 마흔이라고 우리가 먼저 자포자기하고 있었으니 할 말 없지. 어쨌거나 너까지 사라져서 많이 놀랐나 봐. 방송에서는 방방 뜨지만 서영이가 많이 외로워. 마음도 여리고. 근데 영이가 와서 의지가 된 모양이야. 나도 그동안 서영이 애먹인 거 반성했어. 아직도 집에 안 들어가고, 방송국에도 안 나갔거든."

늘 투정만 부리던 김 작가가 지제이를 단단히 보호하고 있다. 역시 친구는 끈끈하다.

"승윤이한테 좋은 엄마가 되도록 노력할래. 그거 하나만 잘해도 내 인생은 보람 있을 것 같아. 녀석이 무슨 바람이 불었는지 나한테 문자를 다 보냈더라. 달랑 '축하해요'라는 말밖에 없었지만 감격했지. 결혼기념일에 아빠랑 나한테 동시에 보낸 거 있지. 승윤 아빠가 나한테 전화해서 문자 받았냐며 부모 노릇 좀 잘해 보자는 거야."

김 작가는 내가 아무 대꾸도 없이 죽만 먹자 머쓱한지 탁자 위에 있던 『잠언』을 뒤적였다. 그러더니 어머어머어머, 라며 또 놀란 표정을 지었다.

"세상에 이런 말이 있었네. 영아, 들어봐라. '꾸짖고 때려서라도 교육을 시키면 지혜를 얻게 되지만 제멋대로 하도록 내버려두면 자식이 어머니를 욕되게 한다.' 무섭다. 승윤이를 때려서라도 교육

시켜야지, 저렇게 놔두면 나중에 나를 욕되게 하겠네. 큰일 났다, 당장 들어가야지. 근데 이게 무슨 책이야? 『잠언』이네."

김 작가는 책을 앞뒤로 들춰 보며 다시 질린 표정을 지었다. 아빠가 주고 간 책이 지제이의 친구에게 영향을 미쳤으니 그나마 다행이라고 해야 하나. 아빠는 저런 문구를 읽기나 한 걸까.

승윤이가 문자를 보냈다니, 내가 좀 기여를 한 것 같아 다행스러웠다. 녀석, 좀 길게 보내지. 그래도 내가 엄마 아빠 기념일에 아들 노릇 한번 하시지, 라고 한 걸 실천하다니 보람이 있다. 김 작가는 결심을 확실히 굳힌 듯 단호한 목소리로 말했다.

"앞가림 잘하는 영이도 이렇게 흔들리는데 어릴 때부터 천방지축인 우리 승윤이는 저렇게 놔두면 나중에 날 보려고도 하지 않을 거야. 아니, 욕되게 한다니 아주 비뚤어지겠지. 시어머니한테 무조건 잘하고 남편은 잔소리를 싫어하니 좀 자제하고, 승윤이 돌보면서 살아야지. 힘은 들겠지만."

앞가림 잘하는 것처럼 보이는 아이, 어른들은 나만 보면 그렇게 말한다. 어젯밤부터 세상에 나 혼자 버려진 느낌이다. 가정 쌤이 전화하지 않았다면 나는 인천공항 귀퉁이에서 밤을 났을 거다. 언젠가 인터넷에서 인천공항을 집 삼아 사는 노숙인 얘기를 읽은 적이 있다. 그 사람한테 노하우를 배우면 공항에서 사는 일이 그리 어렵지 않을 거다. 늘 사람이 붐비니까 외롭지도 않고. 거기 있으면 아빠를 만나는 행운이 올 수도 있다. 한국에 오려면 어쨌든 인천공항을 통과해야 하니까. 떠나는 데니스도 만나게 되겠지. 아마도 멀리서 지켜보겠지만. 눈물이 핑글 고인다.

　김 작가는 마치 내가 승윤이나 되는 듯 살뜰히 챙겨주었다. 평소 같으면 미안하고 어색했을 텐데 너무 힘이 없으니 포근하고 고마웠다. 엄마가 있다면 이런 느낌이겠구나, 생각하니 또 눈물이 핑글 돌았다. 김 작가가 펴놓은 이불 속으로 들어가는 순간 눈꺼풀이 그대로 내려왔다. 김 작가에게 고맙다는 말도 하기 전에.

　눈을 뜨니 오전 11시였다. 믿을 수 없는 일이다. 7시면 일어나는 내가 평소보다 네 시간이나 더 자다니. 아무리 피곤했기로서니. 집 안에 아무도 없었다. 얼마나 깊이 잠들었으면 지제이와 김 작가가 나가는 것도 몰랐을까. 아니면, 너무 깊이 자고 있어서 두 사람이 살짝 나가버렸는지도 모르겠다. 실제로 그랬다. 냉장고에 김 작가가 써놓은 메모가 있었다.

　코까지 골면서 자네. 엄청 피곤했나 보구나. 나랑 서영이는 근처 찜질방에서 미역국 먹으며 땀 빼고 바로 방송국에 갈 거야. 아직 속이 좋지 않을 테니 오늘은 전복죽만 먹어. 피곤하고 배고프면 애들도 우울증 온다. 그러니까 많이 먹고 푹 자. 서영이와 영이가 멋진 관계가 되길 빌어.

승윤 엄마 김작.

　훈훈한 기운이 나를 감쌌다. 늦잠을 자고 누군가가 나를 위해 만들어놓은 음식을 먹는 일, 낯설지만 달콤하고 편안하다. 송송송

썰어놓은 김치에다 전복죽을 먹는 동안 행복감에 눈물이 찔끔 나왔다.

몇 살 때인지 모르나 아빠와 함께 보낸 어느 크리스마스, 내 앞에 놓인 선물 상자의 뚜껑을 눈 감고 열 때처럼 가슴이 두근거렸다. 부재중 전화 11통에다 문자가 6개, 음성 3통. 쿵쾅거리는 마음을 진정하고 부재중 전화를 확인해보았다. 지제이가 5통, 진희와 모니카가 각각 1통, 그리고 라 박사 전화도 1통 있었다. 그리고 스팸이 2통, 모르는 번호가 1통이었다. 그런데 데니스의 전화가 없다. 어쩐지 마음이 쓸쓸해졌다. 엄마가 와서 너무 즐거운 나머지 나를 잊은 걸까?

지제이가 나를 찾았다는 사실이 기쁘고 떨렸다.

아침부터 마트에 간 거야? 핸드폰도 꺼져 있고. 빨리 와라.
헐~ 어떻게 된 거야. 어디 갔니. 배터리가 나갔나?
대체 어떻게 된 거야? 빨리 연락해라.

마지막 문자에는 화가 박혀 있었다.
데니스 전화가 없다는 사실이 걸렸지만 선물 꾸러미를 계속 풀어보기로 했다.

우리 잘 왔고, 고마웠어. 울산 오면 바로 연락해. 난 잘된 거 같아, 현재까지는.

모니카는 목표를 이룬 것 같다. 라 박사의 문자는 정말 뜻밖이다.

지서영 씨가 전화해서 깜놀했다. 책상에다 라 박사랑 사귀라고 써놓고 나갔다면서. 지서영 씨는 네가 나간 게 나 때문이라는 듯 성질을 내더라. 이번 일로 정말 사이가 나빠졌어. 내가 다시 찾아가지 않을 테니, 나 때문이라면 걱정 말고 고모한테 연락하기 바란다. ㅠㅠ

그러고 보니 내가 어제 쓰다 만 편지를 식탁 위에 그냥 둔 모양이다. 라 박사한테 미안했다. 지제이가 라 박사에게 화를 냈다니, 무슨 뜻일까. 내가 나간 게 라 박사 때문이라고 생각한다면 지제이가 나의 기대를 알고 있다는 건가?
그리고 발신인 이름이 아닌 번호가 뜨는 문자.

너네 아빠랑 관계만 정리되면 너도 지원을 받을 수 있을 텐데. 전에 들으니까 몇 년 간 집에 안 오고 뭐 그러는 사람은 행방불명 처리를 할 수 있다더라. 아빠만 없으면 소녀가장 될 수 있잖아. 소녀가장 되면 나라에서 지원을 받을 수 있어. 그러면 혼자 살 수 있잖아. 또 알아보고 연락할게.

정우였다. 집 떠나고 싶다는 얘기를 한 적 없는데 어떻게 알았을까. 하긴 내 형편을 안다면 누구든 답답할 테니까. 날 단순히 여러 여자 친구 중의 하나로 생각하는 줄 알았는데 특별한 관심을 갖고 있는 게 분명하다. 정우에게 처음으로 신뢰감이 들었다.

찬미도 나한테 비슷한 얘기를 한 적 있다. 작은집에 사는 게 영 불편하면 나와서 살라고 했다. 소년소녀가장은 나라에서도 돌봐주고 교회나 NGO 단체에서도 관심을 가져준다며. 격주로 두 군데 교회에 나간다는 찬미가 교회 어른들 사귀는 노하우도 일러주었다. 어른 예배에 참석하면 애들하고 마주칠 일 없으니 걱정 말라고도 했다. 처음 들었을 때는 혼자 산다는 게 상상이 가지 않았다. 하지만 내 처지가 조금도 개선될 기미가 보이지 않으니 선택의 폭이 좁아지고 있다.

행방불명 처리는 어떻게 하는 걸까. 인터넷을 찾아보니 5년간 생사가 분명하지 않아야 한다고 되어 있었다. 아빠가 5년 동안 돌아오지 않은 건 맞지만 편지는 보내고 있는데 과연 가능할까? 어쨌든 뭔가 해결책을 찾아봐야 할 것 같다.

전화벨이 울리자 나도 모르게 흠칫했다. 아직 몸이 정상이 아닌지 반응하는 게 평소와 다르다.

"야, 너 핸드폰 생겼으면 나한테 연락해야 하는 거 아냐?"

정우였다.

"어제 찬미랑 마주쳤는데 니 걱정 많이 하더라. 너 요즘 진짜 괴로웠다며. 방학 끝나도 울산으로 안 오고 싶어 한다며. 그래서 내가 어제 그 문자 보낸 거야. 참 연우가 전화하지 않았니? 처음에 너 봤을 때 내가 너 예쁘다고 해서 계속 신경 쓰였대. 그런데 내가 요즘 자기를 좀 멀리한다나. 너 때문인 거 같다며 전화하겠다는 둥 난리더라. 그래서 너 핸드폰 생긴 거 알았어. 걔가 전화기 놓고 화장실 갔을 때 핸편 눌러서 니 번호 땄지."

너스레를 떨던 정우가 갑자기 정색했다.

"그동안 너한테 말 안 했는데 나, 혼자 살아. 그렇다고 고아는 아냐. 우리 부모는…… 말하기 창피하다만 내가 어릴 때 나를 부양할 자격을 상실했대. 아빠가 맨날 술 먹고 들어와서 엄마를 두드려 패고, 엄마는 나중에 정신이 혼미해져 며칠씩 나가서 안 들어오고, 내가 일주일인가 굶어서 죽기 직전에 발견됐대. 아빠랑 엄마가 이혼할 때 친척들이 신청해서 둘 다 친권을 못 갖게 했대. 아이 기를 능력이 없으면 법으로 그렇게 할 수 있대. 나는 어릴 때부터 친척집을 전전하다가 중학교 들어오면서부터 임대 아파트에서 혼자 살게 됐어. 큰아버지가 여기저기 알아봐서 집을 얻어주신 거야."

정우에게 그런 사정이 있었다니 금시초문이다. 늘 깔끔하게 하고 다녀 전혀 눈치채지 못했다. 성희나 연우처럼 철없는 애로 생각했는데.

"처음에는 친척들이 자주 와서 챙겨주니 그런대로 지냈지 뭐."

거기까지 말한 뒤 한숨을 쉬었다.

"중학교 2학년 때 다 알아버렸어. 아빠와 엄마가 무책임한 사람이었다는 거. 그때 분한 마음에 애들 때리고 돈 뺏고 그랬는데, 내가 그러고 살다가는 아빠처럼 되겠다는 생각에 겁이 나더라. 올해 고등학교 입학하면서 겨우 철들었지만 아직 좀 헤매고 있지."

 괜히 겉멋에 건들거리는 줄 알았는데 그런 아픔이 있을 줄이야. 약한 애들 괴롭히지 않기로 스스로 결정하다니 대견했다.

 "친척들이 부모님 얘기를 안 해줘서 나 혼자 상상하고 그랬는데 다 알고 나니까 허탈하더라. 아빠는 알코올 중독으로 요양원에 있다가 세상을 떠났고 엄마랑은 완전히 연락이 두절됐대."

 정우는 남의 얘기 하듯 담담하게 털어놓았다.

 "엄마 찾고 싶지 않아?"

 다른 사람으로부터 그런 질문 받는 건 싫으면서 나도 모르게 물었다.

 "안 만나고 싶어. 아무런 추억도 없는데 뭐. 네 살 때 나를 버렸으니까. 차라리 상상하는 게 낫지."

 나를 버렸으니까, 정우의 목소리는 단호했다. 부디 아빠는 뉴욕에 갔다가 어쩌다 보니 못 돌아온 것이길 바라는 마음이다. 작은 아빠도 그렇게 말하긴 했다. 준비 없이 갔는데 그냥 뉴욕이라는 도시에 마음이 묶인 거라고.

 "너네 아빠가 몇 년 동안 한국에 안 왔다며. 그걸 잘 활용하면 너한테도 길이 생길 거야. 내가 좀 더 알아볼게. 인터넷 찾아보고 전화로 문의도 해봐야지. 구청 민원실 같은 데. 시간이 좀 걸릴 거야."

 정우는 아빠가 나한테 두 달에 한 번씩 몇 줄 안 되긴 하지만 꼬박꼬박 편지를 보낸다는 사실을 알 리 없다.

"작은집에서 영 못 견디겠으면 우선 내 집에 와. 방 두 개야. 어른들이 보호하겠다는 의지가 없는데 니가 붙어 있을 필요 없잖아. 관심 없고 능력 없는 부모보다 국가를 의지하는 게 나아. 애초에 부모가 나를 버렸다는 게 오히려 홀가분해. 기대할 게 없잖아."

 기대할 게 없잖아, 라고 할 때 정우의 목소리가 조금 떨렸다. 그동안 명랑한 척 건방진 척 비뚤어진 척하고 다닌 게 다 외롭다는 항변이었던 거다. 돌아가면 정우와 얘기가 통할 것 같다. 하지만 자칫 위험한 관계가 될 수 있다는 게 흠이다. 둘 다 외로우니까. 작은집에서 못 견디고 정우 집으로 간다면 나는 어떻게 될까.

 정우한테 뭐라고 해야 할지 답이 떠오르지 않는다. 이대로 견디기가 힘들어 뭔가 해결책이 생겼으면 했는데, 드디어 길이 생기는 건가? 예상대로 가고 있다. 찬미처럼 살게 될 것 같은 예감. 찬옥 언니처럼만 안 되어도 우린 다행이다.

"이제부터라도 공부 열심히 하려고. 건들건들 다녀봤자 누가 내 미래를 보장해주는 것도 아니고. 일단 대학에 갈래. 보호받아야 할 대상으로부터 배신당해봐, 두근거릴 일이 없어져. 부모가 놓아버린 내 인생, 내가 책임질 거야."

 정우가 두근거릴 일이 없다고 할 때 한없이 쓸쓸해졌다. 자신의 인생을 책임지겠다는 정우와 친해질 거 같은 예감이 든다. 갑자기 정우가 믿음직스럽다. 나한테 구체적인 방법을 제시한 건 정우가 처음이니까. 그리고 나도 아빠한테 배신당한 거 같으니까.

 정우의 아이디어가 나에게 최후의 돌파구가 될지도 모르겠다.

혼자 산다는 게 어떤 건지는 찬미를 통해 어느 정도 체험했다. 아빠가 영영 돌아오지 않겠다면, 아빠와의 관계를 정리하고 나 혼자 사는 수밖에 없다. 정우와 친해지는 게 솔직히 부담스럽지만 정우가 전해주는 정보를 계속 받을 생각이다.

정우의 얘기를 듣고 보니 다시금 내 처지가 정리됐다. 나를 기다리다 탈진한 지제이 덕분에 잠시 들떴던 마음이 다시 가라앉았다. 다만 음성 메시지를 확인했을 때 정말로 미안한 마음이 들었다. 지제이는 간절한 목소리로 말했다.

"영아, 지금 어디 있니? 빨리 돌아와. 너한테 못한 말이 많아. 꼭 와야 한다. 오늘 7시까지 갈 테니까, 꼭 돌아오기 바란다."

간절함이 내 가슴으로 고스란히 전달되었다.

"어제 너의 얘기 듣고 마음이 아팠어. 우린 너무 투정을 부린 것 같아. 너의 진정한 친구가 될게. 힘내!"

진희의 음성 메시지였다. 진심이 담긴 친구의 말이 마치 우리 사춘기의 마침표라도 되는 듯 정신이 번쩍 들었다.

"너 혹시 정우 오빠랑 같이 있니? 요즘 오빠가 나를 피하는 것 같아서. 영이 니가 자기 이상형이라나 뭐라나. 너랑 정우 오빠랑 다니는 걸 본 애들이 있던데 포기해, 내가 정우 오빠 좋아하니까. 경고했다. 명심해!"

연우였다. 포기해, 처음 들어보는 말이다. 내가 뭔가를 가졌고 그걸 포기하라는 경고를 듣다니. 불량하긴 하지만 우리 학교 최고의 얼짱인 연우가 나를 향해 선전포고 하다니 묘한 기분이다. 갑자기 정우가 대단해 보였다. 내가 질투의 대상이 되다니, 신선한 일이다.

연우에게 아무 걱정 말라는 문자를 보내려다 그만두었다. 나의 마지막 보루가 어떻게 진행될지 모르니 정우의 연락을 계속 받아야 한다. 그리고 정우의 여자 친구는 정우가 선택하는 게 맞다. 내가 핸드폰을 꺼놓은 하루 동안 나한테 보여준 관심들이 고마웠다.

데니스만 침묵이다. 아빠 엄마와 진로를 놓고 지루한 줄다리기라도 하는 걸까? 엄마가 오자마자 나를 잊은 데니스, 미국으로 가면 아빠처럼 무심해질지도 모른다. 미국은 블랙홀일까?

11부 언젠가 꼭 만나게 될 거야

저녁 7시에 돌아온 지제이는 깔끔하게 정리된 방 안을 둘러보더니 쓸쓸한 표정을 지었다. 내가 식탁을 차리자 지제이는 나를 의자에 앉게 한 뒤 빤히 쳐다보았다.

"영아, 방학 끝날 때까지 그냥 중학생처럼 지내. 울산으로 돌아가서 또 하게 되더라도 지금부터 아무것도 하지 말고 게으른 중학생, 말 안 듣는 요즘 아이처럼 지내봐."

아침에 게으른 중학생 기분을 좀 맛봤고 소감을 말하라면 달콤하고 편안했던 건 사실이지만, 아무 일도 못하게 하면 너무 불편할 것 같다. 내 마음을 말하고 싶었으나 지제이의 얼굴이 너무 심각해 잠자코 있었다.

지제이는 자신이 먹지 않으면 내가 안 먹을 것 같아서인지 국을 떠 넣으며 나한테 먹으라는 시늉을 했다. 우린 말없이 밥을 먹었고 둘 다 반 그릇밖에 비우지 못했다. 지제이는 몇 개 안 되는 그릇을 식기세척기에 넣고는 나를 소파에 앉혔다.

"어제 하루가 정말 길더라."

갑자기 나도 모르게 허리를 곧추세웠다. 긴장감이 돌았다.

"어제 알았어. 내가 너한테 강제력이 없는 사람이라는 거. 그리고 영이는 나한테 통보만 하면 된다는 거. 요즘 워낙 세상이 험하니까 오늘까지 영이가 나타나지 않았으면 실종 신고를 했을 거야."

만약 내가 실종되었다면 지제이는 나한테 친절을 베풀고도 곤란에 처했겠지. 지제이는 한숨을 길게 쉬고는 말을 이었다.

"내가 얼마나 무책임한 인간인지 어제 깨달았어. 어쩌면 이게 어떤 끈이 되지 않을까, 그런 기대도 있었을 거야. 괜히 징조니 인연이니 하는 데 기대고 싶었나 봐. 돌아와 줘서 고맙다."

무책임한 건 지제이가 아니라 바로 나 자신이다. 그냥 어디로 사라지면 그만이라고 생각했으니까.

"어제 연락하지 않은 거 죄송해요. 울산에서 친구들이 왔었거든요. 가출이랍시고 했지만 금방 엄마들이랑 연락돼서 돌아갔어요. 김포공항에서 비행기 타고 갔는데 친구들이 떠나자 허전해서 견딜 수가 없었어요. 인천공항 가는 버스를 보고 무작정 탔던 거예요. 선생님한테 연락해야 한다고 생각했지만 인천공항에 가서 그냥 멍해진 거 같아요."

지제이는 한동안 가만히 있다가 뭔가 결심한 듯 말했다.

"그냥 마침표를 찍어야겠다, 그 생각이었어. 뉴욕에 다녀온 사람이 아빠를 한인 타운에서 봤다는 거야. 그랬는데 그 호텔에서 딱 마주쳐 정말 놀랐지. 오프닝에서 매일 생각하면 만날 수 있다는 말, 그거 영이 아빠 생각하면서 한 말 맞아. 마무리 짓지 않아도 5년 동안 연락이 없다면 끝난 거지만 그래도 확인하고 싶었어. 아빠와 헤어지고 나서도 계속 아빠 생각을 했거든. 연락하지 않는 남자를 기억하는 거, 힘든 일이야."

지제이를 만나자마자 그 남자가 아빠였다는 걸 확인했더라면 좋았을 텐데. 이젠 그 얘기를 들어도 덤덤하지만 지제이가 아빠를 잊지 않았다는 건 고마운 일이다.

지제이는 우리 아빠를 처음 만나던 날 깜짝 놀랐다고 한다. 초등학교 3학년 때 돌아가신 지제이의 아빠와 우리 아빠가 너무 닮아서.

"문준 박사를 만난 날 운명 같은 게 느껴졌어. 자주 만나 친해졌다 싶었는데 아빠 마음은 늘 그 자리였어. 더 친해지려고 영이도 보자고 한 거야. 아빠는 술을 좀 마시면 자신은 결혼할 자격이 없는 사람이라는 말만 했어. 모든 게 불안정하다고."

모든 것을 구성하는 요소 중에 내가 가장 컸을 테지.

"우린 왜 늘 그 자리냐고 물었더니 아빠가 그냥 부담 없는 친구로 지내자고 하더라. 내가 먼저 헤어지자고 했고, 얼마 후 아빠가 뉴욕에 갔다는 걸 알았어. 배신감과 허무함 때문에 많이 힘들었지. 마침표를 찍고 싶은 마음, 이해할 수 있겠니?"

고개를 끄덕였다. 사람은 누구나 확인하고 싶어 하니까. 특히 매우 중요한 일이라면. 나는 아빠가 미적거린 것이 이해되어 가슴이 싸아했다. 아빠가 초등학교 3학년 때 나한테 했던 말이 떠올랐다.

"아빠가 사랑하는 사람들한테 해줄 수 있는 게 너무 없어. 그래서 마음이 아파."

그때 나는 사랑하는 사람들, 이라는 단어에 주목했다. 한 사람은 나이고 또 한 사람은 며칠 전에 만났던 그 아줌마일 거라고.

"사랑은 뭘 해주는 게 아닌데, 함께 있으면 되는 건데, 짐을 나누는 게 진짜 사랑인데……."

지제이의 말에 흠칫 놀랐다. 나도 그렇게 생각했기에.

"아빠가 예전에 우리 방송에 패널로 출연할 때 미국의 비트 문화를 소개한 적이 있어. 1950년대에 시작된 미국의 사회 문화 운동이라는데, 비트족은 관습적이고 획일적인 사회에서 벗어났다는 걸 보여주려고 허름한 옷을 입고 다녔대. 비트족은 정치나 사회 문제에 별로 관심이 없었대. 또 고도의 감각적 의식을 통해 개인적인 해방을 주창했대. 쉽게 풀이하면 높은 자리나 부자가 되는 일에 욕심내지 않고 편하게 살고 싶다, 그런 얘기지. 아빠가 뉴욕에서 사는 모습을 보니까 비트족이 생각나더라. 아빠는 팽팽하게 돌아가는 대한민국 사회가 끼어들 틈을 안 주니까 미국에 갔다가 그냥 잡고 있던 끈을 탁 놓아버린 것 같아. 세계의 중심 도시에서 오히려 변방인으로 살겠다는 결심을 해버린 거지. 뉴욕 맨해튼에 가면 어쩐지 그렇게 하고 싶은 마음이 들어. 세계 최고의 문화

도시가 사람을 묘하게 매료시키거든. 세계의 중심에 왔는데 뭐가 더 필요한가 그런 생각과, 조금만 다가가면 판도라의 상자에서 희망을 불러낼 것 같은 기분, 그런 게 막 혼합되나 봐. 나중에 뉴욕에 가면 영이도 그런 기분 느끼게 될 거야."

정말 가게 된다면 마음을 단단히 부여잡고 똑똑히 지켜봐야겠다. 뉴욕에 마음이 사로잡히면 안 되니까.

"바에 저녁마다 모이는 한국 사람들 중에 마음이 뉴욕에 들러붙어 못 돌아오는 사람들이 많은 거 같더라. 한국에서 멀쩡하게 미술 선생 하던 분은 거리에서 그림 그리는 일을 한대. 비싼 학비 때문에 대학원을 포기했다는 무용 학도는 식당에서 서빙을 하면서도 뉴욕 공기가 달콤해 귀국하기 싫다더라. 어떻게든 살아남을 거라고 하면서. 뉴욕은 특히 창작하는 사람들의 마음을 훔치는 곳이야. 화가, 패션 전문가, 포토그래퍼, 글 쓰는 사람들…… 영화 하는 사람들은 더 그렇지. 뉴욕 거리는 세트장이나 마찬가지니까. 거의 영화에서 봤던 장소야. 나 같은 보통 사람도 5번가의 화려한 패션 스토어, 소호 거리, 브로드웨이의 뮤지컬 공연장, 그런 데 갔을 때 막 스며드는 기분이 들더라. 어마어마한 박물관과 갤러리도 엄청나게 많고. 뉴욕의 이상한 마력이 사람들에게 본거지를 잊게 하나 봐. 현대를 떠도는 유목민, 노매드족으로 만들어버리는 거지. 솔직히 그런 삶을 선택하는 것도 용기지."

유목민, 사회 시간에 배웠다. 가축을 데리고 목초지를 떠돌며 이동 생활 하는 민족. 뉴욕의 작은 방을 지키느라 꼼짝도 못하는 아빠가 왜 유목민이고 뭐가 용기인지 이해는 안 가지만, 뭔가 알 것 같기도 하다. 발걸음이 떨어지지 않아 뉴욕에 있지만 마음은 세계를 떠도는 뭐 그런 거.

"아빠하고 특별히 나눈 얘기는 없어. 확인한 건 아빠도 아직 나를 못 잊고 있다는 거, 그건 직감으로 알 수 있거든. 돌아오는 비행기에서 나도 아빠를 잊기 힘들 거라는 걸 깨달았어. 하지만 거기까지야. 아빠한테 한국으로 돌아오라고 할 순 없어. 그건 아빠가 결정해야 할 문제니까. 뉴욕에서 자유로워 보이는 아빠가 서울에 와서도 그럴 수 있을지 알 수 없으니까. 사랑만으로 모든 게 해결되진 않아. 사랑한다면 상대방을 배려하고 강요하지 말자는 것, 그게 내 서른아홉의 결론이야. 그리고 서른아홉에서 삶이 끝나는 것처럼 호들갑 떠는 일, 이제 안 할래. 그래도 서른아홉은 무지 복잡해."

배려를 사랑이라고 생각하는 남자가 답답했다던 지제이는 이제 사랑하니까 배려해야 한다고 말한다. 아, 사랑은 너무 많은 얼굴을 가졌다. 대체 결론이 뭔지 아리송하기만 하다.

"영이 아빠가 뉴욕으로 간 다음 여전히 아빠가 마음에 남아 있는 데다 바쁘다 보니 새롭게 누굴 만날 틈이 없었어. 그렇게 몇 년이 흐르니까 뭐든 억지로 하지 말자는 생각이 들더라. 예전에는 내 생각대로 안 되면 안달복달했는데 이제는 순리대로 가고 싶어. 마음이 쌓이면 언젠가 만나게 되겠지. 아빠에겐 아빠의 삶이 있다는 걸 인정하자. 삶이 고이면 헤쳐 나갈 지혜도 덩달아 고이겠지."

지제이가 그동안 아빠 얘기를 하면서도 들뜨지 않은 이유를 알 것 같다. 아빠 마음을 확인했으니 언제가 되든 그날을 기다리기로 했고, 그래서 나를 받아들인 거다.

여기서 나는 어떻게 해야 하나. 아빠는 언제 돌아올지 모른다. 나는 너무 오래 기다렸다. 사회적으로 말하는 내 성장의 시기는 4년밖에 안 남았다. 내가 성인이 되었을 때 아빠가 돌아온다면? 무작정 반기진 않을 거 같다. 나는 이미 오래전에 지쳤다. 정우에게 자세히 알아보라고 말하는 것 외에 다른 방법이 생각나지 않는다.

지제이가 아빠를 기다린다니 마음이 따스해진다. 나한테 그걸 확인시켜준 지제이가 고맙다. 라 박사같이 멋진 사람이 꽃을 들고 찾아와도 아빠를 기다리는 지제이. 하지만 마음을 쌓다가 무너지면 어떡하나. 고인 삶이 새기 시작하면 무슨 수로 막나. 아빠는 대체 무슨 자신감으로 버티는 걸까.

지제이는 자신의 방식대로 아빠를 기다리면 된다. 끝이 어떻게 될진 모르겠으나 아빠를 기다려줄 사람이 있어 다행이다. 더 이상 내가 기다리지 않아도 되니.

역시 어른은 인내심이 강하다. 오래 기다리고도 또 기다리겠다니. 내 인내심은 동이 났다. 무엇보다도 참고 기다리는 게 아빠에게 무슨 의미가 있을까. 물론 나에게도. 모쪼록 지제이에게 지혜가 고여 고통스럽지 않기를 바랄 뿐이다.

기다림.

사실 그 순간 아빠보다 데니스가 먼저 떠올랐다. 나는 데니스를 기다릴 수 있을까. 아니, 데니스는 내가 기다리는 걸 원할까. 내 마음을 잡은 첫 번째 남자.

"내가 마지막에 영이 아빠한테 헤어지자고 한 걸 두고두고 후회했어. 아빠 입장에서는 내가 그렇게 나오면 받아들일 수밖에 없는 상황이었으니까. 내가 마지막까지 절대 헤어질 수 없다고 했더라면 어땠을까, 그런 후회를 많이 했어."

지제이는 아쉬움이 남는지 한숨을 푸 쉬더니 마침표를 찍듯 말했다.

"나에게 지금껏 영이 아빠를 기억하게 하는 힘은 뭘까 생각했어. 처음에 무작정 빠져들었으면 아마 오래 못 갔을 거야. 영이 아빠한테서 우리 아빠를 느꼈고, 영이 아빠는 진실한 분이니까 지금까지 이어온 거지. 아빠는 그런 존재잖아. 언제나 보고 싶은 사람, 언제까지든 나를 믿어주는 사람, 그리고 언제까지든 변치 않아야 할 사이. 그렇다고 사랑과 부성을 혼동하는 건 아냐. 내 사랑의 색깔은 나만의 기억으로 채색되는 거니까."

나는 아무 대꾸도 하지 못했다. 아빠를 5년이나 못 봤다. 어른에게 5년은 짧은지 모르지만, 나에게는 너무 길었다. 그런데 앞으로도 기약이 없다. 이제 아빠가 나를 믿는다는 생각도 들지 않는다. 이제 지제이와 나는 통하지 않는다.

쉬 잠이 오지 않는다. 먼 훗날 아빠가 돌아왔을 때 지제이는 내 엄마가 될지도 모른다. 그게 내게 무슨 소용이 있을까. 난 지금 폭발할 것만 같은데. 오랜 세월을 견뎌서라도 만나는 것이 의미 있다면 두 사람에게 그런 날이 오길 기도할 뿐이다.

나는 이제 내 살 길을 찾아야 한다. 지금은 정우가 아빠보다 훨씬 필요한 인물이다. 지제이도 데니스도 내게 잠깐 나타난 요술할멈과 왕자일 뿐이다. 정우야말로 선녀도 아닌 내게 나무꾼이 되어줄 현실적 대안이다.

이 모든 것이 한여름 밤의 꿈처럼 느껴졌다. 김 작가가 피곤이 풀리고 배부르면 우울증이 사라질 거라고 했지만 꼭 그런 것 같진 않다. 머리가 복잡하면서 아무 의욕도 없는 것, 이미 나는 우울증 환자인지도 모른다. 다행히 어제 제대로 못 잔 잠이 나를 툭툭 건드렸다. 빨리 꿈속으로 들어오라고.

따뜻한 침대에서 아직 잠이 덜 깼을 때 맛있는 냄새가 코끝을 간질이는 일, 그게 내가 꼽는 최고로 행복한 순간이다. 아빠가 뉴욕에 가기 전의 아침은 늘 그랬다. 전기밥솥에서 슉슉 새어 나오는 밥이 익는 소리, 구수한 된장찌개와 매콤한 김치볶음, 나물에 톡 떨어뜨린 참기름의 고소함과 생선 굽는 냄새, 누워서 다 구별할 수 있었다.

잠이 덜 깨었는데 맛있는 냄새가 난다. 3학년 때 꿈을 꾸는 걸까? 그런데 나는 지제이의 침대에 누워 있다. 아빠가 온 것도 아닐 텐데, 그렇다면 한심한 노처녀가?

정말로 지제이가 앞치마를 두르고 주방에서 분주하게 움직이고 있었다.

"어, 뭐 하시는 거예요? 거긴 제 영역인데……."

"어제 내가 경고했다. 중학생답게 지내라고 했지. 니가 기절하는 불량 오뎅탕은 아니니까 기대해."

지제이는 어제의 무거운 분위기를 깔끔히 털어버리고 한심한 노처녀로 되돌아가 있었다. 지제이가 아침부터 열심히 만든 음식은 양파두부조림이었다.

"이거 굉장히 유명한 요리사가 소개한 거야. 두부를 올리브오일로 구워내고 양파를 볶아. 두부와 양파를 한데 넣어 국물을 조금 부은 다음 양념장을 끼얹어서 자작자작 끓이는 거지. 참, 영이가 만들어놓은 국물을 부었어. 먹어봐. 양념장도 인터넷에 나온 대로 딱 맞춰서 만들었어."

국물이 달콤하면서 간이 딱 맞았다.

"양파에서 나온 단맛이 상큼해요. 맛있어요."

지제이가 만든 요리는 양파두부조림 하나이고 나머지는 내가 만든 밑반찬이지만 정말 맛있다. 엄마가 해준 음식을 먹은 아이의 든든함을 알 거 같아요, 속으로 그렇게 읊조려보았다. 나는 겨우 고마워요, 라고 말했다.

"요리할 생각을 안 했는데 영이가 하는 거 보고 용기 낸 거야. 앞으로 요리책이나 인터넷 보고 만들어 먹을 거야."

"제가 떠나더라도 꼭 해서 드세요."

"알았어. 다음에 오면 화려한 상을 차려줄게. 오늘 나랑 방송국

가자. 울산으로 돌아가기 전에 방송국 구경해야지. 일부러 견학 오는 애들도 있는데……."

3주 동안 지제이는 한 번도 나를 방송국에 데려가지 않았다. 왜 못 데려가는지 알지만 조금 섭섭했던 게 사실이다. 혹시 내가 가서 누가 되는 건 아닌지 걱정되지만 솔직히 방송국에 가보고 싶었다. 하지만 지제이 차에 올라타자마자 걱정이 앞섰다. 개편 때 프로그램이 없어지는 우울한 상황에서 내가 가도 되는 건지.

김 작가가 깜짝 놀라며 우리를 맞아주었다. 방송국에 잘 안 나온다더니 지제이가 개편 때 불이익을 당할까 봐 착실히 출근하는 것 같았다. 같이 프로그램 준비하는 분들이 나를 보며 누구냐고 묻자 김 작가가 조카구나, 라고 했고 대충 그렇게 넘어갔다.

방송이 시작되자마자 나의 존재는 까맣게 잊을 정도로 다들 바빴다. 생방송은 숨가쁘게 진행되었다. PD가 전체 지휘를 하는 가운데 기계를 조작하는 기술 요원, 전문가들과 청취자들을 전화로 연결하는 작가, 모니터에 계속 올라오는 청취자들의 반응까지 살피면서 원고를 읽는 디제이, 모두가 제 역할을 정교하게 해냈다. 내가 넋을 잃고 바라볼 때 김 작가가 애석해하며 말했다.

"내일 소녀시대 나오는데…… 오늘은 연예인 출연이 없는 날이네. 영이 섭섭하게 됐다."

소녀시대 유리한테 사인 좀 받아달라던 모니카가 떠올라 좀 아쉬웠지만 지제이가 방송하는 모습을 직접 보는 것만으로 만족이다. 오늘의 주요 사건을 짚고 경제 전문가와 경제 현안을 전화로 논하는 지제이가 정말 멋있다. 막힘이 없다. 저렇게 유능한 디제이 대신 아이돌을 저 자리에 앉힌다니 새로 온 국장은 아무래도 중대한 실수를 하는 거 같다.

아빠도 스튜디오에서 지제이를 지켜봤으니 반하지 않을 수 없었을 거다. 멋진 지제이가 좋아해주는 것만으로도 아빠는 행복했겠지. 그리고 가까이 온 행복을 발견했을 때 준비된 게 없어서 당황했음이 분명하다.

3부 '세계를 가다'의 통신원 연결은 마침 뉴욕이었다.

"지금 뉴욕은 새벽일 텐데, 피곤하지 않으세요?"
"방송 있는 날은 재즈 클럽에서 노래하고 춤추면서 생기발랄한 목소리로 기다린답니다."

혹시 아빠가 있는 재즈 클럽일까, 그 생각을 하다가 스튜디오로 들어서는 사람을 보고 깜짝 놀랐다. 라 박사였다.
"아니, 어떻게 된 거야. 너 어디 갔다 왔니?"
라 박사가 작은 소리로 말했지만, 다른 작가가 어떻게 아는 사이냐며 호기심 어린 눈으로 우리를 쳐다봤다. 이번에도 김 작가가 나섰다.
"어떻게 알긴. 라 박사님이 저번에 나랑 지서영 씨한테 밥 살 때 영이도 데리고 나가서 알게 된 거지."

고개를 끄덕이던 다른 작가가 왜 나는 빼놓았느냐고 항의하자 라 박사가 또 사면 되죠, 라며 웃었다. 김 작가는 집에서 볼 때랑 딴판이다. 사태 파악을 하고 바로 해결책을 마련한다. 라 박사가 눈짓으로 괜찮냐는 시늉을 해서 고개를 끄덕여 주었다. 지제이와 얘기를 나누다가 아빠의 존재를 알게 된 건 아니겠지. 훤칠하고 멋진 라 박사가 왠지 측은해 보였다. 멀리서 아무 노력도 하지 않는 아빠가 가까이에서 정성을 다하는 라 박사를 이겼다. 사랑은 정성과 정비례하지도 않고, 한 개도 아니고, 뒤죽박죽이다. 사랑을 다 알긴 힘들겠어!

지제이와 라 박사가 아무 일도 없었다는 듯 활짝 웃으며 연애 심리를 논할 때 삶이 냉정하다는 걸 확인했다. 지금 지제이와 라 박사는 사랑과 일을 확실히 구별하여 대처하고 있다.

"사람 마음은 법칙대로, 뜻대로 움직여지지 않는가 봐요."

지제이의 말에 라 박사가 약간 한숨을 섞어 말했다.

"그러게요. 심리를 전공하고 심리 분석을 계속하고 있지만 알 수 없는 게 사람 마음입니다. 가장 안전한 상대는 내가 어떤 상황일 때도 받아주고, 천지가 두 쪽이 나도 나를 구해주는 사람입니다. 흔히들 내가 좋아하는 사람보다 나를 좋아하는 사람을 택하라고 하는데 맞는 말입니다. 이성을 마비시킬 정도로 매혹적인 사람에게 끌리더라도 푸근하고 편안한 사람을 선택하는 게 실패할 확률이 적습니다. 문제는 나는 각오가 되어 있는데 상대가 외면할 때 발생하죠. 제아무리 정성을 다해도 받아주지 않는 사랑, 사랑은 정성과 결코 정비례하지 않는 매정하고 독한 속성을 갖고 있습니다. 오죽하면 생텍쥐페리 선생께서 내가 좋아하는 사람이 나를 좋아해주는 걸 기적이라고 했겠습니까."

아슬아슬하다. 김 작가의 눈이 점점 커졌다. 라 박사는 방송을 통해 지제이에게 마음을 털어놓기로 작정한 듯하다.

"안전한 사랑이냐, 이성을 마비시키는 매혹이냐, 매혹 쪽이 예술의 원동력이 되었고 인류 역사를 진전시킨 재료죠. 여러분들은 안전과 매혹 사이에서 어떤 선택을 하시겠습니까. 부디 지신오 가족들에게는 생텍쥐페리의 기적이 일어나길 기도하겠습니다. 오늘 라 박사님의 심리 분석이 지신오 가족들의 가슴을 아련하게 했을 거 같네요. 다음 시간에도 흥미로운 얘기 전해주세요."

두 사람은 환하게 웃으며 방송을 끝냈고, 음악이 나올 때 얼굴이 벌겋게 상기된 라 박사가 스튜디오에서 서둘러 나왔다. 스태프들에게 인사하고 나가다가 나에게 브이 자를 그려 보였다. 복잡한 심경일 텐데도 나에게 힘을 주려는 라 박사를 보니 마음이 아팠다.

"여러분, 마음에 담고 있는 말이 있습니까? 고백하세요. 사랑하는 사람에게 사랑한다고, 미안한 사람에게 미안하다고, 속 시원히 전하세요. 인생은 그리 길지 않습니다. 하고 싶은 일 하면서 살아야죠. 내일까지 '고백하기 숙제' 다 하기예요. 힘든 고백 했을 때의 반응을 사이트에 올려주세요. 내일 방송 때 인상적인 내용을 소개해드리고 상품 팍팍 쏩니다. 지신오, 오늘도 여러분의 가슴에 불을 질렀나요? 가슴의 불을 좀 식히시라고 씨스타의 〈쏘쿨〉 띄웁니다. 〈지서영의 신나는 오후〉, 내일 더 뜨겁게 찾아오겠습니다."

지제이가 마지막 멘트를 끝내고 나오자 PD가 그랬다.

"지서영 씨 방송은 늘 들어도 속 시원해. 새로운 국장이 무리수를 두는 거 같아. 어린애한테 마이크 맡긴다고 무조건 젊은 방송되나? DJ만 바꾸는 게 아니라 우리 같은 노땅 PD도 다 새벽으로 보내버린대."

지제이는 PD의 말에 뭔가 생각하는 듯하다가 마치 오프닝을 하듯 톤을 높여 말했다.

"박 차장님, 새벽에 생방송해서 일 한번 내 볼까요? 새벽 방송은 대개 녹음인데 우리가 생방송으로 새벽을 깨워볼까요? 혹시 일하겠다는 DJ 없으면 불러주세요."

"새벽에는 돈을 많이 못 주는데, 비싼 지서영 씨가 할 수 있겠어?"

"일을 계속하는 게 중요하죠. 새벽에 불러주신다면 열심히 하겠습니다."

지제이의 말에 김 작가가 슬쩍 눈가를 닦았다.

방송 마치고 김 작가가 우리를 종로타워에 있는 퓨전레스토랑 탑클라우드로 데려갔다. 33층, 정말로 구름 위에 떠 있는 기분이었다. 사방으로 서울의 아름다운 야경이 펼쳐졌다. 김 작가가 나한테 밥 얻어먹은 턱을 내는 거라고 할 때 지제이는 영이 덕에 맛있는 거 먹어서 고맙다고 했다. 몇 접시 먹은 후 후식을 가져왔을 때 김 작가가 드디어 내일 집에 돌아간다고 했다.
　"남편과 나의 만남이야말로 생텍쥐페리가 말한 기적적 상황이야. 우린 둘이 동시에 좋아했거든. 게다가 남편도 나도 첫사랑이야. 승윤이한테 잘할래. 문제 많은 부모가 문제아를 만든다잖아. 요즘 승윤이랑 문자 주고받는데 집에 들어가도 문자 하고 메일 보내고 그래야겠어. 시어머니한테도 잘하고."
　지제이는 연신 잘했다며 고개를 끄덕였다.
　문제아, 에서 딱 걸렸다. 문제 많은 부모와 문제아, 아빠와 나의 관계이다. 내가 작은아빠 집을 나가 독립한다면 문제아가 된 나는 문제 아빠와 동급이 된다. 그렇다면 찬옥 언니는 문제 부모가 아예 없으니 문제아가 아닌 건가?
　"너 새벽 프로 맡으면 나도 열심히 원고 쓸게. 너 좌절할까 봐 걱정했는데 역시 지서영이다. 열심히 해서 새벽을 깨워보자."
　김 작가 말에 지제이가 살짝 눈을 흘겼다.
　"대낮에도 안 나오면서 새벽에 나오겠다고? 말이라도 고맙다. 생방송하면서 언제 좀 쉬어보나 생각했지만 마음에 안 든다고 마이크 놓았다가는 영영 사라질 수도 있어. 나 하나 사라진다고 누가 신경이나 쓰겠어? 방송하고 싶은 내가 자리 지켜야지. 방송을 하고 있어야 기회가 또 올 거 아냐."

추락이 아닌 진정한 상승, 새벽 방송으로 옮겨 가서 잠시 숨을 고르기로 한 지제이의 행보. 나는 마음속으로 박수를 보냈다.

돌아오는 길에 이제 김 작가도 라 박사도 다시 만날 수 없을 거라 생각하니 좀 쓸쓸했다. 지제이 역시 다시 못 만날 수도 있다. 아빠와 5년이나 못 만나고 있는데 대수로울 일이 뭐 있겠냐만.

데니스는 여전히 연락이 없다. 기분 좋은 하루였는데 데니스를 생각하니 마음이 무거워졌다. 인생이란 롤러코스터를 탄 듯 한껏 올라갔다가 곤두박질치는 일의 되풀이다. 올라갈 때 너무 붕붕 뜨지 말고, 고꾸라질 때 너무 절망하지 않기. 데니스와 나는 시작하지 않은 건지도 모른다.

지제이가 캐모마일 차를 만들어 왔다. 어느 틈엔가 지제이가 나한테 해주는 것이 많아졌다. 지제이가 뜻밖의 말을 했다.

"울산 작은아빠한테 전화 드려야 할 것 같아. 내가 널 데리고 있다고 말씀드려야겠어."

많이 생각한 거 같았다. 쉽지 않은 일일 텐데. 좋아하는 사람의 동생한테 전화하는 건 참 애매한 일일 거다. 내가 작은아빠 핸드폰 번호를 알려주었을 때 지제이는 번호를 누르고 잠깐 심호흡을 했다. 내가 더 떨렸다.

"안녕하세요, 저 지서영입니다…… 놀라셨죠…… 영이가 지금 저희 집에 와 있습니다…… 빨리 연락드리지 못해 죄송합니다…… 방학 마칠 때쯤 울산으로 보내겠습니다…… 한 번도 뵙지 못하고 말씀만 들었는데, 불쑥 전화를 드리게 되었네요…… 네, 영이 바꿔드릴게요."

지제이가 나한테 전화기를 넘겼다. 작은아빠는 정말 놀란 것 같았다. 내 소재를 3주 가까이 파악하지 못했다는 사실보다 지제이가 전화했다는 사실이. 작은아빠는 대체 어떻게 된 일이냐고 했다. 그러더니 불쑥 지난번에 전화했을 때 거기 가 있다는 말을 왜 안 했느냐고 했다.

"내가 무슨 말 하기도 전에 작은엄마한테 전화하라고 하셨잖아요. 작은엄마한테 전화하니까 차 타는 중이라며 작은아빠한테 전화했으면 됐다고 하셨구요."

작은아빠는 그제야 그때 상황이 생각나는지 미안해했다.

"아, 그랬구나. 작은엄마랑 얘기 잘한 줄 알았네. 사는 게 바쁘다 보니. 미안하다, 영아. 언제 올 거니? 혁이하고 욱이가 누나 많이 찾는데…… 내가 양계 사업을 하기로 했어. 선배가 갑자기 중병에 걸려서 나한테 싸게 넘긴 거야. 규모가 커서 혼자 하기 힘들어 여러 가지 방도를 찾는 중이다. 울산에서 한 시간 떨어진 덴데 다음 주 월요일에 가서 당분간 거기 상황을 파악하려구. 그러니 그 전에 돌아와라."

작은아빠한테 곧 가겠다고 말하고 전화를 끊었다. 작은아빠는 끝까지 어벙벙한 목소리였다. 다음 주 월요일이면 닷새 남았다.

모레 가야 할 것 같다. 어쨌든 작은아빠 댁에 있는 동안은 가족들과의 약속을 지켜야 하니. 이제 여기 있을 날은 오늘까지 포함하여 딱 3일 남았다.

지제이는 얼굴이 빨갛게 상기되어 있었다. 좀 겸연쩍기도 하고 뭔가 큰일을 해낸 기분일 것 같다.

여름방학 동안 나에게 아무 일도 생기지 않았고, 결국 울산으로 돌아가야 한다. 애초에 생각했던 최악의 시나리오대로 진행되게 될 것 같아 아뜩하다. 정우가 제시한 방안이 나에게 하나 남은 카드이고, 그게 최선의 선택이 되는 건가.

"저 토요일에 가야 할 거 같아요. 작은아빠가 새로운 일을 시작하신대요."

"섭섭하네. 한 달도 안 됐는데 아주 오래 산 것 같아. 네가 워낙 획기적으로 등장해서 매일매일을 새롭게 했으니."

나에게도 새롭고 즐거운 날이었다. 이제 곧 잿빛 아가씨로 돌아간다는 게 쓸쓸하긴 하지만.

설핏 소파에서 잠이 들었는데 핸드폰이 울렸다. 긴 번호가 떴다. 비현실적이게도 아빠였다.

"영아, 잘 지냈니?"

작은아빠가 너무 놀라서 뉴욕으로 전화를 한 게 분명하다. 내가 어떻게 해서 지제이 집에 오게 되었는지 설명하자 아빠는 가늘게 한숨을 쉬었다.

"나는 영이가 늘 씩씩해서 잘 견디는 줄 알았지. 아니, 잘 견디 길 바라는 마음이었지. 우리 딸은 사춘기도 현명하게 넘길 거야, 이렇게 이기적으로 생각하면서. 작은아빠가 집 안 형편이 어려워 졌고 영이가 고생 많았다고 하더라. 아빠한테 그런 말을 안 해 몰랐지."

남의 집에 맡겨놓으면 저절로 말 못하는 아이가 돼요, 라고 말하고 싶은 걸 꾹 참았다.

"우리 딸한테 미안해서 전화를 할 수가 없더구나. 영이가 질문하지 않고 재촉하지 않아서 잘 지내고 있겠거니 했는데, 그런 게 다 영이를 아프게 했겠지."

그러면서도 끝내 아빠는 언제 오겠다, 앞으로 어떻게 하겠다, 는 얘기를 하지 않았다. 지제이에 대해서도 묻지 않았다. 지제이가 얼마나 갑갑했을지 짐작이 갔다. 지제이를 사랑하기나 한 건가요? 라고 묻고 싶은 마음이 치밀어 올랐다.

"지금은 아빠가 무슨 약속을 하진 못하지만 생각은 많이 하고 있어. 영이가 얼마나 답답했으면 거기까지 찾아갔을까 생각하니 정말 마음이 무겁다. 많이 생각하고 있으니까 조금만 더 기다려. 아빠를 이해해주기 바란다. 아빠한테 뭐 할 말 없니?"

아빠는 할 말을 다 했다는 뜻이다. 정말 묻고 싶은 걸 물을 수 없을 때는 무슨 말을 해야 하나. 그 순간 나도 모르게 불쑥 튀어나왔다.

"아빠는 『잠언』을 어떤 책이라고 생각하세요?"

역시 아빠는 내가 질문한 의도를 금방 간파했다. 대학 강사에다 문화 평론가였으니까.

"흠,『잠언』은 부모들도 꼭 읽어야 할 책이지. 지키지 못해도 알고는 있어야 하니까……."

아빠가 또 한숨을 쉬었다. 아빠도『잠언』읽고 가슴이 아팠구나. 부전여전, 우린 어쩔 수 없는 부녀지간이다.

"미안하구나."

아빠는 끝내 지제이에게 안부 전하라는 말을 하지 않았다. 더 이상 참을 수가 없었다. 나는 곧 내 갈 길을 마련할 계획이지만, 그리고 4년만 참으면 어른이 되지만, 지제이는 앞으로 얼마를 더 기다려야 하나. 아빠는 대체 무슨 자격으로 자신을 기다리는 사람들을 외면하는 건가.

"아빠, 지서영 아줌마는 어찌실 거예요? 제가 서울에서도 가출을 하는 바람에 지서영 아줌마가 굉장히 놀랐고, 그래서 저한테 마음을 털어놓았는데요, 아빠를 기다리겠대요, 언제까지든. 저는 아빠 안 기다리고 제가 알아서 살 거예요. 근데 지서영 아줌마는 아빠를 기다리겠대요. 어떠하실 거예요?"

그렇게 말하는데 숨이 컥 막혔다. 아빠는 길게 한숨만 쉬었다. 한숨 소리에 더 화가 났다.

"아빠, 저 작은아빠 집에서 나갈 거예요. 나라에서 혜택을 받으려면 고아가 되어야 해요. 아빠가 뉴욕에 그렇게 계속 계실 거면 저랑 정리를 해주세요. 도와주는 오빠가 있는데요, 지금 구체적으로 알아보고 있어요. 아빠가 나를 딸이 아니라고 해주면 제일 정리가 빠를 거 같아요. 제가 소녀가장이 되는 게 지금보다 훨씬 나아지는 길이에요. 나라에서 돈도 주고 주변의 도움도 받을 수 있어서 생활 형편도 나아지고 마음도 편해질 거예요. 혁이와 욱이가 나 때문에 불편하게 사는 것도 미안하고 얹혀사는 것도 더 이상 못하겠어요."

아빠의 대답을 기다리지 않고 바로 전화를 끊었다. 가끔 작은아빠 집으로 전화를 하긴 했지만 주로 편지로 존재를 알린 아빠는 나한테 실재한다기보다 박제된 인물이었다. 이럴 생각은 아니었는데 나도 모르게 흥분해버렸다. 지제이를 생각하다가 화가 치미는 바람에. 친구들이 아빠한테 협박하라고 했는데 결국 그렇게 하고 말았다. 무엇보다도 지제이의 마음을 알리고 싶었다. 그게 나를 진심으로 대해준 지제이에 대한 보답이니까.

마음이 복잡했다. 의도한 건 아닌데 여러 가지 얘기를 해버렸다. 아빠는 더욱 복잡하겠지. 띠링, 문자가 들어왔다.

세종문화회관 앞으로 6시 30분까지 와. 멋진 공연 볼 거니까 예쁘게 하고 와.

지제이였다. 아빠가 결국 돌아오지 않는다면 내가 어른이 되어 지제이에게 어떤 식으로든 은혜를 갚으리라.

지하에 있는 수선집에 가서 교복을 딱 붙고 짧게 만들어버렸다. 이제 더 이상 망설일 필요가 없다. 교복 수선이 새 출발의 신호탄이다. 교복을 입고 세종문화회관 앞에 서 있자 지제이가 바쁘게 달려왔다. 딱 5분 지났을 뿐인데 지제이가 미안해했다.

"간단하게 샌드위치 먹고 7시부터 공연 보자. 이 동네에 온 기념으로 공연 하나는 봐야 할 거 아니니. 근데 교복 수선했니? 와, 타이트하네."

지제이는 불량 학생 보듯 앞뒤로 살펴봤다. 예쁘긴 하네, 라고 말하는 목소리에 좀 힘이 없었다. 엄마가 아니니 단을 더 내리라고 할 자격이 없는 지제이. 우린 이제 각자 새 출발을 하면 된다.

지제이는 나를 위해 여름방학 청소년 음악회 〈썸머 클래식〉을 선택했다. 웅장한 극장과 아름다운 선율이 지제이의 사랑과 함께 내 마음에 아로새겨졌다. 하지만 음악이 끝나자 가슴속으로 안개가 자욱 밀려들었다. 이제 더 이상 아빠한테 편지를 보내지 못할 거 같다. 그래서 이 아름다운 밤도 전할 수 없다. 마음이 울적했지만 더 이상 아빠에게 친절할 수 없다. 이제 기대하지 않을 테다.

친구들은 잘 지내고 있을까? 진희는 어떻게 되었을까. 아마도 진희 엄마와 장총각은 자신들의 사랑을 수면 밑으로 완전히 가라앉혀 진희가 눈치채지 못하게 하겠지. 진희는 그 어느 때보다 행복하겠지. 부디 진희가 사춘기를 무사히 통과하고 난 후에 진희 엄마가 사랑 선언을 하면 좋겠다.

모니카는 기타를 잘 배우고 있을까? 모니카한테 전화를 걸었다. 만에 하나 내가 진희한테 말실수를 해서 진희 엄마와 장총각의 사랑을 발설하면 안 되니까. 모니카는 바람 빠지는 풍선처럼 푸시시 힘없는 목소리를 냈다.

"나 원점으로 돌아왔어. 엄마가 꼬시는데 그냥 넘어갔지 뭐. 겨울방학 때 엄마가 서울에서 제일 잘하는 성형외과에 데려가 쌍꺼풀 해준대. 앞트임에다 뒤트임까지 해서. 대신 눈꺼풀 처진다고 쌍꺼풀액 쓰지 말래서 요즘 완전 찐따처럼 하고 다녀. 과외는 그대로 다 하고 재즈 피아노 선생이 한 명 추가됐어. 엄마가 새로 기타 배우는 거 어려우니까 기왕에 칠 줄 아는 피아노를 활용하라고 해서. 재즈피아노 렛슨 받느라 노는 시간이 더 줄었지 뭐야. 그래도 겨울에 예뻐질 거 생각하면서 참고 있어."

모니카는 수술하고 나면 이전 사진은 다 없앨 거라고 했다. 누가 어릴 때 사진 어디 갔느냐고 하면 이사 다니면서 잃어버렸다고 할 거라나.

"요즘 연예인들 어릴 때 사진 때문에 수난당하잖아. 그래서 엄마들이 애들을 중학교 때 다 수술시켜버린다잖아. 엄마가 등빨도 걱정 말래. 운동으로 안 되면 〈미녀는 괴로워〉 김아중처럼 부위별로 다 지방 흡입 수술 해준대. 진짜 예쁘게 만들어줄 거니까 대신 서울에 있는 일류대만 들어가래. 그래서 또 예전으로 돌아갔다 이거지 뭐."

한숨을 푹푹 쉬면서도 그리 절망한 것 같진 않았다. 모니카가 갑자기 목소리를 높였다.

"어제저녁에 진희랑 통화했는데 진희 엄마가 장총각이랑 헤어지지 않은 거 같대. 장총각이 가정 쌤이랑 결혼한다는 데도 엄마가 아무 충격도 안 받고 늘 꿈꾸는 표정이라는 거야. 사랑에 빠진 거지. 어제 몰래 통화하는 걸 들었는데 장총각인지 아닌지 확실하진 않지만 남자가 분명하다는 거야. 진희 돌아오게 하려고 쇼한 거 같아. 진희는 엄마가 헤어졌다는 거 때문에 미안해하다가 지금 부글부글 끓고 있어. 이번에 진짜 가출해버릴 거래. 어쩌지, 나는 가출하면 성형수술 못하는데. 이번에는 진희랑 같이 못 갈 거 같아."

기어이 진희가 알아차린 모양이다. 이럴 땐 어떻게 해야 하나. 가정 쌤한테 또다시 도와달라고 할 수도 없고. 지금 가장 괴로운 사람은 아마도 가정 쌤일 테니까. 엄마 곁으로 돌아간 두 친구도 잘되고 있는 것 같지 않다. 우리 셋은 결국 원점으로 돌아간 건가.

승윤이가 데이트 신청을 했다.

우리 집 분위기 화기애애해졌음. 얼마나 갈지 모르지만. 니 덕분인 거 같은데, 한턱 쏠게.

데니스 생각으로 마음이 복잡한 것도 있지만, 어쩐지 서울에서 다른 애를 만나는 건 반칙 같은 생각이 들었다.

신비주의 작전 중. 얼마나 갈지 모른다는 생각 말고 쭈~욱 가도록! 한턱은 저축!

곧바로 답장이 왔다.

쳇, 까였군! 울 엄마가 너 완전 요리사에다 예쁘다고 해서 궁금했는데. 좋아, 다음을 기약할게. 안뇽^^

예쁘다는 말에 기분이 좋았지만 내 짝은 데니스다. 모니카가 쌍꺼풀 수술하고 나면 소개해줄까, 하는 생각을 하다가 피식 웃었다. 다음 방학 때 또 오게 될까?

데니스는 왜 전화하지 않는 걸까. 데니스가 나한테 전화를 해야 할 의무가 있는 건 아니지만 이상하다. 내가 울산으로 돌아간 줄 알고 만날 수 없어서 전화하지 않은 걸까? 전화를 만지작거리다가 내가 먼저 전화하기로 했다. 가정 쌤은 여자가 적극적인 건 매력 없는 일이라고 했지만, 그런 걸 아는 가정 쌤도 장총각과 헤어진 마당이니 이론이란 소용없는 건지도 모른다.

신호가 열 번 이상 간 다음 음성 메시지 안내로 넘어갔다. 할 말이 없어서 그냥 끊었다. 전화를 하지도 받지도 않는데 이제 내가 할 일은 뭘까.

답답했다. 어느새 정이 든 동네를 슬슬 걸어 다녔다. 데니스와 함께 갔던 공가에 가보았다. 옐로우만 웅크리고 있을 뿐 다른 녀석들은 보이지 않았다. 생선이 말라비틀어진 걸 보니 데니스가 다녀간 지 오래된 것 같다. 가족들과 함께 여름휴가라도 떠난 걸까?

쓸쓸했다. 그동안 나 혼자 데니스 바라기를 했는지도 모른다. 엄마가 와서 들뜬 데다 곧 미국으로 떠날 준비를 하느라 나 같은 건 까맣게 잊었나 보다. 어차피 미국으로 갈 거고 나도 곧 울산으로 돌아갈 텐데 며칠 일찍 헤어진들 무슨 상관이람. 데니스는 어쩌면 내가 지금 울산에 간 줄 알 것이다. 그렇게 생각해도 마음이 허전한 건 어쩔 수 없다.

라면집이 보였다. 세 시간만 있으면 지제이가 돌아올 테지만 할머니 라면을 마지막으로 먹고 싶었다. 라면집에 들어서다가 앞치마를 두른 남자와 마주친 순간 우린 둘 다 악! 하고 소리 질렀다. 옆집에 사는 한심남이 라면 냄비를 치우고 있었던 것이다. 옆집에 있을 때와 비슷한 차림새였지만 앞치마 안에 청바지를 입었다는 게 달랐다.

"아저씨가 왜 여기 있는 거예요? 할머니는 이사 가셨나요?"

한심남, 아니 을식 아저씨는 일단 나한테 앉으라고 했다.

"그 할머니는 우리 엄마고, 지금 병원에 계셔. 고혈압에다 빈혈이 심해서 갑자기 쓰러지셨거든. 우리 엄마가 라면 팔아서 나 대학 보냈는데 취직도 못하고 불효했지. 그래서 취직했다고 속이고 영이네 옆집에 숨어 있었던 거야. 사실 학점도 안 좋고, 스펙도 나쁘고, 학교도 후지고, 실력도 없고, 취직하긴 글렀지. 갑자기 엄마가 쓰러지셔서 병원비 만들려면 가게를 열어야겠고. 그렇게 된 거지."

그래서 그렇게 라면을 잘 끓인 거구나. 어쩐지 할머니 솜씨와 비슷하다 했더니. 갑자기 마음이 짠했다.

"안 그래도 영이한테 전화하려고 했어. 너랑 같이 다니던 애 있잖아. 쪼그만 게 벌써부터 넥타이 매고 다니던 녀석 말야."

"데니스 만났어요?"

"어제 왔었어. 오늘 아침 비행기로 미국 간다더라. 못 만났니?"

갑자기 가슴이 쿵 떨어졌다.

"너 울산 갔을지도 모른다고 하더라. 그 녀석 멋 내고 의기양양하더니 기가 많이 죽었던데. 엄마가 오기로 해놓고 펑크 냈나 봐. 나한테 아저씨는 존경할 수 있는 어머니가 계셔서 좋겠어요, 저는 이기적인 엄마를 기억해야 한다는 게 싫어요, 그러더라구."

데니스 엄마가 오지 않았다니, 가슴이 찌르르했다.

"오늘 내가 영이한테 대박판타스틱초절정끝장라면을 끓여줄게. 나한테 맛있는 도시락 갖다 준 데 대한 보답이다. 조금만 기다려."

을식 아저씨는 계속 싱글벙글이다. 점심시간이 지났는데도 가게 안이 손님들로 붐볐다. 데니스는 어떤 기분일까. 지금쯤 태평양을 날아가고 있겠지. 아무리 그렇더라도 나한테 전화 한 통 안 하고 가다니. 한국에서의 기억은 다 잊고 싶은 걸까. 황막하고 아득했다. 그러다 피식 웃음이 나왔다. 겨우 한 달도 안 되었고 우리가 무슨 약속을 한 것도 아닌데.

을식 아저씨는 라면 냄비를 내 앞에 내려놓고 아예 마주 앉았다.

"내가 새로 개발한 해물라면이야. 이 동네 오피스걸들한테 인기 최고야. 신메뉴를 계속 개발하고 있어. 나 이제 라면으로 승부 볼 거야. 매상도 짭짤해. 지서영 씨 말대로 예쁘고 어린 여자들이 오빠 오빠 하며 잘 따라. 일찌감치 탈출할 걸 그랬어."

을식 아저씨는 고민이라곤 한 오라기도 없는 표정이다.

"데니스가 어제 나한테 아저씨는 다시 만나고 싶은 사람이 있으면 어떻게 할 거예요, 그러더라. 내가 전화하면 되지, 그랬더니 날 바보 아냐? 하는 표정으로 보더라. 녀석이 외국 물을 먹어서 그런지 시니컬하고 건방져. 내일 미국 가는데 만나고 싶은 사람 있으면 어떡해야 되냐고 또 묻더라. 지금 생각해보니 만나고 싶은 사람이 영이 너네."

짐짓 관심 없는 체 라면 먹는 데 열중했지만 아저씨는 내 눈치를 다 읽고 있었다.

"녀석이 질문해놓고 자기가 답하더라. 만나야 할 사람은 언젠가 꼭 만나게 된대요, 이러면서. 어휴, 언젠가 만나게 된다며 떠나는 놈치고 돌아오는 거 못 봤다. 영아, 그런 놈 생각하면 속만 썩어. 그 녀석 묘한 매력이 있더라만 미국은 너무 멀잖아. 그냥 한국에서 찾아라."

만나야 할 사람은 언젠가 꼭 만나게 된다, 그게 데니스가 나한테 남긴 메시지인가? 을식 아저씨가 나한테 언제 가느냐고 물었다. 이틀 후에 갈 거라고 하자 섭섭한 표정을 지었다.

"다들 떠나는구나. 열심히 공부해서 서울에 있는 대학으로 진학해. 나는 이 동네 안 떠날 거야. 광화문이 세상의 중심인데 어디로 가. 데니스 그 녀석도 아마 광화문으로 되돌아올걸? 내가 광화문을 든든히 지키고 있을 테니 걱정 마."

마치 광화문의 주인이라도 되는 듯 큰소리였다. 갑자기 남자 넷이 라면집으로 들어왔다. 을식 아저씨는 가기 전에 또 와, 라며 일어섰다.

골목을 돌아 굿모닝 오피스텔로 들어서는데 문득 지제이의 기분을 알 것 같았다. 아빠가 뉴욕으로 떠났을 때 어떤 마음이었을지. 가슴 저 밑바닥이 아려오는 기분. 어쩌면 내가 너무 엄살을 떠는 건지 모르지만 어쨌든 지금은 그렇다. 데니스가 말없이 미국으로 가버렸다는 건 확실히 충격이다.

12부 멋진 고양이가 될게

 지제이가 돌아오기 전에 밑반찬을 골고루 만들어두고 싶다. 멸치호두볶음과 돼지고기장조림을 만들고 생야채 무침 때 쓸 오징어를 한 마리씩 포장해 냉동실에 넣었다. 우렁이와 각종 야채를 넣은 강된장에다 마늘과 참기름을 듬뿍 친 쌈장도 비벼놓았다. 몇 가지 안 했는데도 시간이 많이 갔다.
 지제이는 들어서면서 기어이 또 주방에 들어갔구나, 라며 고개를 설레설레 흔들었다. 그래도 과히 기분 나쁜 표정은 아니다. 아무리 생각해도 지제이는 멋진 사람이다. 쿨한 성격과 탁월한 감각. 열다섯 여름방학이 내게 준 최고의 선물 서른아홉 지제이.
 지제이는 강된장에다 밥을 비벼 먹고는 나가자고 했다. 지제이의 차를 타고 도착한 곳은 동대문시장이었다. 모레 울산으로 가는 내게 가을 옷을 몇 벌 사주겠다고 했다. 내가 손사래를 치자 지제이가 말했다.

"너한테 옷 몇 벌 사준다고 휘청하지 않아. 미안하면 나중에 어른 되어서 커피 한 잔 사."

한 잔으로는 안 되고 한 달 내내, 혹은 일 년 내내 사야 할지도 모르겠다.

층층이 자리 잡은 작은 가게마다 예쁜 옷들이 그득했다. 비슷비슷한 것 같은데 지제이는 잘도 골라냈다.

"후드티는 영원한 아이템이지. 쌀쌀할 때는 얇은 티셔츠 위에 감각적인 조끼를 덧입으면 되고. 영이는 비율이 좋은 데다 몸매가 가녀리니까 스키니진이 딱이야. 스타일로 애들 기 확 죽이는 거지 뭐. 가을의 필수품은 머플러. 딱 붙는 티셔츠와 풍성한 스커트에다 긴 머플러를 두르면 페미닌 룩 완성. 패션의 마침표는 당근 액세서리지. 주말 외출 때 이런 긴 목걸이를 척 늘어뜨리거나 코사지 하나 달아주면 센스가 확 돋보인다 이거지. 머리핀으로 포인트를 줘도 되고."

지제이는 설명과 동시에 물건을 딱딱 집어서 바로 계산했다. 내 옷뿐만 아니라 작은아빠와 작은엄마를 위한 커플티와 혁이와 욱이의 티셔츠까지 사주었다.

"나중에 일 년 내내 커피 사드려야겠어요."

"일 년 갖곤 안 되지. 돈 많이 들면 아예 우리 집에 들어와서 끓여주든가."

지제이는 은근슬쩍 미래의 소망을 드러낸다.

지금보다 키가 큰, 그리고 세련된 모습의 내가 지제이에게 커피 끓여주는 모습을 상상해봤다. 그 옆에 아빠가 있을까? 그리고 데니스는? 마음이 붕붕 떠오르다가 푹 꺼졌다.

집으로 돌아오는 길에 지제이는 새벽 프로그램을 하기로 했다고 일러주었다.

"제일 인기 없는 새벽 2시에서 4시야."

"새벽을 깨우실 거라면서요. 분명히 그렇게 될 거예요."

내 말에 지제이는 당근! 이라고 했다. 인기 있는 시간대에서 가장 안 듣는 시간대로 간다지만 지제이 말대로 일단 일을 하는 게 중요하다.

집에 와서 지제이와 마주 앉아 캐모마일 차를 마셨다.

"영이가 나한테 안 한 얘기가 하나 있는데."

내가 아빠랑 전화한 걸 지제이가 안 게 아닐까 하여 가슴이 툭 떨어졌다. 어떻게 말을 시작해야 할지 몰라 망설이는데 뜻밖에도 데니스 얘기를 꺼냈다.

"그때 집에 초대한 남자 친구, 그 친구 얘기를 한 번도 안 하더라. 식사 초대를 할 정도면 단순한 사이는 아닐 텐데."

지제이 말에 갑자기 눈물이 핑 돌았다.

"아, 내가 괜히 물었나?"

"아니에요."

12부 멋진 고양이가 될게

나는 데니스가 첫날 엘리베이터에 같이 탔던 아이라는 것부터 시작해서 그간의 얘기를 다 들려줬다. 그리고 미국으로 떠난 것도.

"영이가 벌써 사랑을 만나다니 축하해. 멋진 녀석인 거 같아. 누군가를 더 많이 사랑하는 거, 그건 손해 보는 일도 창피한 일도 아냐. 따지기 시작하면 사랑이 아니야. 그냥 데니스를 마음껏 그리워해. 데니스도 아마 그럴 거야. 어쩌면 데니스는 엄마보다 영이를 못 만나는 게 더 가슴 아플 거야. 그랬으니 연락도 못하고 갔지. 난 그 마음 알아."

그랬구나. 이제야 그 마음을 알 것 같다.

"만나야 할 사람은 언젠가 꼭 만나게 된다고 했다니, 그 녀석 벌써 다 컸네. 마음이 쌓이면 언젠가 만나게 된다는 걸 나는 마흔이 다 되어서야 깨달았는데…… 데니스와 영이가 서로 그리워한다면 꼭 다시 만나게 될 거야."

지제이는 마치 자신한테 다짐하듯 말했다.

나를 못 만난다는 것 때문에 데니스가 아팠을까? 잠들기 전에 데니스가 예전에 나한테 보낸 문자를 보았다.

♥ 별 뜻 있는 하트 ㅋㅋ

이 문자를 받았을 때 가슴이 콩닥콩닥 뛰었는데…… 데니스는 아픈 마음을 어떻게 추스르고 있을까.

아침 일찍 일어나 식탁을 준비했다. 야단맞아도 할 수 없다. 함께할 날이 오늘밖에 없으니까. 내일, 나는 떠난다.

"너한테 일하지 말라고 해놓고, 니가 해준 밥 못 먹을 거 생각하니 섭섭하네. 난 정말 영이가 그러고 있으면 우리 엄마 같아서 말야. 아, 벌써 허전하다."

나도 허전하다. 울산으로 가고, 작은아빠 집에서 독립하고, 그리고 혼자 잘 살 수 있을까. 아빠와는 정말 남남이 될 수 있을까. 갑자기 모든 게 푸시시 내려앉는 기분이다.

결국 진희한테 전화했다. 해줄 말이 생각나지 않아도 우리는 친구니까. 진희는 기다리고 있었다는 듯 냉큼 받았.

"내가 정말 실망한 게 뭔지 아니? 장총각의 이기심. 어떻게 가정 쌤한테 그런 부탁을 할 수가 있어? 헤어진 가정 쌤한테 나를 찾아달라고 했다니, 진짜 초딩도 아니고. 가정 쌤한테 미안해. 우리 엄마는 나한테 들킨 줄도 모르고 있어. 얼굴에 나 행복해, 광고를 하고 다니면서 말야."

진희 목소리에 체념이 묻어 있었다.

"어떡할 건데."

"또 가출할까 했는데 그런다고 해결될 것도 아니고. 중3 여름방학 때쯤 아는 체하려구. 두 사람 결혼하고 싶으면 고등학교를 서울로 보내달라고 해야지. 내가 중학교 졸업하면 바로 결혼하든지 말든지. 내가 울산 떠나버리면 애들한테 소문나도 상관없으니까.

그리고 장총각이랑 어떻게 한집에 사니? 방학 때도 울산 안 올 거니까 너하고 모니카가 나 찾아와."

진희는 결론을 찾아서 홀가분하다는 목소리다.

"괜찮은 방법이다. 모니카가 걱정 많이 하던데 다행이다."

"이해는 하지만 엄마를 존경할 수 없게 되어 슬퍼. 사랑이 어떻게 두 개야. 사랑이 두 개인 엄마를 진심으로 사랑할 자신 없어."

엄마를 이해한다고 다 해결되는 건 아니구나. 엄마를 존경하고 사랑하도록 노력해봐, 라고 말할 수가 없다. 엄마를 이해하는 것만 해도 벅찰 테니까. 나는 엄마를 어떻게 생각해야 하는 걸까. 적어도 진희처럼 이해는 해야 하는 걸까?

아빠 때문에 서울 왔건만 엄마도 계속 숙제처럼 따라다닌다. 서울에서 만난 사람과 친구들이 계속 엄마 얘기를 해서일까? 엄마는 숙명인데 그 숙명을 너무 쉽게 벗어던져 버린 사람. 아, 그만 생각하고 싶다. 아빠 생각만으로도 머리가 지끈거리니까.

지제이는 전화로 또 회의가 있다며 한숨을 쉬었다.

"근사한 데 가서 만찬을 하려고 했는데 어쩌지? 10시나 되어야 들어갈 거 같은데."

나는 걱정 말고 일하시라고 했다. 나도 어쩐지 오늘 저녁은 혼자 있고 싶다. 서울살이를 찬찬히 반추하면서 정리를 좀 해야 할 것 같다.

TV에서 우리나라 여름 날씨가 동남아시아 날씨로 변했다며 9월이 되어도 폭염이 가시지 않을 거라는 뉴스가 나왔다. 오피스텔이 후텁지근했다. 지제이가 없는 동안 여전히 에어컨을 틀지 않았다. 다시 좁고 더운 작은아빠 집으로 돌아갈 텐데 시원한 공기에 익숙해지면 적응하기 힘들다. 내가 소녀가장이 되었을 때 살 집도 그리 쾌적할 거 같지 않으니 이런 정도 더위쯤은 이겨내야 한다.

나의 미래는 어떻게 될까. 그냥 뻔할 것 같다. 서울에 있는 대학교에 올 수 있다면 좋겠지만 지금 상황으로 대학 진학이나 할 수 있을지 의문이다. 독립을 하고 정리되었을 때 독하게 공부할 마음이 생기면 가능할지도 모른다. 가끔 지제이도 만나고, 을식 아저씨 라면집에서 데니스랑 마주치는 행운을 잡을 수도 있겠지. 정우가 빨리 추진해주면 겨울쯤엔 독립할 수 있으려나. 4년 앞당겨 성인이 된다는 각오 아래 다부지게 사는 수밖에 없다. 찬미도 정우도 잘 지내니까 나도 잘 살 수 있을 거야. 뭔가 결연해지는 기분이다.

수첩을 꺼내 독립하면 사야 할 걸 적고 있는데 작은아빠로부터 전화가 왔다.

"영아, 미안하다. 형님이, 아 영이 아빠 말야, 전화해서 많이 우셨어. 영아, 바쁘게 사느라 내가 너무 무심했구나. 너 독립한다고 했다면서. 그 얘기 듣고 작은엄마도 울었어. 우리가 다 죄인이다. 영아, 아빠가 다음 달에 돌아오시겠단다. 아빠는 널 뉴욕에 있는 대학에 보내고 싶었다더라. 어떻게든 영주권을 받으려고 버티면서 돈을 모으느라 한국에 오고 싶어도 꾹 참았다더라. 아빠가 영주권 받으면 널 초청하려고 했던 거래. 영주권 있으면 학비도 훨씬 싸다더라. 아직 영주권 소식이 없는 데다 자칫하면 널 잃겠다며 돌아오겠대. 안 그래도 내가 양계 농장을 혼자 하기 벅찼는데 형님이 오신다니 고맙지. 영아, 아빠가 미안해서 너한테 전화를 못하겠단다. 절대로 집 떠날 생각 같은 거 하지 마. 넌 엄연히 보호자가 있어. 아빠와 딸은 절대 그 누구도 끊을 수 없는 관계야. 넌 소녀가장이 아니야. 이제 아빠가 가장이야."

작은아빠가 몇 번이나 미안하다는 말을 하고 전화를 끊었다. 나는 아무 대답도 못했다. 내 기억 속에 박제된 아빠가 드디어 밖으로 나오겠다는데 어리벙벙하기만 하다. 내가 아빠의 보호를 받게 된다는 사실이 너무 낯설다. 방치되어 먼지가 잔뜩 앉았는데 어떻게 털고 일어나야 하는 걸까. 그때 문득 떠올랐다. 아빠가 털어주면 된다. 아빠가 먼지를 털어줄 때 당연한 듯 가만히 있으면 된다. 아빠는 나의 보호자니까. 아빠와 나는 절대 그 누구도 끊을 수 없는 사이니까. 아빠와 나는 낯선 역할을 잘 감당할 수 있을까.

한참을 멍하니 앉아 있었다. 이윽고 가슴에서 뭉글뭉글 예쁜 알갱이가 막 뿜어져 올라왔다.

아빠가 돌아온다!

너무나 기다리던 일이 곧 일어난다니 믿어지지 않는다. 낯설든 밋밋하든 수줍든, 어쨌든 아빠를 만나고 싶다.

그때 정우한테서 전화가 왔다. 잠시 망설여졌다. 너무 좋은 이 기분을 정우가 눈치채면 안 된다. 그 애가 상실감을 느낄 수도 있으니까. 일단 마음을 가라앉혔다. 정우는 자기가 열심히 알아보고 있으니 걱정 말라고 큰소리였다. 어떤 의도든, 나를 생각해주는 정우가 고맙다.

"아무래도 아직은 작은집에 그냥 있어야 할 것 같아. 소녀가장 되는 건 좀 힘들거 같아."

"그래? 찬미 말이 니가 너무 고생이 많고 힘들다고 해서 도와주고 싶었는데. 집이 좁은 것도 문제지만 살림까지 사느라 공부할 시간도 없다며. 기왕에 결심한 거 빨리 행동에 옮기는 게 낫지 않아? 어른들이 도와주지 않는 우리 같은 애들은 우리 살 길을 스스로 찾아야 해."

하긴 아빠가 돌아와도 작은아빠와 양계장으로 갈 테고, 나는 여전히 동생들을 돌봐야 한다. 형편이 나아지려면 시간이 걸릴 테니 작은엄마는 계속 식당에 나갈 거고, 여전히 나를 도와줄 어른이 없다. 하지만 나는 보호자가 있다. 아빠!

"생각해줘서 고마워. 아직은 작은아빠네 집에 있을래."

정우는 언제든 생각이 바뀌면 말하라며 전화를 끊었다.

탁!

그간 나를 불안하게 두르고 있던 선이 끊어지는 소리가, 드디어 들렸다.

아빠가 온다면 지제이와의 가능성도 커진다. 셋이 만나면 아빠 혼자 서먹한 표정을 지을 것 같다. 책상 위의 『잠언』에 책갈피가 끼워져 있는 게 보였다. 펼쳐 보니 줄까지 그어져 있었다. '현숙한 아내'라는 제목 아래 특별히 박스를 쳐놓은 부분이 있었다.

"그녀는 능력과 품위가 있고 앞날을 걱정하지 않으며 말을 지혜롭고 친절하게 하고 자기 집 안일을 잘 보살피며 놀고먹지 않는다."

지제이가 줄을 친 게 분명하다. 여기저기 줄 그어놓은 부분을 읽어보니 대부분 지제이가 따라 하기 힘든 내용이었다. 날이 밝기 전에 일찍 일어나서 가족들을 위해 아침 식사 준비를 한다는 내용에서부터, 손수 물레질을 하여 실을 뽑고 베를 짜고 양털과 삼을 구해 부지런히 일한다는 것까지. 큭큭 웃음이 나왔다. 불량 오뎅탕에다 식기세척기 애용자인데. 하지만 지제이가 잘할 수 있는 부분도 눈에 띄었다. 가난하고 불쌍한 사람을 돕고 자기가 하는 일이 유익한 줄 알고 밤늦게까지 한다, 이런 건 지제이한테 딱 맞다. 나한테 잘해준 게 증거다.

죽 읽어 내려가다가 남편도 지도급 인사로 알려져 존경을 받게 된다, 는 내용에서 눈이 멎었다. 지제이가 아빠와 나를 생각하며 현숙한 아내 부분을 열심히 읽은 걸까? 그렇다면 아빠는 지제이가 이 부분을 읽기 바라며 『잠언』을 준 걸까? 묘한 기분이 들었다. 어쨌든 그녀는 능력과 품위가 있고 지혜롭고 친절하다. 올여름 그런 지제이를 만났고, 이제 아빠가 돌아온다. 갑자기 내가 소중해진 기분이 든다.

광화문광장과 청계천 쪽으로 산책하고 싶었다. 어느새 정든 이 동네를 곧 떠나게 되는데도 그리 섭섭하지 않다. 어리둥절하면서도 마음이 둥둥 떠오른다.

엘리베이터에서 내리는데 어떤 신사가 알은체를 했다. 누군지 언뜻 생각이 나지 않았다가 가슴이 쿵 떨어졌다. 데니스 아빠였다.

"너 영이 맞지? 안 그래도 연락하려고 했는데 잘됐다. 저녁은 먹었니?"

어벙한 표정으로 고개를 좌우로 흔들자 데니스 아빠가 앞장섰다.

"저기 가서 간단하게 스프하고 샌드위치 먹을까?"

데니스 아빠가 길 건너의 노란 간판을 가리켰다. 나는 말 못하는 아이처럼 고개만 끄덕였다. 양송이스프와 야채샌드위치가 어떠냐고 할 때도. 데니스 아빠가 가방을 열고 이리저리 뒤적였다.

"데니스가 준 걸 여기다 넣어뒀는데, 아 여기 있네. 데니스가 미국 가면서 너 만나면 주라고 하더라. MP3랑 이 책."

함께 듣던 MP3에다 영문판 『The Catcher in the Rye 호밀밭의 파수꾼』이다. 영문판과 번역본을 같이 보면 영어 공부 되겠다더니 기념으로 준 것 같다.

"데니스 엄마가 안 왔어. 데니스가 그 일 때문에 많이 상심했어. 그래서 예정보다 빨리 떠난 거야. 핸드폰 정지 신청도 아직 안 했으니까. 경황도 없었지만 이런저런 얘기 하기 싫어서 너도 안 만나고 간 거 같아. 너 울산 갔으면 전화로 주소 알아서 부쳐주라고 하더라. 영이 요리 잘한다고 나한테 자랑 하던데. 그러면서 엄마 오면 꼭 초대하자고 했어. 데니스가 여자 친구를 초대하겠다고 한 건 처음이야. 외국에 살 때도 그런 적 없거든."

나는 잠자코 듣고만 있었다. 벅차기도 하고, 울적하기도 하고, 마음이 복잡하다.

"엄마 마중하러 공항으로 갈 때 데니스가 그랬어. '저 때문에 아빠나 엄마가 희생하실 필요 없어요. 지금까지 잘 키워주셔서 감사해요. 기숙학교에서 지내다가 방학 때 다 모이면 되잖아요. 떨어져 있어도 우리는 가족이니까요. 누구도 희생하지 않고 모두가 원하는 대로 해요.' 그 말이 참 고마웠고, 내 아들이 다 자란 거 같아 뿌듯했어. 공항에서 허탕치고 돌아올 때 데니스가 한마디도 안 했어. 그러더니 미국에 가겠다는 거야. 한 학기 더 있을 예정이었는데. 나도 많이 섭섭했지만 말릴 수가 없더라. 그동안 전화 안 받던 데니스 엄마가 어제서야 아들 보면 마음 약해져서 못 돌아갈 거 같아 안 왔다고 하더라. 부모가 되어서 애 마음만 아프게 하고 있으니 원."

아저씨는 회한이 깊은지 한숨을 길게 내쉬었다. 데니스 말대로 모두가 원하는 대로 됐지만 모두가 가슴 아픈 것 같다. 사람들은 사랑하면서도 따로 산다. 흩어져서 사랑을 지키려면 훨씬 힘이 든다는 걸 알면서.

"데니스가 선물까지 주는 거 보니까 영이를 많이 좋아했나 봐. 다음 방학에도 올 거지? 데니스도 아빠 보러 올 거야. 그때 꼭 우리 집에 초대할게. 나도 요리를 좀 하거든."

고개를 끄덕였지만 데니스 아빠가 먼저 자신 없다는 표정이다.

나도 데니스도 돌아올 수 있을지 없을지 모르는 상황에서의 초대, 가슴이 서늘하다. 그래도 나를 초대해준 아저씨한테 깊숙이 고개 숙여 인사했다.

데니스의 MP3를 들으며 광화문광장 쪽으로 갔다. 언젠가 함께 들은 적이 있는 〈캘리포니아 드리밍〉이 울려 퍼졌다. 분명히 경쾌한 멜로디인데 마치 테이프가 늘어진 듯 축축 처지는 느낌이다. 그래도 노래를 듣고 있자니 가슴 저 한구석에서 따스한 기운이 퍼져 나왔다. 떠나기 전까지 나를 생각한 데니스.

분수대에서 뛰놀던 아이들이 다 가버린 광화문광장은 텅 비어 있다. 햇볕에 익은 대리석 바닥이 아직도 화가 북북 나는지 뜨거운 열기를 뿜었다.

"California dreaming on such a winter's day."

추운 겨울같이 얼어붙어서 한국을 떠난 데니스의 마음이 전해져 눈물이 핑 돌았다.

집에 돌아와 행여나 하는 마음에 책을 들춰보았다. 작은 메모지나마 끼여 있길 기원하면서. 휘리릭 휘리릭 몇 번 뒤지다가 책을 덮으려는데 맨 뒷장에 작은 글씨가 보였다.

멋진 고양이가 될게!

그리고 아무 말도 없었다. 아무것도 기약할 수 없으니까. 당연하지만 슬프다. 멋진 고양이가 된 데니스 앞에 나는 어떤 모습으로 나타나야 하나.

지제이가 자신이 사준 화장품과 옷, 책을 예쁜 캐리어에 담아주었다.
"다음에는 여기에 넣어서 끌고 와. 안 무겁고 좋잖아."
지제이는 은근히 다음 방학 때 또 오라고 나를 초대한다. 나는 황송해서 아무 대꾸도 하지 못했다. 아직 아빠 얘기를 못했다. 아빠가 돌아온다는 사실을. 어떻게 말해야 할지 몰라서. 사실은 내가 아빠한테 퍼부은 말을 다 하게 될까 봐.
탐앤탐스에서 허니버터브래드와 코코아를 먹었다. 입술 가득 달콤한 허니버터를 묻히며. 이번 여행은 달콤하면서도 쌉싸름하다.
지제이는 열차 안까지 들어와서 내 좌석을 확인해주었다. 나는 핸드폰을 지제이에게 돌려주었다. 지제이는 갖고 가면서 이렇게 말했다.
"소녀가 알아야 할 일이 생각나면 문자 찍어줄게. 궁금한 거 있으면 나한테 문자 보내. 나도 요리하다가 모르는 거 있으면 문자 할게. 우리 너무 무겁게 생각하지 말자. 자유롭게 질문하고 대답해주는 사이, 그렇게 시작하는 거야. 아빠도 우리 사이가 궁금해지면 슬슬 끼겠지 뭐."
아빠가 돌아와도 금방 뭔가가 달라지긴 힘들 것이다. 우리 셋은 이제 출발선에 서 있다. 가슴이 두근거린다.

지제이는 곧 열차가 떠난다는 방송이 나오자 말했다.

"Cause, I'm never gonna stop the rain by complaining. OK?"

나는 양쪽 검지로 눈꼬리를 아래로 잡아당기며 답했다.

"Don't forget to remember me. Please!"

지제이는 Of course! 라며 하이파이브를 청했다. 나는 가방을 열어 뉴욕 양키즈 분홍색 모자를 썼다. 잠시 후 그 모자를 기억해낸 지제이 눈에 설핏 눈물이 비치더니 짜식, 이라며 내 어깨를 툭 쳤다. 기차가 움직이기 시작할 때 플랫폼에서 지제이가 손을 흔들어주었다.

애초에 지제이는 비행기로 가라고 했지만 아빠랑 울산으로 갈 때처럼 기차를 타고 싶었다. 지제이가 컴퓨터로 구매한 티켓으로. 너무 받은 게 많아 마음이 무겁다.

초등학교 때 기차를 타고 울산으로 가는 동안 아빠와 함께여서 심심하지 않았으나 이제 혼자여도 심심하지 않다. 서울에서 쌓은 사랑과 추억이 너무 많아 하나하나 들추다 보면 어느새 울산에 도착할 것이다.

달라진 건 아무 것도 없다. 아빠가 돌아온다지만 나와 함께하지 못한다. 작은아빠와 몇 년은 고생해야겠지. 두 분 다 처음 하는 일이니. 나는 여전히 사촌동생들과 지내야 한다.

어쩌면 모든 게 달라질지도 모른다. 내 마음이 달라졌으므로. 달라진 내 마음에 지제이가 있다. 그리고 데니스.

불과 3주 동안 많은 것을 깨달았다. 세상에는 아픈 사람이 넘친다는 것도 알았다. 아프다고 다 우는 건 아니라는 사실과 인생에는 무궁무진한 여정이 기다리고 있다는 것도.

지제이의 음성이 들리는 듯하다.

'마음이 쌓이면 언젠가 만나게 되겠지. 삶이 고이면 헤쳐 나갈 지혜도 고이겠지.'

그럴 거야, 분명히. 마음을 쌓는 일이 지루하거나 고통스럽지 않기를.

엄마.

이번 서울행에서 자꾸만 나와 부딪친 엄마 문제. 사실은 친구들의 엄마 때문에 어쩔 수 없이 떠오른 거지만. 엄마들은 바쁜 것 같다. 진희 엄마는 새로운 사랑을 해야 하고, 데니스 엄마는 혼자만의 삶을 개척해야 한다. 모니카 엄마는 딸 감시하면서 틈틈이 골프 치러 다녀야 한다.

우리 엄마는? 모른다. 내가 풀 수 없는 일로 낑낑대는 건 어리석다. 어차피 아빠 때문에 떠나온 여행이니까 거기까지만 생각하자. 사실 나의 관심은 새로운 엄마한테 있다. 서로 좋아하고 함께 사랑을 쌓아갈 엄마, 엄마는 따뜻하고 편안해야 한다.

기차가 출발했고, 잊고 있던 진짜 숙제 때문에 머리가 지끈거렸다. 아마 진희도 마음이 복잡해 숙제에 손을 못 대고 있을 거다. 2학기 진도 나가느라 바쁜 모니카 대신 과외 선생이 모니카 숙제를 해 놓았겠지. 그걸 빌려다가 진희 숙제까지 내가 다 해주어야겠다.

창으로 햇볕이 쏟아져 들어왔다. 가리고 싶지 않다. 인천공항에서처럼 잠이 마구 밀려왔다. 그때는 마음이 무거워 축 처졌는데 지금은 달콤하고 노곤하다. 인천공항에서 눈을 떴을 때 가정 쌤이 전화했고 나를 기다리는 사람들이 있었다. 기차에서 내리면 어떤 세상을 만나게 될까. 불안으로 위축되기보다 설레는 마음으로 기대하자.

데니스의 MP3를 귀에 꽂았다. 직직 늘어지는 것 같던 〈캘리포니아 드리밍〉이 어느새 경쾌하게 되살아나 있었다. 데니스가 선곡한 음악을 들으며 지제이에게 문자를 보냈다.

아빠가 돌아온대요. 지서영 선생님 아빠랑 꼭 닮은 우리 아빠가 다음 주면 한국으로 온대요^^ 아빠한테 고양이 반지를 선물할 거예요♥

• 해설 •
사람과 사람 사이에 징검돌을 놓다
_ 김나정 〈문학평론가〉

이근미의 『서른아홉 아빠애인 열다섯 아빠딸』은 청소년과 어른 사이에 징검돌을 놔줍니다. 서른아홉과 열다섯이 서로에게 아군이 되어주는 거죠. 둘은 머리를 맞대고 서로에게 선한 영향을 미치며 인생의 난해한 질문들을 함께 풀어 나갑니다.

  어디로 튈지 모르는 열다섯 살과 더 이상 젊지 않다는 자괴감 속에서 시들어가는 서른아홉, 둘 다 갈림길에 놓였습니다. 나이는 숫자에 불과하다지만 그 숫자에 유독 민감한 두 여자를 중심인물로 이야기가 펼쳐집니다. 더불어 두 사람의 또래들이 등장하여 청소년과 어른들의 문제가 다양하게 펼쳐집니다. 여자들의 이야기면서, 같은 홍역을 치르는 남자들의 사연까지 아우르죠. 사춘기와 사추기, 우리는 같은 고민으로 뭉칩니다.

신데렐라, 요정대모를 찾아가다

웃자란 청소년과 덜 자란 어른이 동거합니다. 서른아홉 골드미스 지서영은 발랄하고 자유로운 어린애처럼 삽니다. 삐삐의 뒤죽박죽 별장 같은 광화문의 오피스텔에서요. 반면 문영은 속 깊은 살림꾼입니다. 어른 속에는 아이가 살고, 아이 속에 어른이 숨어 있죠. 어른이라고 무턱대고 삶에 찌들어 고리타분하게 사는 건 아니고, 아이라고 그저 철없지만은 않습니다. 어른스러운 부분과 아이다운 부분이 섞여 있기에 두 사람은 쉽게 통할 수 있었지요. 서로에게 모자란 부분을 채워주면서 말입니다.

이야기는 가출로 시작됩니다. 가출은 거리두기를 가능케 합니다. 가까이 붙어 있어 보이지 않던 것들이 거리를 두면 눈에 들어옵니다. 미술관에서도 그림을 잘 보려면 일정한 거리를 두는 것처럼 말입니다. 가출은 낯익은 곳에서 떠나 낯선 곳으로 가는 겁니다. 일상에 묻혀서 보지 못했던 자신을 발견하는 계기가 됩니다. 가까이 있어 몰랐던 소중함을 새삼 깨닫게 되지요. 권투에서도 라운드마다 휴식 시간이 있죠. 남과의 관계에서도, 자신과의 관계에 있어서도 떨어져 숨 고를 시간이 필요합니다.

이근미 작가의 전작 『17세』도 다혜의 가출로 시작합니다. 딸의 가출로 무경은 30여 년 전 자신의 가출 경험을 떠올립니다. 두 사람은 이메일을 주고받으며 소통의 고리를 찾게 되지요. 가출은 익숙한 나와의 작별, 소중했던 남을 발견하는 출발점이 됩니다.

문영은 아빠의 옛 애인 디제이 지서영(지제이)을 찾아갑니다. 지제이의 광화문 오피스텔에 머물며 독립해 살아가는 성인 여자의 삶을 엿봅니다. 문영은 그녀와 동거하면서 작은아버지와 아빠에게 얻지 못한 경제적 여유에서 오는 '안정'을 누립니다.

 하지만 어떤 삶이든 명암이 있게 마련이죠. 번듯한 직업에 널찍한 오피스텔에서 사는 골드미스지만, 지영의 삶은 웰빙과는 거리가 멉니다. 냉장고에는 썩은 음식재료들이 쓰레기통으로 갈 날만을 기다리고, 근사한 조리도구는 장식용. 청소 상태도 불량합니다. 삶의 질이 형편없습니다. 반면 작은엄마 옆에서 집안일을 도우며 요리기술을 익힌 문영은 지제이를 엄마처럼 살뜰하게 돌봅니다.

 유쾌 발랄, 털털한 골드미스와 속 깊은 살림꾼 열다섯은 서로에게 선한 영향을 미칩니다. 서로의 삶을 추슬러줍니다. 동거는 공생共生으로 이어지지요.

혼란스런 아이들, 막막한 어른들

 이 작품에서 말하는 사람은 문영입니다. 문영의 입을 통해 열다섯의 불안이 진솔하게 드러납니다. 문영은 어른들에 대한 불만도 마음껏 털어놓습니다.

 "결혼생활에 맞지 않는 성격이 어딨어요. 우리한테 멋대로라고 하면서 어른들은 더 멋대로예요. 우리는 하고 싶은 거 못하게 하면서 어른들은 정말 하면 안 되는 거 해버리잖아요. 어떻게 엄마 없이, 아빠 없이 살아요? 죽은 것도 아닌데 못 만나고, 다른 사람하고 결혼해서 생판 남을 엄마 아빠로 부르게 하고. 어른들은 너무해요."
(99쪽)

문영은 열다섯의 대변인 노릇을 하며 또래 친구들의 고민을 토로합니다. 작품에서 나타난 문영의 고민은 크게 둘로 압축됩니다. 나는 누구일까? 내 자리는 어떻게 찾을 것인가? 정체성과 장래에 대한 고민입니다. 이러한 사춘기의 고민은 문영의 친구들을 통해 깊고 넓어집니다. 문영이 떠나온 울산의 자따(자발적 왕따)클럽 친구들도 고민이 많습니다. 진희는 친구를 사귀는 대신 가상의 세계에 빠져 있고 엄마가 자기 학교 수학선생님과 재혼할지도 모른다는 데 충격을 받습니다. 부잣집 딸 모니카는 학교 끝나면 운전기사가 모는 차에 실려 집으로 가서 과외를 받느라 아예 친구 사귈 틈이 없습니다. 문영에게 호감을 보이는 정우는 학교 밖으로 나가 위태위태하게 지냅니다. 사는 방식은 제각각이지만 자기 삶에 대해 고민하기는 매한가지죠.

문영은 서울에서 데니스란 남자 친구를 사귑니다. 부모님을 따라 나라 밖을 떠돈 데니스는 부모님의 결별을 앞두고 심란해합니다. 결핍을 메우기 위해 데니스는 지나치게 시니컬한 모습을 보입니다. 울산이건, 서울이건, 미국이건 그 또래들은 치러야 할 홍역이 있나 봅니다. 울산 친구들과 데니스는 문영처럼 방황하며 자기 길을 찾으려 애씁니다. 문영을 따라 서울로 올라온 친구들은 홍대에서 방탕하게 지내보기도 하고, 서로의 말벗이 되어주고 구원의 손길을 뻗칩니다. 고민은 나눌 때 가뿐해집니다. 정우와 찬미는 문영에게 혼자 사는 길을 구체적으로 알려줍니다. 상처가 있는 사람들은 서로를 알아봅니다. 누구보다 상대의 심정을 잘 헤아려 줄 수 있죠. 상처끼리 뭉쳐 다독여줍니다.

　방황을 하던 데니스는 남보다 빨리 자기 길을 찾겠다고 마음을 갈무리합니다.

　"사실 내 국적은 미국이야. 내 의지와 상관없이. 아빠가 캘리포니아 주에 있는 샌프란시스코에 근무하실 때 태어났거든. 뉴욕에서도 살았고. 이제 내가 선택하고 개척해 나갈 거야. 성인이 될 때까지 부모의 보호를 받아야 한다지만 좀 일찍 내 길을 찾기로 했어."
(55쪽)

또래 친구가 찾은 길로, 나의 길을 찾는 나침반으로 삼습니다. 겉돌고 있던 정우도 결심한 바를 문영에게 말해줍니다.

　"이제부터라도 공부 열심히 하려고. 건들건들 다녀봤자 누가 내 미래를 보장해주는 것도 아니고. 일단 대학에 갈래. 보호받아야 할 대상으로부터 배신당해봐, 두근거릴 일이 없어져. 부모가 놓아버린 내 인생, 내가 책임질 거야." (214쪽)

완벽한 어른도 없습니다. 지제이를 둘러싸고 다양한 어른 군상들의 이야기가 펼쳐집니다. 어른들에게도 인생은 풀기 힘든 수학 문제죠.

옆집 사는 한심남은 '도시빈민, 백수, 실업자 같은 단어'를 떠올리게 만드는 인물입니다. 방송국의 정서불안 수다쟁이 김 작가는 어떤가요? 결혼 생활이 흔들리고 아이를 어떻게 해야 할지 난감하기만 합니다. 지제이를 좋아하는 라박사는 사랑 앞에서 약한 모습을 보입니다. 지제이는 두 남자 사이에서 헤매고, 아이돌에게 디제이 자리를 내줘야 할 판입니다. 삶을 미뤄두고 일에 열심이던 지제이에게 위기가 찾아온 겁니다. 방황은 청소년 시절의 특권인 줄 알았는데, 어른이 되어도 삶이 막막하기는 매한가지인가 봅니다. 문영의 멘토였던 가정 쌤도 사랑 앞에서는 허물어집니다. 문영의 아빠는 딸보다 먼저 가출하여 뉴욕에서 살 길을 찾습니다. "아빠가 사랑하는 사람들한테 해줄 수 있는 게 너무 없어. 그래서 마음이 아파"(220쪽)서 멀리 떠난 것입니다.

문영은 능력 있는 여자와 결혼을 해서 상황을 타개하겠다는 허황된 꿈을 꾸던 한심남이 방 밖으로 나와 살 길을 찾는 과정을 지켜봅니다. 라 박사와 지제이 사이에서 사심을 버리고 오작교 노릇도 하죠. 김 작가의 아들과 문자질을 하며 마음을 다독여줍니다. 지제이가 새벽방송으로 옮겨가 새로운 길을 마련하는 것을 봅니다. 문영은 어른들의 고민을 들어주고 속 깊은 아이답게 도움을 줍니다. 어른만 청소년을 도우란 법은 없죠. 문영은 어른과 청소년, 그 사이의 징검돌 노릇을 합니다. 이 책은 비단 청소년뿐만 아니라 답을 찾는 어른들의 네비게이션 노릇을 톡톡히 합니다.

갈피갈피 쏠쏠한 팁

인생의 고민에 대한 해답을 제시한다면 잔소리를 늘어놓기 쉽습니다. 하지만 작가는 답을 제시하는 대신, 다양한 모범답안들을 맛깔나게 숨겨둡니다. 각종 삶의 지혜들이 이야기와 함께 전달됩니다. 책 중간중간에 등장하는 지제이의 멘트는 삶의 비타민 노릇을 합니다. 그리고 문영의 아빠는 사랑하는 두 여자, 지제이와 딸에게 『잠언』을 선물하고 떠났습니다. 이 소설의 적재적소에 인용된 잠언의 문구들은 이야기와 맞물려 옛사람들의 지혜를 우리에게 전해줍니다.

옛사람들이 사람살이의 지혜를 책이나 선조들의 말에서 얻었다면, 요즘 사람들은 '심리학'을 지도로 삼습니다. 톡톡 심리학이란 코너의 초대 손님인 라 박사는 지제이를 연모합니다. 등장인물이 심리학 박사인 만큼 다양한 심리학 지식들이 고명처럼 얹힙니다. 문영은 라 박사에게 들은 풍월로 홍대에서 만난 대학생들에게 남자 심리의 정곡을 찌릅니다.

게다가 이 소설에는 영어 공부 노하우까지 담겨 있습니다. 지제이는 문영이 허투루 시간을 보낼까 걱정하죠. 자존심을 다치지 않게 하면서 용돈도 주고 싶습니다. 그래서 마련한 대안은 영어 시험을 보고 결과에 따라 용돈을 주는 겁니다. 그리고 영어공부를 권장하되 방법까지 일러줍니다.

"매일 영어 단어 시험 치고 영어 동화책도 다섯 권 정도 뗄 거니까 각오해! 아예 구연동화 한다 생각하고 동화를 외워버려. 그게 아마 덜 괴로울 거다. 알겠느냐?" (130쪽)

지제이에게 칭찬을 받으며 문영은 최선을 다했을 때 알아줄 누군가가 있다는 건 행복임을 느끼게 됩니다. 문영이 요리를 열심히 하는 건 잘하는 일이고 신세를 갚고 싶다는 심정 때문이지만, 사실 함께 맛있게 먹어줄 사람이 있다는 즐거움에서죠. 우리가 자기가 잘하는 일을 할 때, 사람들에게 인정을 받고 뿌듯해지고 더 잘하고 싶다는 욕심이 생기는 거죠. 잘하는 일을 열심히 하다 보면 절로 성장하게 마련입니다.

『서른아홉 아빠애인 열다섯 아빠딸』은 요리책이나 광화문 산책 가이드북으로도 활용이 가능합니다. 요리에 관심이 많은 문영은 소박한 재료에 아이디어를 더해 멋진 밥상을 차립니다. 또한 주요 무대가 광화문 오피스텔인 만큼, 주변 명소들이 자연스럽게 등장하여 광화문 근처의 명소를 탐방할 때도 유용합니다. 또한 문영 아빠가 가이드 생활을 하는 뉴욕의 풍경도 그려집니다.

주옥 같은 문구들, 영어 공부 비법에 요리책, 가이드북까지 더해진 삼단 도시락입니다. 영양가 높고 맛깔난 내용물이 쟁여져 있죠.

사람과 사람 사이의 징검돌

이 소설의 등장인물들은 가까운 사람들이나 세상에 상처를 받았습니다. 집을 나가거나 방황하고, 문을 닫고 방에 숨어들죠. 각자가 각각의 이유로 힘들어합니다. 그렇다면 이런 상처들은 우리에게 어떤 의미로 남을까요.

"영이한테 주어진 시간은 누구도 대신해주지 않아. 그 시간을 어떻게 견디느냐에 따라 너의 크기가 달라질 거야. 다른 아이랑 상황이 다른 것도 너에게 유리하게 작용할 수 있어. 창의력과 이야기, 크리에이티브와 스토리가 생기거든. 유명한 작가들은 대개 평범하지 않은 유년을 보냈잖아. 독특한 환경이 마음을 풍성하게 해 좋은 작품을 만들었을 거야. 어떤 분야든 창의력과 이야기가 가미되면 가치가 높아져. 영이는 요리도 잘하고 어른스럽고, 앞으로 잘 될 거야."(130쪽)

중요한 건, 자기 문제에서 도망치지 않는 것입니다. 나를 세우고, 스스로 살 길을 찾는 것이 중요합니다. 홀로 서는 건 쉬운 일이 아닙니다. 내가 나를 그만큼 사랑하고 아껴주어야 합니다. 사랑하는 나를 위해, 최선을 다하자는 마음, 거기서 새로운 길이 열립니다.

사실, 인생의 고민들은 쉽사리 풀리지 않습니다. 하지만 고비마다 함께 해주는 사람이 있다면 고갯길이 험난하지만은 않죠. 사람과 사람 사이가 때론 멀게만 느껴질 때가 있습니다. 내 마음을 알아주지 않는 남, 도통 모르겠는 남의 마음. 때론 책 한 권이 외따로 놀던 마음 사이에 징검돌이 되어줍니다.

■ 작가의 말

 살면서 누구나 몇 번의 위기를 겪는데 단지 나이 때문에 힘든 시간을 보내기도 합니다. 열아홉 살 마지막 날 다음이 스무 살 첫째 날일 뿐인데 스무 살이 되면 큰일이라도 날 듯 홍역을 앓는 이들이 있습니다. 저는 스물여덟 살 때 그 증세가 가장 심했습니다. 20대를 허술하게 살아 서른 앞에서 미리 겁을 먹었던 거죠. 하지만 서른 살은 저에게 가장 찬란한 시절이었습니다.
 몇 년 전 지인의 딸을 만났는데 중2병을 앓고 있었습니다. 예쁜 얼굴에 대단한 그림 솜씨를 지녔음에도 매사에 자신감이 없고 남들과 자신을 비교하느라 분주했습니다. 또 다른 지인의 딸도 같은 학년이었는데 똑같은 '증세'를 앓고 있었습니다. 철이 바짝 들어 미래를 걱정하는 중2도 만났습니다.

제 주변의 철들지 않은 노처녀 군단보다 중학생들의 마음이 더 산란하다는 게 신기했습니다. 별별 주방용품을 다 사들이고도 인스턴트식품과 외식으로 연명하며 멋 내기에 바쁜 노처녀와 고민이 많아 우주로 튕겨 나가고 싶은 중2가 만나면 어떻게 될까? 이 질문에서 소설이 시작되었습니다.

어디로 튈지 모르는 열다섯 살과 더 이상 젊지 않다는 자괴감 속에서 시들어가는 서른아홉. 나이는 숫자에 불과하다지만 그 숫자에 유독 민감한 두 여자의 얘기입니다.

주변을 돌아보면 문제를 안고 있는 가정이 많습니다. 부모는 하나님이 주신 기업인 자녀를 잘 양육해야 하는데 그게 쉽지 않은 듯합니다. 어른들의 각축전 속에 상처받는 아이들이 늘고 있습니다. 결국 가출하고, 그로 인해 삶이 망가지는 아이들의 얘기로 세상이 소란스럽습니다. 밖에서 온갖 고생을 해도 온기 없는 집으로 돌아가고 싶지 않다는 항변에 가슴이 저립니다.

마음에 불이 붙어 확확대는 열다섯 살에게 어른들이 등을 돌리면 아이들은 어디로 가야 할까요. 부디 어른들이 포근한 테두리가 되어주길 바라는 마음에서 이 소설을 썼습니다. 모쪼록 우리 아이들이 튼실하게 자라 꿈을 펼칠 수 있는 환경이 되길 기대합니다.

세 번째 소설을 내면서 글 쓸 수 있음에 감사드립니다. '너희가 많은 열매를 맺어 내 제자라는 것을 보여주면 내 아버지께서 영광을 받으신다'는 말씀을 마음에 새깁니다. 책을 만들어주신 자음과 모음에 고마움을 전합니다. 이 소설 구상에 도움을 준 예림이에게 한턱내야겠습니다. 네 번째 소설을 빨리 시작하자고 스스로에게 다짐하며 나이는 숫자에 불과하다는 걸 모든 사람에게 강조하고 싶습니다.

이근미

서른아홉 아빠애인
열다섯 아빠딸

ⓒ 이근미, 2013

초판 1쇄 발행일 | 2013년 6월 14일
초판 3쇄 발행일 | 2020년 8월 25일

지은이 | 이근미
펴낸이 | 정은영

펴낸곳 | (주)자음과모음
출판등록 | 2001년 11월 28일 제2001-000259호
주   소 | 04047 서울시 마포구 양화로6길 49
전   화 | 편집부 (02)324-2347, 경영지원부 (02)325-6047
팩   스 | 편집부 (02)324-2348, 경영지원부 (02)2648-1311
E-mail | jamoteen@jamobook.com

ISBN 978-89-544-2995-5 (43810)

잘못된 책은 교환해드립니다.
저자와의 협의하에 인지는 붙이지 않습니다.